Der Wundennäher

Marcus Hünnebeck

DER WUNDEN-NÄHER

BE
Belle Époque Verlag

Marcus Hünnebeck
www.huennebeck.eu
https://www.facebook.com/MarcusHuennebeck

Lizenzausgabe des Belle Époque Verlags, Dettenhausen,
mit freundlicher Genehmigung des Autors.

Lektorat: Ruggero Leò
Korrektorat: Kirsten Wendt
Innenlayout und Schriftsatz: Hans-Jürgen Maurer
Cover: © authors-assistant; Bildnachweis: *shutterstock.com*

Herstellung: Sowa Sp. z o.o., Piaseczno, Polen

ISBN: 978-3-96357-143-5

1

Ihr Zuhause wirkte fremd und bedrohlich. Der Mann hatte Luzie nicht nur überwältigt, ausgezogen, gefesselt und geknebelt, sondern auch das Schlafzimmer umdekoriert. Einen Halloween-Kürbis in ihre Blickrichtung gestellt. Andere herbstliche Utensilien ausgebreitet: hauptsächlich Kastanien und Blätter. Jeden Tag kam er für eine Stunde vorbei, gab ihr zu trinken, führte sie zur Toilette und bedrohte sie mit einer Waffe. Er warnte sie davor, zu schreien – woran sie sich bislang gehalten hatte. Sie hoffte, durch Gehorsam sein Vertrauen zu gewinnen. Wenn sie jemals diesem Albtraum entrinnen wollte, musste sie sein Mitleid wecken. Mit ihm ins Gespräch kommen. Allerdings verhielt er sich bisher sehr schweigsam. Er hatte in den vier Tagen keine hundert Wörter gesprochen.

Um ihre Hände hatte er ein Paar Handschellen befestigt, welche er mit einer langen Lederkette an der Heizung festgebunden hatte. Obwohl sie wusste, dass es keinen Sinn machte, zog sie wie unzählige Male zuvor daran.

Wieso sie?, hämmerte es in ihrem Schädel. Was hatte sie getan, um in sein Visier zu geraten?

Sein Gesicht, das er nicht vor ihr tarnte, sagte ihr nichts. Dass er es nicht hinter einer Maske verbarg, verstärkte die Panik.

Die Kette ließ ihr genug Spielraum, um sich zur Seite

zu drehen. Zwar war eine seitliche Lage wegen der über den Kopf gestreckten Arme unbequem, aber so vermied sie es wenigstens, sich wund zu legen.

Falls ihr Zeitgefühl sie nicht täuschte, müsste er innerhalb der nächsten Stunden zurückkehren. Sie hatte Hunger, Durst und der Druck auf der vollen Blase war übermächtig. Um sich davon abzulenken, rekapitulierte sie die letzten Wochen. Hatte sie Anzeichen der drohenden Gefahr übersehen? Doch sie kam stets zu dem gleichen Ergebnis: Sie hatte keine anonymen Anrufe oder Briefe erhalten. Ihr war niemand aufgefallen, der sie verfolgt hatte. Nichts! Bis zu jenem Moment, als er an ihrer Wohnungstür geklingelt hatte, war alles in den gewohnt ruhigen Bahnen verlaufen. Das unerwartete Anklingeln am frühen Abend gegen achtzehn Uhr hatte sie verwundert, jedoch nicht misstrauisch gestimmt. Sie war zur Tür gegangen und hatte einen unbekannten Mann im Hausflur entdeckt. Der hatte freundlich gelächelt und durch die geschlossene Tür gefragt, ob sie die Halterin eines roten Polos sei, weil ihm ein Missgeschick passiert wäre. Alarmiert hatte sie geöffnet und im nächsten Augenblick einen beißenden Geruch wahrgenommen. Er hatte ihr einen Lappen gegen das Gesicht gedrückt und sich über die Türschwelle gezwängt. Luzie hatte schnell das Bewusstsein verloren. Nackt und gefesselt war sie in ihrem Bett wieder aufgewacht. Seitdem waren vier Tage vergangen.

Luzie hatte während der Gefangenschaft alle möglichen Theorien aufgestellt. Zunächst hatte sie befürchtet, er würde sie vergewaltigen. Doch er hatte sie kein einziges Mal unsittlich berührt. Der Mann schien kein sexuelles Interesse an ihr zu besitzen. Da sie Agentenserien wie *24* oder *Homeland* liebte, fragte sie sich, ob er ihre Wohnung in dem Leipziger Außenbezirk benötigte, um ein Attentat vorzubereiten. Aber hierhin verirrten sich keine Politiker oder Prominente. Sie verstand das alles nicht.

Vermisste sie bereits irgendjemand? Leider musste sich Luzie eingestehen, dass das unwahrscheinlich war.

Der Überfall hatte sich am zweiten Tag eines dreiwöchigen Urlaubs zugetragen. Bei der Arbeit würde man sie folglich frühestens in über zwei Wochen vermissen. Freundschaften pflegte sie seit ihrem Umzug im letzten Jahr keine. Sie war vor einem Problem geflüchtet und hatte geglaubt, es durch den Abbruch aller privaten Verbindungen in einer anonymen Großstadt hinter sich lassen zu können. Dass sie dadurch in einem viel schlimmeren Szenario enden würde, hatte sie nicht ahnen können.

Plötzlich hörte Luzie, wie eine Person die Wohnung betrat. Hatte sie ihr Zeitgefühl getrogen oder war er früher als zuvor gekommen?

»Hallo? Jemand zu Hause?«, rief eine ihr unbekannte, männliche Stimme.

Oh Gott! Hatte jemand den Eindringling außer Gefecht gesetzt und eilte zu ihrer Rettung herbei?

Mit dem Knebel im Mund versuchte sie, auf sich aufmerksam zu machen. Tatsächlich sah sie Sekunden später einen Mann, der ins Schlafzimmer kam. Er war ziemlich groß, was sie daran bemerkte, dass er den Kopf unterhalb des Türrahmens einzog, während er über die Schwelle trat. Er trug eine schwarze Lederjacke, eine Sonnenbrille, einen schwarzen Vollbart und eine braune Jeanshose. Bei seinem Anblick verstummte sie. Ihre Instinkte warnten sie, zu viel Hoffnung in diesen Mann zu setzen.

Er setzte sich zu ihr aufs Bett und lächelte sie an. Wegen der verspiegelten Brille gewann sie keinen Eindruck seiner Augen.

»Hier liegst du also«, flüsterte er. Zärtlich streichelte er ihr eine Haarsträhne aus dem Gesicht. »Ich habe mich so darauf gefreut, dich kennenzulernen. Manchmal hat er einen seltsamen Geschmack, du hingegen gefällst mir.«

Ein unerträglicher Schmerz durchfuhr sie plötzlich am linken Oberschenkel. Sie bäumte sich auf. Was hatte er ihr angetan? Als sie aus dem Augenwinkel ein Messer in seiner Hand entdeckte, wusste sie es.

»Mal gucken, wie viele Schnitte du aushältst, bis du das Bewusstsein verlierst«, wisperte er bedrohlich.

Ihre Blase entleerte sich.

* * *

Robert Drosten schaute sich in dem Schlafzimmer um. Die Leiche der 27-jährigen Bewohnerin war vorgestern in einem Leipziger Waldgebiet gefunden worden. Ihre Identifizierung hatte fast zwei Tage gedauert. In der Wohnung gab es, wie bei den anderen Fällen, genügend Hinweise, die den Polizisten vorführten, was in den vergangenen Wochen passiert war. Vor allem die blutgetränkte Bettwäsche samt Matratze sprachen Bände.

»Hier hat Miss Sommer gelebt«, stellte Lukas Sommer mit bedrückt klingender Stimme fest.

Drosten nickte. »Ich bin sicher, sie hätte liebend gern auf diesen Titel verzichtet.«

Er betrachtete die Kommode. Die Spurensicherung hatte die dort liegenden Dekoartikel nach Fingerabdrücken überprüft. Doch Drosten glaubte nicht an ein anderes Ergebnis als in den vorherigen sieben Wohnungen. Bei den Dekoteilen handelte es sich um Massenware, die in zigtausenden Haushalten stand. Relevante Spuren waren nicht zu erwarten. Dem Serienmörder unterlief kein entscheidender Fehler.

Acht getötete Frauen. Alleinstehende, die niemand vermisst hatte.

»Scheiße!«, fluchte Drosten. »Wie kann das sein?« Er blickte dem Leipziger Hauptkommissar Maik Keller in die Augen.

Der zuckte betreten die Achseln. »Die Nachteile einer Großstadt«, murmelte er.

»Aber Leipzig ist nicht einmal eine Millionenmetropole«, wandte Drosten ein. »Wie findet er die Frauen in so kurzen Abständen?«

»Wenn wir das herausfinden, sind wir seiner Ergreifung ein großes Stück nähergekommen«, antwortete Keller.

Drosten spürte eine unerklärliche Beklemmung. Er hatte in den vergangenen Jahren zahlreiche Mörder enttarnt und inhaftiert. Doch der Täter, der von der Presse

Der Wundennäher genannt wurde, spielte ein besonders grausames Spiel.

»Ich kann hier nicht in Ruhe nachdenken«, brummte er. »Treffen wir uns im Polizeipräsidium.« Drosten sah Sommer an und bat ihn stumm, ihn nach draußen zu begleiten.

* * *

»Was ist los?«, fragte Lukas Sommer, nachdem er die Wagentür geschlossen hatte.

»Wir haben September«, erklärte Drosten. »Der erste meteorologische Herbstmonat. Was ist, wenn er bereits die nächsten Frauen quält?«

Sommer startete den Motor. »Zeichne nicht den Teufel an die Wand.«

»Vier Frauen, die nachweislich das letzte Mal im Mai gesehen worden waren. Ihre Leichen haben wir im Zeitraum zwischen Anfang Juni und Ende Juni gefunden. Die Unglückselige, die wir zuletzt entdeckt haben, hielt einen Zettel in ihren Fingern. Miss Frühling. Unterdessen hatte der Mistkerl das erste Sommeropfer überwältigt. Vera ist Ende Juni bei einem Konzert gewesen. Danach keinerlei Lebenszeichen. Die anderen Toten sind alle im Laufe des Julis von der Bildfläche verschwunden. Und die Leiche von Miss Sommer erst kürzlich aufgetaucht. Er könnte den Herbstzyklus schon begonnen haben.«

Obwohl sie sich im Herbst befanden, stöhnte der Osten Deutschlands unter einer ungewöhnlichen Hitzeperiode. Dreißig Grad tagsüber waren momentan keine

Seltenheit. Auch jetzt zeigte das Außenthermometer des Fahrzeugs achtundzwanzig Grad an. Die Sonne brannte von einem wolkenlosen Himmel herab.

»Was treibt ihn an?«, fragte Sommer. »Wieso fügt er den Frauen am ganzen Körper Schnittwunden zu, die er anschließend selbst näht?«

»Stümperhaft näht«, schränkte Drosten ein. »Er ist kein Mediziner. Dafür sind seine Nähte zu schlecht. Würden die Opfer das Martyrium überleben, wären sie ihr Leben lang gezeichnet.«

»Reicht Hass als Begründung aus?«

Die Sonderkommission arbeitete mit zwei Kriminalpsychologen zusammen. Beide vermuteten einen großen Frauenhass als Antriebsfeder.

Drosten musste die Frage unbeantwortet lassen. »Er vergewaltigt sie vaginal. Ihr Blut ist sein Gleitmittel. Die Rechtsmediziner entdecken Penetrationsspuren. Kondomrückstände. Kein Sperma. Keine Schamhaare, die einem Mann zuzuordnen wären. Nichts, was zu einem Verdächtigen führt. Ich finde Professor Grubers Annahmen schlüssig. Die sexuelle Komponente ist nicht die stärkste. Durch die Verletzungen steigert er sich in einen Rausch. Den entstandenen Druck baut er ab, indem er die wehrlosen Frauen vergewaltigt. Danach fühlt er sich schuldig und bekämpft die Scham dadurch, dass er die Wunden vernäht. Was ist das bloß für ein Monster?«

Drosten schaute aus dem Fenster. Sie fuhren an dem neuen Rathaus der Stadt vorbei. Für ihn war das nicht der erste dienstliche Aufenthalt in Leipzig. Bislang hatte er die sächsische Metropole gemocht. Doch welche Abgründe verbargen sich in ihr, wenn ein Täter Frauen wochenlang in deren Wohnungen malträtieren konnte, ohne dass es jemandem auffiel?

* * *

In dem citynah gelegenen Polizeipräsidium Dimitroffstraße hatte die Soko ihre Zelte aufgeschlagen. Robert Drosten und Lukas Sommer als Vertreter der erst im Laufe des Jahres gegründeten *Kriminaltaktischen Einsatzgruppe*, abgekürzt KEG, leiteten die Soko. Ohne die Hilfe der Leipziger Mordkommission wären sie jedoch aufgeschmissen gewesen. Vier Kommissare standen ihnen dauerhaft zur Seite: die Hauptkommissare Frank Starke, Maik Keller und Nadja Mückenberg. Dazu der Kriminalkommissar Hubertus Wilhelm Knabe. Außerdem hatte der Polizeipräsident bei Bedarf weitere personelle Unterstützung zugesagt und auch schon zahlreich zur Verfügung gestellt. Das LKA in Dresden war ebenfalls involviert. Ein solcher medienträchtiger Fall brockte allen Beteiligten massenhaft Überstunden ein. Wobei sich keiner der Beamten darüber beschwerte, denn sie einte das Ziel, eine dritte Todeswelle zu vermeiden.

Die im Besprechungsraum vollständig versammelten vier Leipziger Kriminalkommissare schauten Drosten erwartungsvoll an.

»Der zweite Zyklus ist mit Lara abgeschlossen«, begann er. »Sie hat offenbar die Misshandlungen am längsten überlebt. Ich fürchte, wir könnten uns bereits am Beginn des dritten Zyklus befinden.« Er drehte sich zur Wand um, an der die wichtigsten Informationen ausgedruckt auf DIN-A4-Papier hingen. »Der Mörder schnappt sich Frauen ohne großartige soziale Kontakte. Manche von ihnen sind arbeitslos oder haben bloß Minijobs. Andere hatten Urlaub und haben aus dem Urlaub heraus vermeintlich den Job geschmissen. Oder waren freiberuflich tätig. Sie lebten in Plattenbauten mit hohem Leerstand, in Dachgeschoss-Maisonettwohnungen, in einem freistehenden, baufälligen Einfamilienhaus. Der Mörder hat die Opfer geknebelt. Trotzdem reduziert er durch die Wohnortauswahl das Risiko, dass jemand ihre Schreie hört. In den Maisonettwohnungen befanden sich die Schlafzimmer jeweils unterm Dach. Wir sollten die Öffentlichkeit warnen.« Drosten wandte sich wieder den übrigen Anwesenden zu.

»Zeigen wir damit nicht unsere Hilflosigkeit?«, brachte der Mittfünfziger Frank Starke seine Bedenken vor.

»Im Prinzip schon. Aber was ist die Alternative?«, sprang Sommer Drosten zur Seite. »Vier weitere ermordete Leipzigerinnen?«

»Eventuell habe ich eine Idee«, sagte Maik Keller. »In Leipzig wohnt ein MDR-Moderator, der in letzter Zeit zweimal im Mittelpunkt von Mordermittlungen stand. Er moderiert eine abendliche Sendung mit akzeptablen Einschaltquoten.«

»War er in beiden Fällen zweifelsfrei unschuldig?«, vergewisserte sich Sommer.

»Ja«, bestätigte Keller.

»Dann dürfte er nicht sonderlich gut auf Sie zu sprechen sein«, vermutete Drosten.

»Wir müssen ihm das Ganze als Exklusivmaterial anpreisen. Quasi eine Art Entschuldigung. Idealerweise müssten Sie oder Hauptkommissar Sommer im Studio für ein Interview zur Verfügung stehen. Berichtet der MDR darüber, greifen das die Tageszeitungen ebenfalls auf.«

»Allerdings bekommen wir anschließend zahlreiche Falschmeldungen«, befürchtete Nadja Mückenberg. »Jeder einzelnen Meldung müssen wir nachgehen, um vielleicht den Haupttreffer zu landen. Vorausgesetzt, dass der dritte Zyklus läuft.«

»Ja«, sagte Drosten. »Der Personalaufwand könnte immens ausfallen. Aber er lohnt sich. Selbst wenn er noch nicht erneut zugeschlagen hat. Die bisherigen Aussagen in den einzelnen Häusern sind nicht hilfreich gewesen.« Zwar gab es Zeugenaussagen von fremden Männern in den Mietshäusern, doch die unterschieden sich so eklatant voneinander, dass sie in den Ermittlungen keine Rolle spielten.

»Soll ich den Moderator kontaktieren? Vorfühlen, ob er überhaupt bereit dazu ist?«, erkundigte sich Keller.

»Machen Sie das!«, antwortete Drosten. »Je schneller, desto besser. Uns rennt die Zeit davon.«

* * *

Luzie fürchtete, sie würde sterben. Der zweite Mann

hatte sie mehrfach geschnitten, bevor er sie brutal vergewaltigt hatte. Danach war er aufgestanden und hatte sie einfach liegengelassen.

Außer ihrem Unterleib schmerzte ihr linker Oberschenkel besonders schlimm. Sie spürte das warme Blut, das aus der Wunde floss. Ohne Hilfe würde sie wahrscheinlich verbluten. Leise wimmerte sie, Tränen liefen ihr übers Gesicht.

»Nicht weinen«, erklang plötzlich eine vertraute Stimme.

Sie zuckte zusammen. Warum hatte sie den neuen Besucher nicht gehört? War er so lautlos hereingekommen?

Der Eindringling, der sie überwältigt hatte, setzte sich zu ihr. Sein Blick wanderte über ihren Körper. Erkannte sie in seinen Augen Mitleid?

»Du hast die Matratze durchnässt«, tadelte er. »Ich sage ihm immer, er soll euch zuerst zur Toilette führen. Wieso hält er sich nicht daran? Das ist so unangenehm. Kalter Urin stinkt ekelerregend.«

Er suchte ihren Blickkontakt. Gleichzeitig hielt er mit einer Hand ihr Kinn fest.

»Hör mir jetzt gut zu«, begann er. »Ich werde den Knebel lösen, um dir zu essen und zu trinken geben. Den Toilettengang können wir uns heute wohl sparen. Es sei denn, du bestehst darauf. Wenn du gegessen und getrunken hast, flöße ich dir ein starkes Schmerzmittel ein und kümmere mich um deine Wunden. Einverstanden?«

Obwohl er sie festhielt, gelang es Luzie, leicht zu nicken.

»An den Regeln hat sich nichts geändert. Du schreist nicht um Hilfe. Ansonsten war das, was er dir angetan hat, lediglich ein Vorspiel.«

Vorsichtig zog er ihr den Knebel aus dem Mund, woraufhin sie hustete.

»Helfen Sie mir«, flüsterte sie panisch. »Sie müssen mich vor ihm beschützen.«

Wortlos drückte er ihr eine Flasche an die Lippen. Sie trank zu gierig, weshalb sie sich verschluckte.

»Bitte«, sagte sie, nachdem der Hustenanfall abgeebbt war. »Ich habe Ihnen nichts getan«, flehte sie.

»Sei still! Oder hast du keinen Hunger?«

In dieser Sekunde wusste sie, dass sie niemals lebendig aus dem Albtraum erwachen würde. Ihre einzige Chance bestand darin, einen Nachbarn auf sich aufmerksam zu machen.

»Hilfe!«, schrie sie. »Polizei!«

Rücksichtslos zwängte er ihr den Knebel in den Mund. Die offene Wasserflasche kippte um und benässte ihren Oberkörper. Er verpasste ihr zur Strafe eine schallende Ohrfeige.

»Ich habe dich gewarnt«, zischte er wütend. Erneut schlug er sie. »Ich hätte dir Schmerzmittel gegeben. Du hättest das Folgende kaum gespürt. Nun bist du es selbst schuld.«

Er stand vom Bett auf. Einen Moment später hielt er ein seltsames Gerät in der Hand. Es dauerte eine Weile, bis sie es erkannte und daraufhin wild an der Kette zerrte.

»Ich werde deine Wunden nähen. Ganz ohne Betäubung. Vielleicht lernst du so, dich nicht zu widersetzen.«

Er setzte sich zurück aufs Bett und umklammerte mit der freien Hand ihr linkes Knie.

»An deiner Stelle würde ich stillhalten. Je zappliger du bist, desto mehr Stiche benötige ich.«

Im nächsten Augenblick rammte er ihr die Nadel ins Fleisch.

2

Svenja Rost tippte ihre Zugangs-PIN in den Computer ein. Die Übersichtsseite baute sich in Sekundenschnelle auf. Deprimiert betrachtete sie ihren Kontoauszug.

»Scheiße«, murmelte sie.

Sie hatte vor vier Wochen ihren Job wegen betrieblicher Umstrukturierungen verloren. Oder genauer gesagt, weil ihre Abteilung aufgelöst worden war, um im billigeren Ausland wieder errichtet zu werden. Zwar erhielten alle betroffenen Mitarbeiter eine Abfindung, doch da Svenja bloß zwei Jahre in der Firma angestellt und kinderlos war, betrug diese lediglich ein Monatsgehalt.

»Scheiße«, wiederholte sie. Zum Glück waren die monatlichen Fixkosten bereits abgebucht. Aber wenn sie berücksichtigte, welch niedriges Arbeitslosengeld ihr zustand, rutschte sie in spätestens einem Vierteljahr ins Minus.

Svenja loggte sich aus und ging zum Fenster. Sie wohnte in der fünften Etage eines Plattenbaus, der den Vorzug günstiger Mieten bot. Dafür durfte man sich nicht über ständig defekte Aufzüge, ausfallende Heizungen oder gluckernde Rohrleitung beklagen. Der Leerstand in dem Hochhaus nahm immer mehr zu – wahrscheinlich waren inzwischen über ein Viertel der Wohnungen nicht vermietet.

Auch Svenja hatte im letzten Jahr davon geträumt,

auszuziehen, um eine schönere Bleibe zu finden. Dann waren die ersten Jobauslagerungsgerüchte aufgekommen und sie hatte besonnen reagiert und den Umzugswunsch verdrängt.

Wo sollte sie sich bewerben? Die ehemalige Tätigkeit war ein Glücksfall gewesen. Sie hatte in einem Zweierbüro zusammen mit einer Kollegin gearbeitet, die vor vier Monaten ein Frühpensionierungsangebot angenommen hatte. Seitdem hatte sie jeden Tag ohne lästige Kollegengespräche arbeiten können. Fast wie im Paradies.

Ihr fiel es schwer, Kontakt zu anderen Menschen zu knüpfen. Viele hielten sie deswegen für unnahbar oder arrogant. Einschätzungen, die nicht zutrafen. Über ihre Kindheitsgeschichte wussten die Wenigsten Bescheid und Svenja lag das Herz nicht auf der Zunge.

Für einen Moment dachte sie an die Aufenthalte im Kinderheim. Ihre Mutter war drogensüchtig gewesen, weshalb das Jugendamt frühzeitig beschlossen hatte, die damals Sechsjährige in Obhut zu nehmen. Versuche, sie bei Pflegeeltern unterzubringen, waren aus den unterschiedlichsten Gründen gescheitert. Nachdem im Alter von dreizehn ein Pflegevater sexuell zudringlich geworden war, hatte sie weitere Vermittlungsversuche sabotiert, um bis zur Volljährigkeit im Heim verbleiben zu können. Dort waren wenigstens die Erzieher freundlich und ließen sie weitestgehend in Ruhe. Außerdem stammte aus dieser Phase die einzige Freundschaft zur gleichaltrigen Irina, welche bis ins Erwachsenenalter gehalten hatte. Irina war zwar vor einigen Monaten nach Rostock gezogen, dennoch trafen sie sich regelmäßig, schickten sich Nachrichten oder telefonierten miteinander. Morgen würde Irina wieder zu einem Besuch nach Leipzig kommen – ein Lichtblick am grauen Horizont.

Wo sollte sie sich bewerben? Sie hatte lediglich den Mittelschulabschluss und eine Lehre als Bürokauffrau. Ihr Lebenslauf wies Lücken auf, in denen sie sich in psychologischer Behandlung befunden hatte. Nichts, womit sie potenzielle Arbeitgeber beeindruckte.

In Leipzig gab es Call-Center, die über dem Mindestlohn bezahlten und neue Mitarbeiter suchten. Die Ansprechpartnerin der Jobagentur hatte ihr gestern ein paar Anlaufstellen genannt, bei denen sie sich schnellstmöglich vorstellen sollte. Doch die Aussicht, in einem Großraumbüro zu sitzen, bereitete ihr Panik. Das war garantiert nicht der richtige Job für sie.

Vielleicht hatte Irina eine bessere Idee. Durch ihren Umzug nach Rostock hatte sie sich beruflich verbessert, eventuell wäre das auch für Svenja eine Alternative.

Das Klingeln des Festnetztelefons riss sie aus ihren Gedanken. Während Svenja zu der Basisstation ging, in der das Mobilteil steckte, überlegte sie, ob sie den Anschluss kündigen könnte. Prinzipiell reichte ihr der günstige Handyvertrag. Oder hing die Festnetznummer mit dem Internetvertrag zusammen, auf den sie angewiesen war?

Unbekannt.

Die Anzeige des Telefondisplays verunsicherte sie. In den letzten Tagen hatte sie mehrfach Anrufe entgegengenommen, ohne dass sich jemand am anderen Ende der Leitung gemeldet hätte. Trotzdem hoffte sie jedes Mal auf einen Anruf, der ihre Misere beendete.

»Hallo?«, meldete sie sich zurückhaltend. Innerlich betete sie darum, von einer freundlichen Stimme etwas Positives zu erfahren.

Niemand antwortete ihr.

»Hallo?«, wiederholte Svenja.

Nichts!

Sie lauschte eine Weile. Doch sie vernahm keine Geräusche, die ihr eine Identifizierung des anonymen Anrufers ermöglicht hätten. Svenja trennte das Gespräch und stellte das Mobilteil zurück in die Aufladeschale.

War die Häufung der Belästigungsanrufe Zufall? Oder hatte ein Mann sie gezielt ausgewählt, um sie zu terrorisieren?

Aufgrund ihrer schlechten Erfahrung malte sie sich einen gesichtslosen Mistkerl aus, den es erregte, Frauen zu belästigen. Eine andere Möglichkeit kam ihr in den Sinn: Hatte ihr ehemaliger Pflegevater, der wegen ihrer Aussage für drei Jahre im Gefängnis gelandet war, ihre Telefonnummer herausgefunden, und rächte sich nun an ihr?

Sollten das andauern, müsste sie eine Fangschaltung beantragen. Oder gegebenenfalls die Nummer tauschen – je nachdem, welche Lösung kostenlos wäre.

Svenja trat an den Kühlschrank und überprüfte den Lebensmittelvorrat. Seufzend beschloss sie, den etwa zwei Kilometer entfernten Discounter aufzusuchen.

* * *

Was lag da vor der Wohnungstür?

Svenja hielt bei ihrer Rückkehr abrupt inne. War das ein Blumenstrauß? Sie näherte sich vorsichtig der Tür. Auf der Fußmatte befand sich ein in braunes Blumenpapier eingewickelter Gegenstand, der die Form eines Straußes besaß. Sie lehnte die beiden Jutebeutel an die Wand und hob das Geschenk auf. Daran klebte kein Zettel, der ihr einen Hinweis geliefert hätte. Gab es einen unbekannten Rosenkavalier in ihrem Leben?

Behutsam breitete sie das Papier aus.

»Wow«, flüsterte sie beeindruckt.

Passend zum bevorstehenden Herbst hatte jemand einen herbstlichen Strauß komponiert. Zwei Sonnenblumen dominierten mit ihrem unverwechselbaren Aussehen. Die übrigen in Gelb- und Rottönen gehaltenen Rosen sowie das stilsicher eingearbeitete Grün verliehen dem Arrangement den Anblick von weichem Abendlicht. Der Blumenstrauß war wunderschön.

Leider entdeckte Svenja auch innerhalb des Papiers keine Karte. War das eine Aufmerksamkeit ihres ehemaligen Arbeitgebers? Ein kleiner, zusätzlicher Bonus? Unwahrscheinlich.

Nachdenklich schloss die doppelt gesicherte Wohnungstür auf. Sie dachte an die anonymen Anrufe. Hatte sie das Interesse eines schüchternen Mannes geweckt, der sich nicht traute, sie anzusprechen? Den es am Telefon die Worte verschlug, sobald sie sich meldete?

Oder spielte ihr ein Unbekannter einen üblen Streich? Der aus der Haft entlassene Pflegevater?

Sie ging in die Wohnung und legte den Strauß zunächst auf den Wohnzimmertisch. In Ruhe räumte sie die Einkäufe aus, bevor sie an den Schrank trat, in dem sie ein paar Vasen aufbewahrte.

Wie fast alle Frauen liebte Svenja Blumen, obwohl sie sich selbst den Luxus niemals leistete. Trotzdem überlegte sie, das Geschenk in die Biotonne zu werfen. Doch das Gesteck war wunderhübsch. Ein Farbtupfer in ihrer grauen Umgebung. Sie nahm eine erdfarbene Keramikvase und füllte sie mit Wasser. Danach schnitt sie die Blumen an und überprüfte dabei sorgfältig, ob sich etwas zwischen den Pflanzen befand. Da sie weder Ungeziefer noch eine elektronische Wanze fand, beschloss sie, diese schöne Überraschung in ihrer aktuellen Lebenssituation verdient zu haben.

* * *

Am späten Abend signalisierte Svenjas Handy den Eingang einer Chatnachricht. In der Dunkelheit des Wohnzimmers, das nur das Licht des Fernsehers erhellte, tastete sie nach dem Mobiltelefon. Irina hatte sich gemeldet.

»Wehe, du sagst mir für morgen ab«, flüsterte sie, während sie die Wiedergabe einer gestreamten Serie unterbrach.

Hi, Süße!
Ich komme wahrscheinlich ein bisschen später als geplant. Mein Chef hat mich gebeten, morgen zwei Stunden länger zu bleiben :-(

Aber du versetzt mich nicht?, vergewisserte sich Svenja.

Unter keinen Umständen, lautete die schnelle Antwort. *Treffen wir uns direkt um einundzwanzig Uhr im Café Waldi?*

Für einen Moment überlegte Svenja, ob es nicht preisgünstiger sei, den Treffpunkt zu ihr nach Hause zu verlegen. Doch Irina gehörte zu den Menschen, die keine Lieblingsgetränke besaßen, sondern sich lieber von der jeweiligen Getränkekarte und der eigenen Laune inspirieren ließen. Außerdem kam sie extra aus Rostock hierher. Nicht nur, um Svenja zu sehen, aber das war ein wichtiger Grund. Insofern wollte sie keine Spielverderberin sein.

Einverstanden. Bis morgen. Ich freue mich auf dich.

Irina antwortete mit einem gehobenen Daumen und drei Kuss-Emojis. Svenja legte das Handy zurück und setzte die Wiedergabe der historischen Dramaserie fort. Sie tauchte wieder ein in die Geschichte, die in England des achtzehnten Jahrhunderts spielte. Svenja versank so tief darin, dass sie schreckhaft zusammenzuckte, als es an der Tür klingelte. Sie griff zur Fernbedienung und schaltete instinktiv den Fernseher stumm. Mit wild pochendem Herzen lauschte sie. Trotzdem erschreckte sie fast zu Tode, als es an der Wohnungstür klopfte. Die Hoffnung, dass jemand an der Haustür den falschen Klingelknopf erwischte hatte, verpuffte.

Svenja drückte den Ausschaltknopf. Sollte der unangekündigte Besucher von außen durch den Türspion blicken, würde er nichts als Dunkelheit wahrnehmen, denn um sie herum war es nun stockfinster.

Allerdings führte die Kombination aus dem fehlenden Licht und dem vor der Tür wartenden Unbekannten zu einem Panikanflug.

Würde er noch einmal klingeln, klopfen oder vielleicht sogar an dem Türholz scharen? Plötzlich zitterte Svenja unkontrolliert. Sie nahm das Handy, um schnellstmöglich den Notruf alarmieren zu können.

Nichts passierte in den folgenden Minuten. Langsam beruhigte sich ihr Puls und das Zittern ließ nach. Svenja sammelte ihren Mut und stand auf. Mit wackligen Beinen schlich sie lautlos zur Wohnungstür. Sie musste durch den Spion schauen, obwohl sie fürchtete, einen Herzinfarkt zu bekommen, falls sie draußen jemanden entdeckte. Intuitiv hielt sie den Atem an, als sie durch das Guckloch blickte.

Im Hausflur war es dunkel.

Sollte dort eine Person darauf hoffen, dass sie dumm genug war, die Tür zu öffnen, könnte sie ewig warten. Svenja tastete nach dem Schlüsselbund, der wie erhofft im Schloss steckte. Sie hatte daran gedacht, abzuschließen. Erleichtert ging sie auf Zehenspitzen ins Schlafzimmer. Der Spaß am Fernsehen war ihr eindeutig vergangen.

3

Lukas Sommer schlug den Aktenordner mit den Kontoauszügen der achten Toten auf. Michaela Neundorf war in ihrer Kontoführung sehr ordentlich gewesen. Sie hatte jeden Monat einen Auszug abgeheftet, der Ordner umfasste insgesamt einen Zeitraum von fünf Jahren.

Sommer schätzte diese Art der Arbeit. Er konnte die Zahlenkolonnen stundenlang ohne Konzentrationsverlust durcharbeiten und registrierte schnell, ob es wiederkehrende Summen waren oder es sich um einmalige Ausgaben handelte. Sein Interesse galt dabei den ungewöhnlichen Zahlungsvorgängen.

Mehrfach notierte er sich Überweisungsempfänger und suchte im Internet nach Informationen. Michaela hatte sparsam gelebt. Sie war keine Frau, die ausgiebig online einkaufte oder mit ihrer EC-Karte in Geschäften bezahlte. Auch die Barabhebungen bewegten sich in einem nachvollziehbaren Rahmen.

Als er das Jahr 2016 überprüfte, bemerkte er eine für ihre Verhältnisse auffällig hohe Überweisung. 432 Euro. Empfänger war ein gewisser Wilhelm Rekowski. Der Überweisungszweck lautete: *Wochenendseminar Veranstaltung Einsam zufrieden inklusive Verpflegung und gemeinsamen Opernbesuch Teilnehmerin Michaela Neundorf.*

Hatte sie vor zwei Jahren unter ihrem Single-Dasein gelitten und versucht, mit einem wahrscheinlich pseudopsychologischen Seminar neue Denkanstöße zu erhalten?

Sommer tippte den Namen des Zahlungsempfängers ins Google-Suchfeld ein und erweiterte die Anfrage um das Wort ›Wochenendveranstaltung‹. Die Suchergebnisse führten ihn zur Homepage eines promovierten Psychiaters, der regelmäßig an Wochenenden Seminare anbot. Dabei schienen die Themen immer etwas mit Lebenskrisen zu tun zu haben. Sommer fand sogar den Kurs *Einsam zufrieden*, den der Mann quartalsweise abhielt.

Er surfte zum Unterpunkt ›Kontakt‹, doch dort stand lediglich eine E-Mail-Adresse. Also wechselte er ins Impressum. Der Psychiater hatte seine Leipziger Anschrift mitsamt einer Telefonnummer angegeben.

Sommer wählte die Nummer und landete sofort auf einem Anrufbeantworter.

»Dies ist der Anrufbeantworter von Professor Wilhelm Rekowski. Entweder befinde ich mich gerade in einer Behandlung oder Sie rufen außerhalb der Praxisöffnungszeiten an. Wenn Sie mir Ihren Namen und Ihre Telefonnummer hinterlassen, rufe ich Sie gern zurück.«

Sommer nannte seine Nummer und bat um einen unverzüglichen Rückruf.

* * *

Trotz der Dringlichkeit meldete sich der Seminaranbieter nicht bis zum Mittag. Bis dahin hatte Sommer den kompletten Aktenordner durchgearbeitet, ohne auf weitere ungewöhnliche Zahlungen zu stoßen. Als Sommer bereits überlegte, den Psychiater erneut zu kontaktieren, klingelte endlich das Handy und übertrug die Stunden zuvor gewählte Leipziger Rufnummer.

»Kriminalhauptkommissar Sommer«, begrüßte er den Psychiater absichtlich mit vollem Dienstgrad.

»Professor Rekowski. Sie hatten heute Vormittag um Rückruf gebeten.«

»Das ist jetzt einige Stunden her«, entfuhr es dem Polizisten verstimmt.

»Freitags bin ich durchgängig bis zwölf Uhr in Behandlung und kümmere mich danach um die telefonischen Anfragen, bevor ich ins Wochenende starte.« Seine Stimme klang gelassen. »Worum geht es denn?«

Sommer atmete einmal durch. Die Tonlage des Gesprächspartners nahm ihm die Verärgerung über die Wartedauer. »Im Rahmen einer Mordermittlung überprüfe ich die Zahlungsein- und -ausgänge eines Mordopfers. Die Frau hat vor zwei Jahren an einem Ihrer Wochenendkurse teilgenommen.«

»Oh.«

»Ich würde gern gemeinsam mit einem Kollegen vorbeikommen und nähere Informationen einholen. Wie lange sind Sie noch in der Praxis?«

»Ich habe die Unterlagen der Seminare mangels Platz nicht hier, sondern in meinem Privathaushalt«, erklärte der Psychiater. »Würden Sie es schaffen, mich dort um vierzehn Uhr zu treffen?«

Sommer schaute auf seine Armbanduhr. »Wie lautet Ihre Privatadresse?«

Der Mann nannte sie ihm.

»Hauptkommissar Drosten und ich sind in knapp zwei Stunden bei Ihnen.«

* * *

Rekowski wohnte im Waldstraßenviertel in unmittelbarer Nähe zur Leipziger Arena. Sommer entdeckte seinen Namen auf dem obersten Klingelschild eines dreistöckigen Gebäudes. Er drückte die Klingel und Sekunden später öffnete ihnen jemand ohne vorherige Rücksprache. Das Haus aus der Gründerzeit besaß keinen Fahrstuhl, dafür einen ausladenden Treppenaufgang mit Holzstufen, die bei jedem Schritt knarzten.

An der geöffneten Wohnungstür in der dritten Etage wartete ein leger gekleideter Mann, den Sommer auf Anfang fünfzig schätzte. Er trug ein blaues Leinenhemd, dazu eine passende weiße Leinenhose mit Kordelzug. In seinen dunkelblonden, vollen Haaren steckte eine Brille. Seine Füße waren nackt.

»Haben wir miteinander telefoniert?«, erkundigte er sich und streckte gleichzeitig seine Hand aus.

Sommer ergriff sie. »Ich bin Lukas Sommer. Das ist mein Kollege Robert Drosten.« Diesmal nannte er die Dienstgrade nicht – falls jemand im Flur lauschte.

»Kommen Sie herein.« Er ging voraus und führte sie in ein geräumiges, mindestens dreißig Quadratmeter großes Zimmer. In der Mitte des Raums befand sich ein antiker, drei Meter breiter Schreibtisch. An den Wänden standen mehrere ebenfalls antike Schränke, deren Türen allesamt geschlossen waren.

Rekowski nahm auf dem Chefsessel hinter dem Tisch Platz. Für die Gäste hatte er zwei Küchenstühle davor gestellt.

»Nehmen Sie Platz«, bat er. »Worum geht es überhaupt? Sie sprachen am Telefon von einem Mordopfer, das in einem meiner Wochenendseminare war?«

»So ist es«, bestätigte Sommer.

»Ist Sie auch meine Patientin? Für die Seminarteilnehmer bin ich nicht an die Schweigepflicht gebunden, bei einer richtigen Patientin wäre das anders.«

»Sie hieß Michaela Neundorf«, erklärte Drosten.

»Der Name sagt mir nichts.« Der Psychiater schob die in den Haaren steckende Brille auf seinen Nasenrücken, berührte die Maus und tippte etwas in die Tastatur ein. »Nein. Sie ist nicht bei mir in Behandlung. Sehr gut. An welchem Kurs hat sie teilgenommen?«

»›Einsam zufrieden‹«, sagte Sommer.

Rekowski lächelte. »Eines meiner Lieblingsseminare.«

»Welche Inhalte vermitteln Sie während eines solchen Wochenendes?«, fragte Drosten. »Wer ist Ihre Zielgruppe? Nur weibliche Singles oder ist das gemischt?«

»Ich versuche, die Anmeldungen so hinzubekommen, dass von zwölf Teilnehmern maximal sieben Frauen dabei sind«, erläuterte Rekowski. »Die Singles, die sich für dieses Seminar entscheiden, leiden unter ihrer Beziehungslosigkeit. Das bezieht sich übrigens nicht bloß auf reine Paarbeziehungen. Manche von ihnen pflegen nicht einmal tiefe Freundschaften. Sie sind zu schüchtern, um die vielfältigen Kontaktchancen zu nutzen, die heutzutage allein das Internet anbietet.

Ein großer Block in dem Seminar besteht darin, dass ich ihnen diverse Flirt- und Freizeitplattformen zeige und ihnen die Möglichkeit gebe, Profile anzulegen. Außerdem gehen wir an den Samstagen in die Oper. Ein solches gesellschaftliches Ereignis ist für viele Teilnehmer ein absoluter Höhepunkt. Zudem arbeiten wir am Selbstwertgefühl. Jeder aus dem Kurs fährt sonntags mit dem Gefühl nach Hause, dass er ein wertvoller Mensch ist.«

Sommer fiel es schwer, aufgrund der letzten Aussage ein Augenrollen zu verhindern. Doch er benötigte Rekowskis Kooperation. »Michaela Neundorf hat das Seminar im Oktober 2016 bezahlt. Besitzen Sie noch die alten Teilnehmerlisten?«

»Natürlich.« Der Mann wirkte stolz auf seine Organisation. Er stand auf und trat an einen der Schränke, dessen rechte Tür er öffnete. »Ich hefte das jeweils nach Kursinhalten ab, so kann ich besser überprüfen, ob sich ein Konkurrent einschleicht und mir den Inhalt stiehlt.«

»Konkurrent?«, hakte Drosten überrascht nach.

»In Großstädten gibt es immer zahlreiche Anbieter von Lebenshilfemaßnahmen. Ist ein lukrativer Nebenverdienst. Bedauerlicherweise tummeln sich deswegen ein paar schwarze Schafe am Markt. Die keinerlei Ausbildung vorzuweisen haben und im schlimmsten Fall keine eigenen Ideen entwickeln. Um sich zu inspirieren, besuchen sie erfolgreich eingeführte Seminare, kopieren die Inhalte und bieten den Kurs zwanzig Prozent billiger an. Vor einem Jahr hatte es in Leipzig einige Versuche diese Verbrecher gegeben, den Hilfsbedürftigen das

Geld aus der Tasche zu ziehen.« Er holte einen roten Ordner heraus und trug ihn zum Schreibtisch. »Oktober 2016?«

»Genau«, bestätigte Sommer.

Rekowski klappte den Aktenordner auf. Er blätterte darin herum, bis er zu dem gesuchten Zeitraum kam.

»Wollen Sie nur die Teilnehmerliste oder interessiert Sie auch der Feedback-Bogen, den ich von jedem am Ende des Wochenendes ausfüllen lasse?«

»Wir würden uns gern alles ansehen«, erwiderte Sommer.

Der Psychiater reichte ihnen die entsprechenden Zettel. »Sie finden darauf folgende Informationen: Den Teilnehmernamen, Anschriften, wann der Interessent sich angemeldet hat, den Zeitpunkt der Kursgebührbegleichung, von welcher Bankverbindung oder welchem Paypal-Konto die Gebühr beglichen wurde, und eine Unterschrift des Teilnehmers – vorausgesetzt, er war anwesend.«

»Wieso bewahren Sie die Bankinformationen auf?«, fragte Sommer.

Neundorfs Name stand ziemlich in der Mitte der Liste.

»Nach der Anmeldung muss der Interessent innerhalb einer Woche die Kursgebühr entrichten. Sollte ihm anschließend etwas dazwischen kommen, gibt es gestaffelte Stornokosten. Bis fünfzehn Tage vorher zwanzig Prozent, zehn Tage vierzig Prozent. Und so weiter. Ich rücküberweise immer auf das Konto, von dem bezahlt worden ist.«

Sommer bemerkte eine Unstimmigkeit. »Was hat das zu bedeuten? Der Teilnehmer nennt sich Frank Schneider, unterschreibt auch mit dem Namen, aber ein gewisser Frank Benninger hat die Überweisung veranlasst.«

»Das ist nicht so ungewöhnlich«, behauptete Rekowski. »Manche Teilnehmer bekommen den Kurs von Freunden geschenkt.«

Sommer blätterte die Feedback-Bögen durch. Alle schienen mit dem Wochenende zufrieden gewesen zu sein. Einige hoben den Opernbesuch als außergewöhnliches Erlebnis hervor oder bedankten sich für die Hilfe bei der Erstellung der Internet-Profile. Michaela hatte allerdings lediglich die Bewertungsskala genutzt und bei jedem einzelnen Punkt die Höchstbewertung ›10‹ ausgewählt.«

Sommer gab Drosten die Papiere.

»Wie oft besuchen Leute den Kurs ein zweites oder drittes Mal?«, fragte Drosten.

»Niemals«, antworte Rekowski.

»Sie klingen absolut überzeugt«, wunderte sich Sommer.

»Bin ich auch. Jemand, der sich erneut anmeldet, bekommt von mir keine Teilnahmebestätigung. Ich möchte, dass alle Teilnehmer den gleichen Wissensstand haben. Eine Person, die den Kursinhalt bereits kennt, würde die Gruppendynamik negativ beeinflussen.«

»Wenn wir Ihnen sieben weitere Namen geben, könnten Sie überprüfen, ob eine oder mehrere dieser Frauen an einem Ihrer Kurse teilgenommen hat?«

»Sieben?«, reagierte Rekowski geschockt. »In welchem Fall ermitteln Sie? Geht es etwa um den Wundennäher?«

Sommer nickte. »Außerdem benötigen wir eine Kopie der Teilnehmerliste.«

* * *

»Nein«, sagte Hauptkommissar Maik Keller. »Definitiv nicht.«

»Sicher?«, hakte Drosten nach.

»Hundertprozentig. Sehen Sie hier.« Er deutete auf das geöffnete Programm. »In Leipzig leben drei Männer, die den Namen *Frank Schneider* tragen. Niemand wohnt in der angegebenen Straße im Stadtteil Plagwitz. Weder 2016 noch heute.«

»Ein Versehen? Oder eine falsche Identität?«, bat Drosten um eine Einschätzung.

»Mir fällt es schwer, an ein Versehen zu glauben«, mischte sich Sommer ein. »Ich könnte mir eher vorstellen, dass dieser *Schneider* absichtlich einen falschen Namen angibt. Vielleicht ist ihm die Teilnahme an dem Kurs peinlich. Oder es ist einer jener Kandidaten, von denen Rekowski berichtet hat. Der die gleiche Geschäftsidee verfolgt.«

Der Psychiater hatte die anderen Opfernamen in seinen Computer eingegeben, ohne eine Übereinstimmung zu finden. Kein weiteres Opfer hatte seine Seminare besucht.

»Wir haben doch die Bankverbindung des Mannes, der die Gebühr entrichtet. Dem sollten wir nachgehen«, schlug Keller vor. »Allerdings dauert das ein bisschen länger, bis wir da ein vernünftiges Ergebnis erzielt haben«, warnte er.

»Erledigen Sie das?«, erkundigte sich Sommer.

Keller hob die rechte Hand und streckte den Daumen in die Höhe.

»Haben Sie bereits mit dem Moderator gesprochen?«, fragte Drosten.

Nun verzog Keller die Lippen. »Sven Albrecht und ich werden in diesem Leben keine Freunde mehr. Bei meinem ersten Anruf hat er das Gespräch kommentarlos beendet. Schließlich habe ich mich bei dem zuständigen Redakteur gemeldet und ihn gebeten, dass Albrecht mich zurückruft. Ich hätte exklusive Informationen für ihn. Bislang lässt er mich zappeln.

»Wenn er sich nicht spätestens morgen meldet, müssen wir einen anderen Journalisten ins Boot holen«, legte Drosten fest. »Wir brauchen die Öffentlichkeit.«

4

Da sich die Straßenbahn verspätet hatte, betrat Svenja das Café Waldi ein paar Minuten zu spät. Zuerst suchte sie in der unteren Etage nach ihrer Freundin, doch die hatte sich offenbar in den im ersten Stock befindlichen Raucherbereich gesetzt. Also eilte sie nach oben und öffnete die Tür zu dem Bereich, in dem sie Irina sofort entdeckte. Ihre einzige Freundin saß an einem Zweiertisch und war in ihr Handy vertieft.

»Hi, Süße«, begrüßte Svenja Irina.

Die hob ihren Blick und lächelte strahlend.

»Da bist du ja endlich!«

Die beiden Frauen umarmten sich innig. Danach betrachtete Svenja Irinas äußerliche Veränderungen. Sie hatte ihre blonde Löwenmähne, die früher deutlich über die Schulterblätter hinausgeragt war, auf Kinnlänge gekürzt. Außerdem setzten Strähnen unterschiedlich farbliche Akzente.

»Die Frisur sieht super aus!«, lobte Svenja. »Ist die Wildlederjacke neu?«

»Vorgestern gekauft«, antwortete Irina stolz. »War dank meines Mitarbeiterrabatts sogar erschwinglich.«

»Du bist so hübsch!«

»Du auch!«

Svenja winkte ab und nahm Platz.

»Lässt du dir die Haare wachsen?«, fragte Irina.

»Ich spare bloß gerade das Geld für den Friseur.«

Eine Kellnerin kam zu ihnen und Svenja bestellte eine rote Fassbrause.

»So schlimm?«, erkundigte sich Irina.

Ihre Freundin nickte. »Die Arbeitsagentur will, dass ich mich bei Callcentern bewerbe. Horrorvorstellung. Ich brauche einen Job, bei dem man mich in Ruhe lässt und ich nicht jeden Augenblick einen Aufseher hinter mir stehen habe. Von der Einarbeitungsphase ganz zu schweigen.«

Irina drückte ihre Hand. »Du schaffst das.«

»Wie ist eigentlich der Arbeitsmarkt in Rostock?«

»Dein Ernst?«

Irina arbeitete in einer Modeboutique; ein Job, der für Svenja unter keinen Umständen eine Alternative wäre.

»Warum nicht? Ich glaube, ein Tapetenwechsel würde mir gut tun.«

»Das wäre so geil. Ich erkundige mich für dich. Vielleicht hat ja einer meiner Bekannten einen Tipp. Du hättest am liebsten einen Bürojob?«

»Du weißt ja, was ich einigermaßen beherrsche. An einem PC sitzen, Reklamationsschreiben bearbeiten, Statistiken auswerten und so einen Kram. Je kleiner das Büro, desto besser.«

»Da findet sich bestimmt eine freie Stelle. Oh, das würde mir gefallen. Dann suchen wir uns eine gemeinsame Wohnung und gucken nach Feierabend Netflix, während wir Hugos schlürfen.«

»Klingt traumhaft.«

Irina schaute sie überrascht an. »Du wirkst bedrückt. Was ist los?«

Bevor sie antworten konnte, brachte die Kellnerin das Getränk. Die Freundinnen stießen miteinander an und Svenja genoss den ersten erfrischenden Schluck.

»Das tut gut!«

»Jetzt erzähl!«

»In letzter Zeit sind ein paar Dinge passiert, die mir ... na ja, ein bisschen Angst machen.« Svenja seufzte. Sie umklammerte das große 0,4-Liter-Glas mit beiden Händen. »Ich fürchte, mich stalkt jemand.«

»Wer?«

»Keine Ahnung«, bekannte sie.

»Wie kommst du darauf?«, fragte Irina.

»Angefangen hat es mit Anrufen, bei denen sich keiner meldet.«

»Ein Telefonstreich?«

»Habe ich anfangs auch geglaubt. Aber gestern lag ein Blumenstrauß vor meiner Tür.«

Irina grinste. »Es gibt Schlimmeres. War er schön?«

»Sehr«, bestätigte Svenja. »Sonnenblumen, rote und gelbe Rosen. Passend zur Jahreszeit.«

»Du hast einen schüchternen Verehrer.«

»Das würde ja nur Sinn machen, wenn ich wenigstens ab und zu mit einem Mann in Kontakt wäre. Bin ich nicht.«

»Sicher?«

»Klar. Außerdem ist gestern noch etwas richtig Fieses geschehen. Abends, als ich vor dem Fernseher saß, klingelte es plötzlich an meiner Tür. Ich habe nicht aufgedrückt, weil ich davon ausgegangen bin, dass sich ein Pizzaservice oder jemand Betrunkenes verdrückt hätte. Dann hörte ich ein Scharren an meiner Wohnungstür.«

»Gruslig!«

»Allerdings. Als ich durch den Türspion nach draußen geblickt habe, war es im Flur stockfinster. Ich weiß nicht, wer die Geräusche verursacht hat.«

Nachdenklich nippte Irina an ihrem Cocktail. »Also dieses Scharren finde ich bedenklich. Hast du dich vielleicht verhört?«

»Das habe ich mir nicht eingebildet.«

»Ich glaube, da wollte dir bloß ein Nachbar einen Streich spielen. Wie hätte er sonst ins Haus kommen können? Vergiss es einfach. Du solltest lieber herausfinden, wer dein Romeo ist. Ob er dir hierher gefolgt ist?«

Irina schaute sich um und automatisch tat es ihr Svenja gleich. An den Tischen in dem Raucherbereich saßen jedoch nur Männer, die in Gespräch verstrickt waren. Keine Einzelpersonen.

»Wahrscheinlich nicht«, bedauerte der Rostocker Besuch. »Halt in den nächsten Tagen die Augen auf. Wer dir Blumen schenkt, wird bestimmt auf sich aufmerksam machen. Meine kleine Herzensbrecherin.«

Irina hielt ihr das Cocktail-Glas hin und Svenja kam der Aufforderung nach.

»Auf deinen heimlichen Verehrer!«

* * *

Zwei Stationen, bevor Svenja aussteigen musste, sah sie sich in der Straßenbahn um. Drei Pärchen, eine einzelne Frau und ein etwa 30-jähriger Mann fuhren in der Bahn aus der Stadt heraus. Der Mann war in ein Taschenbuch vertieft, außerdem steckten Ohrhörer in seinen Ohren. Möglichst unauffällig beobachte sie ihn in den nächsten Minuten. Er nahm nicht einmal seinen Blick aus dem Buch. Als sie ausstieg, achtete sie darauf, ob er im letzten Moment heraussprang. Doch sie war die einzige Person, die an ihrer Haltestelle die Straßenbahn verließ. Auf dem Heimweg rekapitulierte sie den Abend mit Irina. Sie hatten so viel Spaß gehabt. Vielleicht wäre es tatsächlich eine gute Idee, nach Rostock umzusiedeln und eine WG zu gründen. So würden sie Geld sparen und könnten sich gegenseitig unterstützen. Sollte Irina in den nächsten Wochen von einem passablen Jobangebot in Rostock berichten, würde Svenja einen Versuch wagen.

An der Haustür angekommen, blickte sie über die Schulter. Am Ende der Straße entdeckte sie ein Paar, das in die andere Richtung lief. Ansonsten schien um diese Uhrzeit niemand unterwegs zu sein. Trotzdem drückte sie die Tür fest von innen zu, nachdem sie in den Hausflur getreten war. Sie ging zum Aufzug und betätigte den Bedienknopf. Leise surrend setzte sich der Fahrstuhl in Bewegung. Als er unten ankam, machte sie einen Schritt zurück. Die Aufzugtür öffnete automatisch und sie bestieg die leere Kabine. Svenja berührte die Taste der fünften Etage. Es vergingen ein paar Sekunden, bevor sich der Fahrstuhl schloss. Erst jetzt entspannte Svenja vollständig. Solange vor ihrer Wohnung keine neuerlichen Überraschungen lauerten, hatte sie einen wundervollen Abend außerhalb der eigenen Wände verbracht.

Die Digitalanzeige wechselte unterdessen von der ›3‹ zur ›4‹. Svenja gähnte. Sie würde sich kurz abschminken, die Zähne putzen und danach direkt ins Bett fallen. Der Aufzug erreichte das fünfte Stockwerk. Die Tür glitt zur Seite.

»N'Abend«, sagte eine männliche Stimme.

Svenja schrie erschrocken.

Keinen Meter entfernt stand ein grobschlächtiger Mann, der sie fies angrinste.

»Schlechtes Gewissen, oder was erschreckst du dich so?«

Um ihr zu signalisieren, dass von ihm keine Gefahr ausging, wich er im Flur nach hinten zurück und verbeugte sich spöttisch.

»Madam, Sie können heraustreten.«

»Sehr witzig!« Svenja hatte den Kerl noch nie zuvor gesehen. Hatte er einen der Bewohner besucht? Oder würde er gleich nach ihr greifen? Mit pochendem Herzen verließ sie die Kabine.

»Entspann dich!«, empfahl er ihr.

Eilig lief sie auf ihre Wohnungstür zu. Zwar widerstand sie dem Impuls, nach hinten zu sehen, doch sie lauschte genau auf verräterische Geräusche. Der Unbekannte verfolgte sie nicht. Einigermaßen beruhigt holte Svenja den Schlüssel aus der Jackentasche, steckte ihn ins Schloss und traute sich endlich, einen Blick zur Seite zu werfen. Mittlerweile war sie allein. Svenja betrat die Wohnung und verschloss sie sofort wieder. Erleichtert atmete sie durch. Zumindest so lange, bis sie das blinkende rote Licht des Anrufbeantworters entdeckte.

»Oh nein«, flüsterte Svenja. Wann endete dieser Wahnsinn? Egal, wie überzeugt Irina davon war, dass sie bloß einen schüchternen Verehrer besaß, sie teilte diese Meinung nicht. Ein Mann, der anonym Blumen schickte und ständig anrief, ohne ein einziges Wort zu sagen, war keine moderne Romeo-Variante, sondern ein Psychopath. Am liebsten hätte sie die Nachricht ungehört gelöscht, aber das war bei dem Anrufbeantwortermodell nicht möglich. Svenja könnte das Blinken höchstens ignorieren. Doch dann würde sie sich schlaflos im Bett herumwälzen und sich fragen, ob der Anrufer etwas gesagt hatte.

Also ging sie zu dem Gerät und drückte die Abspieltaste.

»Sie haben eine neue Nachricht«, informierte sie das System mit der voreingestellten, weiblichen Computerstimme. »Erste Nachricht. Heute, zweiundzwanzig Uhr siebenundzwanzig.«

Zunächst war es still. Gerade als Svenja glaubte, es würde nichts weiter folgen, setzten Gitarrenklänge ein. Es folgte ein Lied, das ihr wohlvertraut war.

Woher hatte der Anrufer von ihrem Lieblingslied erfahren? Hatte er etwa draußen im Flur gestanden und gelauscht, während sie es gehört hatte?

5

»Danke, dass Sie alle so pünktlich erschienen sind«, begrüßte Robert Drosten die festen Mitglieder der Soko. Es war Samstagvormittag, elf Uhr. Zwei Stunden zuvor hatte er per Handy-Messenger um diese Zusammenkunft gebeten.

Der Jüngste im Bunde – Hubertus Knabe – sah besonders übernächtigt aus. Wahrscheinlich hatte er im Glauben eines freien Wochenendes bis in die Nacht gefeiert und kaum Schlaf abbekommen.

»Die Spur, der Sommer und ich gestern gemeinsam mit Maik Keller nachgegangen sind, ist im Laufe des Abends immer heißer geworden. Außerdem haben uns Analysten des BKA vor wenigen Stunden Informationen zur Verfügung gestellt, die ebenfalls sehr interessant wirken«, erklärte Drosten.

Er klappte seinen Laptop auf. Das Gerät war per W-LAN mit einem Beamer verkoppelt. Es dauerte bloß Sekunden, bis an der Wand hinter ihm das Foto eines Mannes auftauchte.

»Sie sehen das aktuelle Passfoto eines gewissen Frank Benninger, wohnhaft in Leipzig seit 1991.« Drosten gab dem Team einen Moment, um sich das durchschnittliche Gesicht des einen Meter zweiundachtzig und fünfundachtzig Kilo schweren Mannes einzuprägen. Auf dem vor drei Jahren angefertigten Passbild hatte er die Haare kurz getragen und keinen Vollbart besessen. Merkmale, die sich inzwischen geändert haben könnten. »Geboren ist er 1980 im beschaulichen Heilbronn in Westdeutschland. Seine Eltern waren Karl und Mareike Benninger. In den Achtzigern war es wohl üblich, sie als Industrielle zu bezeichnen. Karl Benninger war Inhaber einer Kranherstellerei, die von seinem Großvater gegründet worden war. Die Benningers hatten die Maueröffnung als große Chance gesehen und mit in Westdeutschland erwirtschaftetem Geld Firmen von der Treuhand aufgekauft. Viele davon hatten sich im Leipziger Umfeld befunden, weswegen es die Bennnigers hierher verschlagen hat. In ihren Methoden waren sie nicht zimperlich. Sie sanierten die Firmen auf Kosten der Angestellten und verkauften sie schließlich gewinnbringend weiter. Karl Benninger starb 2007 im Alter von 58 an einem Herzinfarkt. Seine Frau Mareike erlag vier Jahre später einem Krebsleiden. Zu diesem Zeitpunkt betrug das Familienvermögen laut Steuerunterlagen 7,8 Millionen Euro, das sich Frank und seine zwei Jahre jüngere Schwester Claudia teilten.« Robert Drosten hielt einen Augenblick inne und griff nach einem Wasserglas. Die Pause diente mehr einem theatralischen Effekt als einem wirklichen Trinkbedürfnis. Denn die nächste Information war möglicherweise bedeutend. »Keine vierundzwanzig Monate nach dem Tod der Mutter erbte Frank erneut ein Riesenvermögen. Seine Schwester Claudia hatte sich in der heimischen Badewanne die Pulsadern aufgeschnitten. Ihr Bruder, zu dem sie ein enges Verhältnis pflegte, hatte sie in ihrer Wohnung gefunden.«

»Oh Gott«, stöhnte Nadja Mückenberg.

Drosten fand ihre Reaktion absolut nachvollziehbar. In einer Mordserie, bei der die Opfer in den eigenen vier Wänden mit Schnitten verletzt und anschließend genäht wurden, sprach eine solche Vorgeschichte Bände. Vorausgesetzt, Benninger stellte sich am Ende als Verdächtiger heraus.

»Er war Alleinerbe des schwesterlichen Vermögens. Schon vor diesem Schicksalsschlag hatte er ein zurückgezogenes Leben geführt, danach isolierte er sich vollkommen. Benninger lebt im Stadtteil Plagwitz in einer 6-Zimmer-Penthouse-Wohnung.«

»Nur?«, wunderte sich Frank Starke. »Ich hätte ihn eher in einer Villa verortet. Selbst unsere geschätzte Kollegin Mückenberg wohnt in Plagwitz.«

»Kennen Sie ihn vielleicht?«, richtete Drosten eine Frage an die Hauptkommissarin.

Sie schüttelte lediglich den Kopf. »Ich pflege keine intensiven Kontakte zur Nachbarschaft.«

»Bei unseren nächsten Schritten sollten wir unbedingt berücksichtigen, dass er eventuell weiß, wer Sie sind. Je nachdem, wie genau er sich mit den Bewohnern seines *Kiezes* auseinandersetzt.« Drosten trank einen weiteren Schluck Wasser. »Ich habe Rekowski das Passbild weitergeleitet. Er ist nicht hundertprozentig sicher, glaubt jedoch, einen Teilnehmer seiner Seminare wiederzuerkennen. In Zusammenhang mit der von Benninger überwiesenen Seminargebühr ist das zumindest ein Anhaltspunkt. In der Zeitung taucht Bennnigers Name das letzte Mal im Rahmen der Berichterstattung über den Freitod seiner Schwester auf.«

»War es denn ein Freitod?«, hakte Maik Keller nach. »Frank, erinnerst du dich an den Fall?«, fragte er den Dienstältesten.

»Nein«, bedauerte der.

»An der Selbstmordvariante gab es nie Zweifel«, erklärte Drosten. »Benninger hatte zum Todeszeitpunkt eine langwierige Zahnbehandlung und war anschließend zu seiner Schwester gefahren, um sich von ihr gesundpflegen zu lassen. Ihr Tod hat ihn anscheinend unvorbereitet getroffen. Laut des Finanzamts bezieht Benninger kein regelmäßiges Gehalt, sondern muss bloß auf Aktiengewinne und Zinsen Steuern bezahlen. Er ist Privatier mit einem Hang zu Aktiengeschäften. Manche davon durchaus riskant, da er in einigen Jahren Verluste in der Steuererklärung geltend gemacht hat.«

»Ein Zocker«, sagte Knabe. »Jemand, der das Risiko liebt.«

»Nicht ausgeschlossen«, bestätigte Sommer.

Drosten nickte zustimmend. Die involvierten Fallanalysten unterstellten dem Täter eine ausgeprägte Risikobereitschaft. Frauen in ihren Wohnungen gefangenzuhalten, ihre Leichen aber hinauszuschaffen, um sie in Waldstücken zu begraben, deutete auf einen Tätertypus hin, der bewusst Wagnisse einging. Einen Kick aus den Unwägbarkeiten zog.

»Neben der zügigen Beschaffung der Steuerinformationen hat das BKA auch in der Vergangenheit herumgewühlt. Die Benningers hatten mit Frank in dessen Flegeljahren Schwierigkeiten. Manches altersgerecht, anderes ging darüber hinaus, weswegen Zeitungen in

Klatschkolumnen davon berichteten«, informierte Drosten die Anwesenden. »Sieben Tage nach seiner bestandenen Führerscheinprüfung fuhr Frank beispielsweise einen einhunderttausend Mark teuren Sportwagen zu Schrott, womit er es sogar in die *Bild* schaffte. Es gab zudem einige alkoholbedingte Ausfälle nach gesellschaftlichen Ereignissen, wie der BWL-Diplom-Feier.«

»Alles in allem ein interessanter Kandidat«, fasst Sommer die Informationen zusammen.

Die Soko-Mitglieder stimmten der Einschätzung zu.

»Stellt sich die Frage, ob wir ihn zur Zeugenvernehmung einladen. Ihn wegen des Seminars befragen. Wäre aufschlussreich zu erleben, ob er seine Teilnahme abstreitet oder zugibt«, sagte Drosten.

»Ob ihn die Vernehmung nervös macht«, fügte Sommer hinzu.

»Andererseits nehmen wir uns damit einen entscheidenden Vorteil. Denn dann wüsste er, dass wir auf ihn aufmerksam geworden sind«, wandte Keller ein.

»Genau das ist das Kontra-Argument«, meinte Drosten. »Tauschen wir uns aus. Was bringt uns die offensivere, was die defensivere Variante?«

Gespannt folgte Drosten den Erklärungen der Leipziger Kollegen. Er hielt sich wie Sommer mit seiner Meinung zurück. Schnell zeichnete sich ein Meinungsbild ab. Die Leipziger Kriminalkommissare stuften es als falsch ein, den Trumpf, im Geheimen taktieren zu können, aufzugeben. Drosten und Sommer sahen das genauso.

»Wir beschatten ihn«, schlussfolgerte Knabe.

»Ja«, bestätigte Drosten. »Wir sollten uns ein Bild über

seine tägliche Routine machen. Ein Bewegungsprofil erstellen. Und vielleicht ...« Er führte den Satz bewusst nicht zu Ende. Noch existierten keine Anzeichen für weitere vermisste Personen. Trotzdem schlossen sie nicht aus, dass der Herbstzyklus bereits begonnen hatte.

Drosten wechselte zu Google Earth, wo er zuvor die Adresse Benningers eingegeben hatte.

»Das Haus, in dem er die Eigentumswohnung besitzt, verfügt über eine Tiefgarage. Auf ihn sind insgesamt drei Autos angemeldet. Ein BMW-Kombi, der allerdings schon zehn Jahre alt ist, ein Porsche und ein Audi-Sportwagen.« Drosten klickte mit dem Mauszeiger auf den nächsten vorbereiteten Tab und schob anschließend einen Teleskopstab auseinander. Er drehte den übrigen Anwesenden den Rücken zu. »An dieser Stelle«, referierte er, »kann das jeweils im Einsatz befindliche Überwachungsteam warten und beobachten, ob eines der Autos die Tiefgarage verlässt.«

»Wann soll die Überwachung beginnen?«, fragte Frank Starke.

»Je früher, desto besser«, antwortete Sommer. »Es wird wahrscheinlich Montagnachmittag werden, bis wir genügend Personal zusammengetrommelt und eingeteilt haben. Daher schlagen Robert und ich ...«

»Nein«, widersprach Knabe. »Nicht Ihr Ernst. Ich habe Pläne für heute Abend.«

»Aber morgen Nachmittag sind Sie hoffentlich fit und ausgeschlafen?«, erkundigte sich Drosten.

Knabe nickte mürrisch.

Drosten wechselte am Laptop zu einer von ihm erstellten Übersichtsdatei. »Wir könnten drei Zweierteams bilden«, schlug er vor. »Da Lukas und ich uns in Ihrer Stadt nicht auskennen, haben wir uns aufgeteilt. Lukas übernimmt mit Frank Starke die erste Schicht, die ich bis Mitternacht angesetzt habe.«

»Von Mitternacht bis Sonntag zwölf Uhr mittags würde ich am liebsten gemeinsam mit Ihnen an meiner Seite die Zeit totschlagen, Hauptkommissar Keller.«

»Okay«, brummte der und griff zu seinem Handy.

»Die dritte Schicht wäre dann für das Team Mückenberg-Knabe reserviert.«

»Ich freue mich«, entfuhr es der Hauptkommissarin.

»Und ich erst mal«, erwiderte Knabe nicht minder sarkastisch.

»Bevor Sie sich selbst bedauern, fragen Sie, wie es mir ergeht«, bremste Drosten aufkommende schlechte Laune. »Der MDR-Moderator Albrecht hat mich um sechzehn Uhr zu einer Gesprächsvorbereitung gebeten.«

6

Robert Drosten traf den Moderator Sven Albrecht in einem kleinen Café am Richard-Wagner-Platz. Da er sich aus der Mediathek ein paar Sendungen angesehen hatte, erkannte er ihn sofort. Der trainiert wirkende Fernsehmensch saß an einem Zweiertisch, aß ein Stück Kuchen und trank eine Latte macchiato. Zielstrebig ging Drosten auf den Mann zu, der ihn neugierig musterte.

»Hallo, Herr Albrecht.« Drosten streckte ihm die Hand entgegen.

»Hauptkommissar Drosten, nehme ich an.« Er schüttelte mit festem Druck die Hand und deutete dann zu dem freien Stuhl. »Setzen Sie sich und entschuldigen Sie, dass ich nicht gewartet habe. Ich hatte großen Hunger.«

»Kein Problem.«

Eine junge Kellnerin trat an ihren Tisch.

»Ich kann Ihnen den Marzipankuchen empfehlen«, sagte Albrecht.

»Nein, danke. Mir reichen ein doppelter Espresso und ein Glas stilles Wasser.«

Die Kellnerin nickte.

»Ihr Anliegen hat mich überrascht«, bekannte Albrecht. »Sie wissen wahrscheinlich, dass die Leipziger Mordkommission und ich, nun ja, Differenzen haben.«

»Davon habe ich gehört. Aber Ihrer Popularität hat das nicht geschadet, vorausgesetzt die täglich veröffentlichten Einschaltquoten stimmen. Genau deshalb sind Sie der richtige Ansprechpartner für uns.«

»Sie verstehen es, zu schmeicheln«, meinte Albrecht.

»Mir geht es nicht darum, mich bei Ihnen einzuschleimen«, entgegnete Drosten genervt. »Ich will Menschenleben retten. Sind Sie dabei oder sollte ich mir lieber einen kooperativeren Journalisten suchen?«

Albrecht hob abwehrend beide Hände in die Höhe. »Schon gut. Es war nicht böse gemeint. Schießen Sie los!«

* * *

Nach einem letztlich durchaus produktiven Gespräch verließ Robert Drosten das Café. Auf dem Richard-Wagner-Platz griff er nach seinem Handy. Während er in Richtung seines Hotels lief, um sich noch ein paar Stunden auszuruhen, scrollte er in der Anrufliste zur Nummer seiner Frau Melanie. Er hatte sie schon gestern Abend informiert, dass er dieses Wochenende nicht nach Wiesbaden zurückkehren könnte. Um den ehelichen Frieden einigermaßen aufrecht zu halten, würde er nun ausgiebig mit ihr telefonieren. Je nach ihrer Reaktion müsste er anschließend vielleicht einen der Leipziger Juweliere aufsuchen. Er wusste, dass er wieder einmal kein fürsorglicher Ehemann war und zu viel Zeit außerhalb der eigenen vier Wände verbrachte. Ob das erst nach der Pensionierung anders würde?

Bevor er das grüne Hörersymbol betätigte, hielt er nachdenklich inne. Wahrscheinlich wäre es besser, ohne die Geräusche einer pulsierenden Innenstadt im Hintergrund mit Melanie zu sprechen. Ansonsten könnte sie den Eindruck gewinnen, er quetsche sie zwischen zwei Termine. Drosten steckte das Telefon zurück in seine Jackentasche.

»Hallo, mein Schatz«, begrüßte er sie eine Viertelstunde später. Er saß auf dem bequemen Sessel, der zu seinem geräumigen Hotelzimmer gehörte und blickte aus dem Fenster.

»Hallo, Robert«, erwiderte sie.

Klang sie kühl? Oder bildete er sich das bloß wegen seines schlechten Gewissens ein?

»Wie geht's dir?«, erkundigte er sich.

»Das war ein aufregender Tag in der Buchhandlung«, erklärte sie. Schlagartig wirkte ihre Stimme lebendiger.

»Erzähl mir davon!«, bat er.

Melanie jobbte stundenweise in einer kleinen, am Stadtrand liegenden Buchhandlung. Doch ein Ende der Beschäftigung war abzusehen, da der Inhaber immer weniger Geld verdient und Kosten einsparen musste. Hatte sich an dieser Situation etwas geändert?

»Eine meiner Stammkundinnen war da, und nachdem ich ihr ein paar Bücher empfohlen hatte, sind wir ins Plaudern geraten. Unter anderem darüber, dass ich befürchte, zum Jahresende die Kündigung zu erhalten. Marita, so heißt die Kundin, arbeitet als Erzieherin in einem Kinder- und Jugendheim. Sie hat mir erzählt, dass das Heim regelmäßig Quereinsteigerinnen auf Honorarbasis suchen würde. Anfangs habe ich nicht geglaubt, bei meinem Lebenslauf Chancen zu besitzen, aber sie hat mich vom Gegenteil überzeugt. Sie will mit ihrem Chef reden und mich dann zum Probearbeiten einladen.«

»Klingt großartig! Hättest du darauf Lust?«

Ihre Ehe war kinderlos geblieben, weil Melanie nicht gebärfähig war. Lange Zeit hatte sie darunter gelitten, weshalb er nicht einschätzen konnte, wie sie auf eine Umgebung reagieren würde, in der zahlreiche Kinder lebten.

»Total! Das wäre eine spannende Abwechslung. Außerdem könnte ich vielleicht sogar Rocky mitnehmen. Vorausgesetzt, er besteht einen einfachen Eignungstest und absolviert eine Extraausbildung.«

Der Appenzeller Sennenhund war inzwischen zehn Jahre alt. Ob er da noch in der Lage war, Neues zu erlernen? Drosten hielt es jedoch für unklug, den Gedanken laut auszusprechen. Manchmal machte Rocky den Eindruck, in seinen letzten Lebensabschnitt eingetreten zu sein, obwohl Hunde dieser Rasse durchaus vierzehn Jahre wurden.

»Finde ich eine tolle Idee!«, behauptete Drosten trotz der Bedenken, ob die Arbeit mit Kindern das Richtige für seine Frau wäre.

»Ich auch! Bin sehr gespannt, wann sie sich meldet. Hoffentlich dauert das nicht ewig. Was machen deine Ermittlungen?«

Er erzählte ihr knapp von der Person, die ihr Interesse geweckt hatte.

»Montag starten wir eine größere Observation. Bis dahin haben wir das unter den sechs ständigen Soko-Mitgliedern aufgeteilt. Meine 12-Stunden-Schicht beginnt um Mitternacht. An meiner Seite wird sich der Leipziger Hauptkommissar Keller die Nacht um die Ohren schlagen.« Er erwähnte den Namen absichtlich, damit Melanie nicht die Frage beschäftigte, ob er seine Nachtschicht mit einer weiblichen Polizistin verbrachte.

»Kommst du vorher zum Schlafen?«

»Ich lege mich nach unserem Telefonat direkt hin.«

»Dann können wir das Gespräch gern beenden. Hoffentlich habt ihr die richtige Person im Visier. Du fehlst mir.«

»Du mir auch.«

Mit einem besseren Gefühl als zu Beginn verabschiedete sich Drosten. Er deaktivierte alle Benachrichtigungstöne und ließ lediglich den Klingelton für eingehende Anrufe eingeschaltet. Danach dunkelte er das Zimmer ab und legte sich unter die dünne Bettdecke. Während er darauf wartete, Ruhe zu finden, rekapitulierte er das Telefonat und Melanies Reaktionen. Sie schien in die Jobaussicht starke Hoffnung zu stecken. Vielleicht sollte er sie trotz seiner Zweifel darin bestärken. Ihre Ehe befand sich wieder einmal in einer durch seine Arbeitslast ausgelösten schwierigen Phase. Und er durfte gar nicht darüber nachdenken, was bei ihrer letzten Krise passiert war.

* * *

»Das ist doch alles Schwachsinn«, maulte Hubertus Knabe Nadja Mückenberg an.

Er saß am Steuer eines unauffälligen Mittelklassewagens und trommelte genervt gegen das Lenkrad. Ihre Überwachungsschicht hatte vor einer halben Stunde begonnen.

»Willst du jetzt bis Mitternacht rumnölen?«, fragte Hauptkommissarin Mückenberg.

»Tu mal nicht so, als würde dir das nichts ausmachen«, entgegnete Knabe. »Es ist Sonntagmittag und die Woche war verdammt anstrengend. Statt ein bisschen zu chillen, pfercht man uns hier auf engstem Raum ein. Und wofür?« Er griff zu einem braunen Notizbuch, in dem die beiden ersten Teams ihre Beobachtungen notiert hatten. »Starke und Sommer notieren, dass Benninger um neunzehn Uhr in die Tiefgarage gefahren ist. Wo er vorher war, steht in den Sternen. Keller und Drosten haben sich zwölf Stunden den Arsch platt gesessen, ohne besondere Ereignisse. Super! Lohnt sich wirklich ...« Aus dem Augenwinkel bemerkte Knabe, wie Mückenberg eine Nachricht ins Handy tippte. »Hörst du mir überhaupt zu?«

Sie brummte zustimmend.

»Du bist so witzig«, sagte Knabe und zog sein Telefon aus der Hosentasche.

Zweieinhalb fast ausschließlich schweigsame Stunden später stieß Mückenberg Knabes Oberschenkel an.

»Ist das sein Auto?«, fragte sie.

Knabe öffnete die Augen. Er hatte die letzten Minuten in einem halbwegs angenehmen Dämmerzustand verbracht, nachdem er den Sitz ein Stück gekippt hatte. Es dauerte ein paar Sekunden, bis er klar denken konnte und anschließend hektisch den Einstellungsgriff betätigte.

»Natürlich ist er das. Warum sagst du nicht eher Bescheid?«

An dem schwarzen Kombi leuchtete das Blinklicht auf. Der Wagen bog nach rechts und fuhr im vorschriftsmäßigen Tempo die Straße entlang. Knabe startete den Motor, doch er wartete, bis er die Verfolgung aufnahm. Der Verkehr an diesem bewölkten Sonntag war so gering, dass er befürchtete, von Benninger entdeckt zu werden, falls er zu dicht auffuhr.

»Verlier ihn nicht aus dem Blick!«, warnte Mückenberg.

»Keine Sorge! Viel wichtiger ist es, dass er uns nicht im Spiegel sieht.«

Wegen Mückenbergs Warnung verkürzte er allerdings den Abstand, während Benninger an einer Kreuzung erneut abbog.

Sie fuhren eine Weile durch die Straßen der Stadt. Knabe variierte seine Geschwindigkeit, je nachdem, was die Straßenverhältnisse hergaben. Er durfte Benninger unter keinen Umständen an einer beampelten Kreuzung verlieren und musste gleichzeitig die Gefahr des Entdecktwerdens beachten. Nach einer Wegstrecke von drei Kilometern verließ der Verdächtige die Hauptstraße und bog in ein Wohngebiet ein. Die Gegend passte jedoch nicht zu den Vierteln, in denen die ermordeten Frauen gelebt hatten. Vielmehr befanden sie sich in einem Wohnviertel, in dem betuchte Familien unterkamen.

»Was will er hier?«, murmelte Knabe. »Ein Sonntagsfamilienbesuch steht wohl kaum auf dem Plan.«

Benninger steuerte den Wagen tiefer in das Gebiet hinein. Rechts. Links. Rechts. Langsam näherten sie sich wieder der Hauptstraße.

»Fuck!«, brummte Knabe.

»Hat er uns bemerkt?«

»Zumindest ergibt seine zurückgelegte Strecke keinen Sinn.«

»Sollen wir abbrechen?«

Knabe überlegte, ob er einem Mitglied der Soko Bescheid geben konnte. Aber niemand wäre schnell genug vor Ort, um sie abzulösen.

»Es war eine beschissene Idee, die Observation am Wochenende zu starten!«, meckerte er.

»Nicht mehr zu ändern. Vielleicht spinnt sein Navi.«

»Glaubst du daran?«

»Soll ich Drosten anrufen?«, fragte Mückenberg.

Benninger hielt an einer Haltelinie, wartete ein kreuzendes Auto ab und kehrte zur ursprünglichen Straße zurück.

»Lieber nicht! Er kann uns eh nicht helfen!« Er folgte der Zielperson.

Einen Kilometer später bog die erneut ab und stellte das Fahrzeug in der Nähe einer überdachten Durchfahrt ab.

»Schlimmer geht's immer«, entfuhr es Knabe.

»Kennst du dich hier aus?«

Sie beobachteten, wie Benninger ausstieg. Ohne sich nach hinten umzusehen, eilte er in Richtung der Durchfahrt.

»Hinter dem kleinen Tunnel liegen karreeförmig angeordnete Mehrfamilienhäuser. Vier, wenn ich mich nicht irre. Das sind bestimmt sechzig Wohnungen. Wir müssen wissen, welches Haus er betritt.«

Knabe zog die Handbremse, würgte den Motor ab und betätigte den Warnblinker.

»Was hast du vor?«, fragte Mückenberg.

»Wonach sieht es aus?«

»Ich halte das für eine miese Idee.«

»Mir egal. Meinetwegen kannst du jetzt Drosten informieren.«

Knabe verließ den Wagen und folgte Benninger. An der Durchfahrt stoppte er. Vorsichtig linste er um die Ecke. Er sah weder den Verdächtigen noch ein entgegenkommendes Auto. Also setzte er seinen Weg über das Kopfsteinpflaster fort. Kaum hatte er die zwanzig Meter lange Strecke hinter sich gebracht, musste er sich eingestehen, dass Mückenbergs Skepsis angemessen gewesen war.

Benninger stand mitten in der Zufahrt zur Tiefgarage, etwa fünfzehn Meter von ihm entfernt, und starrte in seine Richtung.

»Warum folgen Sie mir?«, rief er laut.

Knabe versuchte, überrascht zu wirken, während er sich der Zielperson näherte. »Meinen Sie mich?«

»Ich habe Sie mit Ihrer Begleitung im Fahrzeug gesehen. Warum folgen Sie mir?«

»Wieso glauben Sie, dass ich Ihnen folge? Ich besuche eine Bekannte.«

»Sie sind ein Bulle! Glückwunsch! Sie haben mich erwischt!«

Was wollte Benninger mit seiner Wortwahl ausdrücken? Alarmiert zog Knabe seine Dienstwaffe aus dem Holster.

»Wobei erwischt?«

»Das wissen Sie genau!« Benninger streckte die Hände in die Höhe. »Ich hatte gehofft, noch länger nähen zu dürfen. Schade. Die letzten Monate haben Spaß gemacht.«

»Keine Bewegung!«, schrie Knabe überflüssigerweise, denn der Verdächtige machte keine Anstalten, sich der Verhaftung zu entziehen.

7

Gut gelaunt verließ Svenja die Straßenbahn. Bevor Irina in den Zug nach Rostock gestiegen war, hatten sie noch zwei Stunden zusammen im Leipziger Bahnhof amüsiert. Die dortige Sonntagsshoppinggelegenheit genutzt – ohne dass sich Svenja etwas gekauft hätte – und zuletzt eine Dreiviertelstunde in einem Eiscafé gesessen und miteinander gequatscht.

Die Idee, ebenfalls nach Rostock zu ziehen, um in Irinas Nähe zu wohnen, gewann an Kontur. Sollte sich dort eine Jobgelegenheit ergeben, wäre bloß Irinas unstetes Liebesleben ein Hindernisgrund. Sie hatte häufig neue Männer, war schrecklich verliebt, verbrachte Tag und Nacht mit der Flamme, um Wochen später festzustellen, dass der Auserwählte eine Luftnummer war. Konnte sich Svenja unter diesen Voraussetzungen zu einer Wohngemeinschaft durchringen? Irina hatte ihr versprochen, sich ab morgen umzuhören und spätestens am Freitag eine erste Rückmeldung zu geben. Sobald sie von einer interessanten, freien Stelle hörte, würde Svenja eine Entscheidung treffen. Doch ihre Tendenz stand fest. Obwohl sie Leipzig mochte, sprach nichts gegen einen Tapetenwechsel inklusive Neuanfang in einem anderen Bundesland.

Als sie in ihre Straße einbog, entdeckte sie einen weißen Transporter vor der Haustür. Die hinteren Türen waren geöffnet und ein Mann saß auf der Ladefläche. Er rauchte eine Zigarette. Neben ihm sah sie ein paar Umzugskisten. Aber soweit Svenja das erkennen konnte, schien er den größten Teil der Arbeit bereits geschafft zu haben.

Sie schätzte den Mann auf Mitte bis Ende dreißig. Er trug eine dunkelblaue Kappe. Ein Vollbart dominierte sein attraktives Gesicht.

Als er sie bemerkte, senkte sie automatisch den Blick. In solchen Situationen fühlte sie sich immer klein, unbedeutend und schwach.

»Hi«, erklang seine Stimme.

Oh Gott, dachte sie nervös.

Sie zwang sich, ihn anzusehen. Er lächelte ihr zu.

»Hallo«, sagte sie. Hitze schoss ihr ins Gesicht. Svenja hoffte, dass er das wegen der Entfernung nicht registrierte.

»Ich ziehe hier ein. Allerdings nur etappenweise. Die richtig schweren Möbelstücke kommen nächstes Wochenende.«

»Oh«, erwiderte sie bloß. Svenja öffnete ihre Handtasche und holte den Schlüsselbund heraus. »Viel Erfolg!«, murmelte sie.

»Danke. Man sieht sich.«

Hektisch steckte sie den Schlüssel in das Haustürschloss. Gerade als sie die Tür zudrücken wollte, erinnerte sie sich an ihren eigenen Umzug.

»Im Flur liegt ein Türstopper. Der erleichtert die Schlepperei«, informierte sie den neuen Mieter.

Der Mann sprang aus dem Transporter und kam zu ihr. »Habe ich übersehen. Toller Tipp.« Er streckte ihr die Hand entgegen. »Ich bin Florian.«

Zögerlich schüttelte sie die Hand. »Svenja!«

»Nett, dich kennenzulernen.« Er schob den Stopper in den Spalt zwischen Tür und Boden.

»Bis dann«, verabschiedete sie sich und eilte zu den Aufzügen.

Auf dem Weg nach oben und in ihrer eigenen Wohnung beschäftigte Svenja die zufällige Begegnung. In welche Etage zog er wohl ein? War er so sympathisch, wie er vorhin gewirkt hatte?

Sie legte die Handtasche auf den Schuhschrank in der Diele und schlüpfte aus ihren bequemen Schuhen. Ihr erster Weg führte sie in die Küche, wo sie den Wasserhahn aufdrehte, um ein Glas Wasser zu zapfen. Svenja lehnte sich an die Spüle, trank einen Schluck und schaute gedankenverloren aus dem Fenster.

Ein Klingeln an der Wohnungstür riss sie zurück in die Wirklichkeit. War das der neue Nachbar? Oder etwa wieder der Unbekannte, der sie in den letzten Wochen belästigt, gestern allerdings in Ruhe gelassen hatte?

Relativ beruhigt ging Svenja zur Tür und blickte durch den Spion. Tatsächlich stand der bärtige Mann davor. Sie sah kurz über ihre Schulter, obwohl sie wusste, dass die Wohnung aufgeräumt war.

Mit einem Kloß im Hals öffnete sie.

»Hallo«, begrüßte sie ihn. »Fertig mit der Schlepperei?«

Plötzlich spürte sie seine Hände an ihrer Schulter. Der Mann schubste sie grob nach hinten. Svenja japste erschrocken, taumelte und verlor das Gleichgewicht. Während sie stürzte, bemerkte sie, dass er die Wohnung betrat und die Tür zuwarf.

Sie schlug hart am Boden auf. Im nächsten Moment war er bereits über ihr. In seinen Augen lag hasserfüllte Gier. Er verklebte ihr den Mund mit einem Klebestreifen und verhinderte dadurch einen Schrei. Sie versuchte, nach ihm zu schlagen, doch er presste sie mit seinem Körpergewicht nieder. Svenja zappelte. Sie bäumte sich auf. Als sie einen beißenden Geruch wahrnahm, ahnte sie, was ihr blühte. Im nächsten Augenblick drückte er ihr einen Lappen gegen die Nase. Ihr wurde schwindelig. Verzweifelt kämpfte sie gegen die drohende Ohnmacht, aber der chemische Stoff benebelte ihre Sinne. Sekunden später fügte sie sich dem unabwendbaren Schicksal.

* * *

Irina musste fast vierzig Minuten im Berliner Hauptbahnhof totschlagen, bis ihr Anschlusszug nach Rostock losfahren würde. Sie nutzte die Zeit, um in einem chinesischen Schnellrestaurant eine Portion gebratene Nudeln zu essen. Anschließend kaufte sie in einem Zeitungskiosk eine Illustrierte, bevor sie sich zu dem Gleis begab, von dem ihr Zug abfuhr. Irina setzte sich auf eine der Bänke und holte ihr Smartphone aus der Handtasche. Zunächst überflog sie die neuesten Kommentare, die sie für ein Instagram-Posting erhalten hatte. Sie hatte Svenja und sich beim Eisessen fotografiert. Der Schnappschuss kam sensationell gut an und hatte bislang dreiundsechzig Herzen bekommen. Vier Männer hatten Anmerkungen hinterlassen.

Das Eis schmilzt, weil ihr um die Wette strahlt.
Ich wusste gar nicht, dass du eine Schwester hast.
Wow! Wow! Wow!
Bildhübsch!

Irina öffnete WhatsApp, um Svenja eine Nachricht zu schicken.

Süße, den ersten Teil der Strecke habe ich absolviert. Bin in Berlin und warte auf meinen Anschluss. Unser Foto verdreht den Kerlen den Kopf. Zuerst finde ich in Rostock einen Job für dich und danach brechen wir reihenweise Herzen. Du wirst es sehen!

Sie fügte drei Kuss-Emojis hinzu und berührte das Senden-Symbol. Wenige Sekunden später signalisierten ihr zwei Häkchen, dass die Mitteilung bei Svenja angekommen war. Doch offensichtlich bekam sie das nicht mit. Als Irinas Zug einfuhr, hatte Svenja die Nachricht noch immer nicht gelesen.

8

Robert Drosten betrachtete durch einen Einwegspiegel den Mann, der regungslos in dem Vernehmungszimmer saß. Seine Hände waren mit Handschellen gefesselt, die Füße am Boden dank einer Kette fixiert.

Laut Hubertus Knabe hatte Benninger freimütig zugegeben, der Wundennäher zu sein. Der Verdächtige hatte dieses Geständnis im Polizeipräsidium allerdings nicht wiederholt. Im Gegenteil: Bislang schwieg er eisern. Einzig die Frage nach einem Anwalt hatte er verneint. Er wollte sich nicht vertreten lassen.

Was bezweckte der Mann? Wieso gestand er seine Schuld ein, um anschließend stumm zu bleiben?

Knabe und Mückenberg hatten einen Abschleppdienst gerufen, der Benningers Kombi zum Präsidium gebracht hatte. Doch die Soko hatte bisher weder den Wagen durchsucht, noch Benningers Wohnung betreten. Sie warteten auf den richterlichen Durchsuchungsbeschluss.

Die Tür öffnete sich und Lukas Sommer kam zu Drosten herein.

»Der Staatsanwalt trägt gerade unseren Fall beim zuständigen Richter vor. In wenigen Minuten dürften wir den Beschluss in Händen halten.«

»Du willst nicht vor Ort sein?«, fragte Drosten.

»Ich nehme das Fahrzeug auseinander. Wenn er auf dem Weg zu einem Opfer war, sagt mir mein Gefühl, dass wir eher etwas im Auto finden, was uns weiterhilft.«

»Sobald wir den Beschluss haben, kehre ich zu ihm zurück und vernehme ihn weiter«, erklärte Drosten.

»Er wirkt absolut entspannt«, wunderte sich Sommer.

»Das beunruhigt mich. Es gibt keine Zeugen für das Geständnis. Er kann behaupten, alles sei bloß ein großes Missverständnis.«

Plötzlich wandte der Mann seinen Kopf und schaute in Richtung des Spiegels. Wahrscheinlich wusste er, dass ihn dahinter Polizisten beobachteten. Er hob die Augenbrauen. Dann drehte er seinen linken Arm. In der Polizeidirektion hatte man ihm die Armbanduhr abgenommen. Trotzdem sah es so aus, als würde er die Uhrzeit prüfen. Danach blickte er wieder nach vorn.

»Der spielt mit uns«, analysierte Drosten das Gesehene.

»Dazu müsste er einen Trumpf in der Hinterhand haben«, erwiderte Sommer.

Drosten wollte es nicht laut aussprechen, doch er fürchtete, dass das Verhalten des Inhaftierten auf einen schon gestarteten dritten Zyklus hindeutete. Sein in der Hosentasche steckendes Handy klingelte. War das die ersehnte Nachricht?

»Robert Drosten«, meldete er sich.

Sekunden später nickte er Sommer zu, der sofort den Raum verließ.

* * *

Der abgeschleppte Wagen stand auf einem offiziellen Polizeiparkplatz. Kriminalkommissar Knabe hatte lediglich den Kofferraum geöffnet, um zu überprüfen, ob Benninger eine Leiche hatte fortschaffen wollen.

Lukas Sommer entriegelte per Funk die Schlösser. Auch sein erstes Augenmerk galt dem Kofferraum. Im nächsten Schritt würde die Spurensicherung versuchen, Blut oder menschliches Gewebe sichtbar zu machen. Ihm ging es hingegen darum, ein Gefühl für Benninger zu gewinnen und im Idealfall Hinweise zu finden, die sie in ihrer Ermittlung vorwärtsbrachten.

Mit behandschuhten Händen öffnete er die Klappe. Nicht ein Gegenstand lag auf der Ladefläche. Vorsichtig hob Sommer die Abdeckung an, unter der das Reserverad, ein Wagenheber und ein Radschlüssel steckten. Sommer warf die Klappe zu und trat um das Fahrzeug herum an die Beifahrerseite. Er zog die Tür auf. In dem Seitenfach befanden sich ein paar CDs. Wenn die Beschriftungen stimmten, war Benninger ein Opern-Fan. Mindestens ein Beamter müsste später jede der selbst gebrannten CDs anhören, ob darauf ein Hinweis versteckt war.

Als Nächstes nahm sich Sommer das Handschuhfach vor. Darin entdeckte er einen Schlüsselbund. Er holte ihn heraus und betrachtete die einzelnen Schlüssel näher.

»Scheiße!«, murmelte er. Insgesamt neunzehn durchnummerierte Schlüssel hingen daran. Von eins bis elf. Manche Exemplare trugen die gleiche Nummer, obwohl sie sich ihre Schlüsselzähne stark unterschieden.

Sommer legte den Bund zurück ins Handschuhfach, um sich zunächst den Rest des Innenraums vorzunehmen. Doch er fand weder in dem Fahrerseitenfach noch unter den Sitzen weitere Gegenstände, die sein Interesse weckten. Nachdenklich formulierte er eine Chatnachricht an Drosten.

Ich habe in Benningers Auto ein Schlüsselbund mit zahlreichen Schlüsseln gefunden. Durchnummeriert von eins bis elf. Teilweise tragen sie die gleiche Nummer, auch wenn sie garantiert unterschiedliche Schlösser öffnen. Ich habe eine Befürchtung und fahre zu den Wohnungen der Toten. Falls ich mir mit den Schlüsseln Zugang in die Häuser verschaffen kann, haben wir ein Problem. Dann hätte er bereits drei »Herbst-Frauen« verschleppt. Vielleicht reagiert er deshalb so cool. Er könnte sie als Faustpfand gegen uns verwenden.

Sommer schickte die Nachricht ab. Plötzlich fühlte er sich in dem Kombi des Verdächtigen unwohl. Rasch stieg er aus, und genoss für einen Moment die langsam untergehende Sonne, die sich durch die Wolken gekämpft hatte.

* * *

»Wieso gestehen Sie die Morde, um anschließend zu schweigen?«, fragte Drosten.

Benninger suchte den Augenkontakt zu ihm. Gleichzeitig griff er mit beiden Händen nach dem Plastikbecher, in dem ihm Drosten eine Stunde zuvor Wasser eingeschüttet hatte. Schließlich schaute er nach unten und trank einen Schluck.

»Was hätte ich anderes tun sollen, als mich Ihr Kollege gestellt hat?«, entgegnete er. Seine Stimme klang überraschend sanft. »Es gibt eine Zeit, in der man redet, und eine Zeit, in der man schweigt.«

»Helfen Sie uns, Ihre Taten zu verstehen. Nach welchen Kriterien haben Sie die Opfer ausgewählt?«

Benninger deutete ein leichtes Lächeln an, antwortete jedoch nicht. Drostens Handy vibrierte. Er zog es aus der Hosentasche und las die Zeilen, die ihm Sommer geschickt hatte.

Verdammt!, fluchte er innerlich.

»Haben Sie eine schlechte Nachricht bekommen?«, fragte Benninger.

Drosten überlegte, wie er mit der neuen Information umgehen sollte. Nach kurzem Zögern beschloss er, in die Offensive zu gehen.

»Ein Schlüsselbund mit elf nummerierten Schlüsseln?«

Der Inhaftierte lächelte. »Mein Spielzeug.«

»Ihr *Spielzeug*?«, wiederholte Drosten ungläubig.

»Sie haben also mein Auto auseinandergenommen. Hoffentlich haben Sie sich an gesetzliche Vorgaben gehalten.«

»Worauf Sie sich verlassen können. Der Richter hat uns einen Durchsuchungsbeschluss erteilt, der Ihre Fahrzeuge ebenfalls umfasst. Wenn Sie die Leiche darin transportiert haben, weisen wir Ihnen das zweifelsfrei nach.«

»Die moderne Forensik. Früher hatten es Verbrecher einfacher, stimmt's?«

»Erzählen Sie mir von den Schlüsseln neun bis elf.«

»Sie sind zu schnell. Halten Sie sich an die Reihenfolge.«

»Welche Reihenfolge?«

»Wieso erkundigen Sie sich nach den Schlüsseln neun, zehn und elf?«

»Wie Sie garantiert verfolgt haben, hat die Soko acht Leichen entdeckt.«

»Und jetzt glauben Sie, die ersten acht Schlüssel gehören zu den Wohnungen dieser Leichen? Ist das nicht ein wenig optimistisch?«

Benninger trank einen weiteren Schluck. Unterdessen erhob sich Drosten und verließ den Raum. Benninger sollte ihm nicht die Verunsicherung ansehen. Vor der Tür tippte er hastig eine Nachricht.

Ich habe Benninger auf den Schlüsselbund angesprochen. Er macht unheilvolle Andeutungen. Melde dich, sobald du weißt, ob du mit den ersten acht Schlüsseln Zugang zu den bekannten Tatorten bekommst.

* * *

Lukas Sommer las Drostens Nachricht an einer roten Ampel. Laut Navi war er noch siebenhundert Meter von seinem Zielort entfernt.

Bin gleich bei Vanessa Schulzes Wohnung. Dann sind wir schlauer.

Vanessa Schulze hatte zum Sommerzyklus gezählt. Anhand der Daten, wann sie das letzte Mal gesehen worden war, schien sie das siebte Opfer gewesen zu sein. Ihr Zuhause lag am nächsten zum Polizeipräsidium, weshalb er ihre Adresse ins Navi eingegeben hatte.

Die Ampel sprang um, Sommer überquerte die Kreuzung und bog bei der nächsten Gelegenheit nach links ab. Er näherte sich der Hochhaussiedlung, in der Vanessa gelebt hatte. Die Soko hatte alle acht Wohnungen der Opfer beschlagnahmt und zahlte den Eigentümern eine monatliche Entschädigung, die ungefähr der jeweiligen Kaltmiete entsprach. Bis der Täter überführt war, durften die Tatorte unter keinen Umständen der Öffentlichkeit zugänglich gemacht werden.

Sommer fand in unmittelbarer Nähe des Hauseingangs einen Parkplatz. Zu seiner Überraschung stellte er fest, dass die Haustür offen stand. Hatten die Bewohner aus der schrecklichen Tat nichts gelernt? Wieso war die Haustür am frühen Abend nicht verschlossen?

Er verließ sein Fahrzeug und stiefelte zur Tür, die er verärgert zuzog. Am Schlüsselbund suchte er einen der beiden Schlüssel heraus, an denen eine gelbe Plastikhülle mit einer schwarzen ›7‹ befestigt war. Er führte ihn in das Schloss, musste jedoch feststellen, dass er nicht passte.

»Warum machen Sie das?«, fragte ihn eine Mädchenstimme in seinem Rücken.

Sommer drehte sich um. Hinter ihm wartete ein etwa zwölfjähriges Mädchen, das ihn verwundert betrachtete.

»Warum mache ich was?«

»Sie ziehen die Tür zu und versuchen dann, sie wieder aufzuschließen? Das ergibt keinen Sinn. Wollen Sie ins Haus?«

»Ich muss überprüfen, ob ich den richtigen Schlüssel dabei habe«, erklärte er. »Außerdem ist es doof, wenn die Tür die ganze Zeit geöffnet ist.«

»Sind Sie der neue Hausmeister?«, fragte das Mädchen. »Ich war beim Müll. Deswegen war offen.«

Sie deutete zu den Müllcontainern.

»Okay, das verstehe ich.«

»Sollen wir bei meiner Mutter klingeln?«

Sommer schüttelte den Kopf und wählte den zweiten Schlüssel des Paars mit dem gelben Plastik heraus. Das Exemplar ließ sich problemlos einführen.

»Glück gehabt«, sagte das Mädchen.

Nicht unbedingt, dachte Sommer. Doch laut aussprechen, wollte er den Gedanken nicht. Er lächelte ihr zu, während die junge Bewohnerin bereits die ersten Stufen nahm.

Das bislang unbeschädigte Polizeisiegel war über das Wohnungstürschloss geklebt. Obwohl die Anzeichen dafür sprachen, dass der zweite 7er-Schlüssel passen würde, musste er es ausprobieren. Er riss ein Stück des Siegels ab und vergewisserte sich. Anschließend rief er Drosten an.

»Ich stehe vor Vanessas Wohnungstür«, erklärte er. »Nummer Sieben passt. Vorsichtshalber fahre ich die anderen Adressen ebenfalls ab.«

»Könntest du an jeder einzelnen Tür die Schlüssel

neun bis elf testen? Vielleicht ist das nur ein Trick«, bat Drosten.

»Mach ich«, versprach Sommer. »Allerdings rechne ich nicht damit, Robert. Ich schätze, wir stecken mitten im Herbstzyklus.«

* * *

Drosten kehrte zu Benninger zurück, der ihn aufmerksam betrachtete.

»Sie wirken zufriedener«, meinte der Inhaftierte.

»Ich habe interessante Sachen erfahren.«

»Lassen Sie mich raten. Geht's um die Schlüssel?« Er gähnte demonstrativ.

»Wie sind Sie in deren Besitz gekommen?«

»Es tut mir leid. Ich werde plötzlich unglaublich müde und bekomme Kopfschmerzen. Können wir das morgen fortführen?«

Wieso spielte der Verdächtige auf Zeit?

»Nein! Sie erklären mir sofort, weshalb in Ihrem Auto ein Schlüsselbund liegt, mit dem man sich Zutritt zu den Wohnungen der Mordopfer verschafft.«

»Morgen«, erwiderte der Mann. »Gedulden Sie sich bis morgen früh um neun Uhr. Dann hören Sie, was ich von Ihnen fordere.«

»Fordern? Sie sind gar nicht in der Position, um Forderungen zu stellen.«

»Elf Schlüssel. Acht Tote.« Nun klang Benningers Stimme nicht mehr sanft. Doch er versuchte, den Worten die Schärfe zu nehmen, indem er lächelte. »Bringen Sie mich bitte zurück in meine Zelle? Ich bin schrecklich ausgelaugt. Oder muss ich einen Anwalt kontaktieren, um mich ausruhen zu dürfen?«

9

Die Soko traf sich bereits um sieben Uhr dreißig zur Besprechung.

»Er spielt eindeutig auf Zeit«, fasste Drosten seine Erkenntnisse der Vernehmung zusammen. »Ich schätze, das liegt an der Forderung, die er heute stellen will.«

»Wir müssen davon ausgehen, dass er schon wieder drei junge Frauen gefangenhält«, orakelte Sommer. »Die Schlüssel eins bis acht passen zu den verschiedenen Mordopfern. Ich hab keine Hoffnung, dass es bei den Nummern neun bis elf anders ist.«

Für einen Moment herrschte in dem Besprechungsraum betretenes Schweigen.

»Falls er versucht, seine Freilassung zu erpressen ...«, begann Drosten.

»Das macht keinen Sinn«, widersprach Knabe. »Er hat sich freiwillig festnehmen lassen. Wäre er einfach nach Hause gefahren, hätten wir ihn nicht in Gewahrsam genommen.«

»Ich weiß«, bestätigte Drosten. »Letzte Nacht hab ich viel über seine Handlung nachgedacht. Es muss einen Grund geben, wieso er aufgegeben hat. Ich fürchte, das hängt mit seinen angekündigten Forderungen zusammen. Er bemerkt seine Beschatter ...«

»Dafür konnten wir nichts«, erklärte Knabe.

»Ich würde nie was anderes behaupten«, fuhr Drosten fort. »Er kapiert, dass ihm jemand folgt. Sein Instinkt warnt ihn, zu einem der Opfer zu fahren. Stattdessen überprüft er, ob er sich irrt. Sie folgen ihm in die Durchfahrt und er ahnt, was das bedeutet. Sollte er zu einer der Frauen zurückkehren, liefert er seinen Jägern entscheidende Hinweise. Offenbar ist es ihm nicht möglich, die Frauen einfach aufzugeben. Stattdessen wählt er eine Variante, dessen Sinn wir nicht verstehen. Wenn er sein Versprechen hält, sind wir in gut neunzig Minuten schlauer.«

»Was machen wir, um die Frauen zu finden?«, fragte Keller.

»Wir haben nicht viele Optionen«, bedauerte Drosten. »Der MDR-Journalist spielt zwar mit, aber ob ein öffentlicher Aufruf von Erfolg gekrönt ist, steht in den Sternen. Klar, wir können die Schlüssel in die Kamera halten. Vielleicht erkennt sie ein Zuschauer. Vor allem bei Schlüssel zehn habe ich Hoffnung. Nur ein einzelnes Exemplar trägt die Nummer. Es könnte ein Generalschlüssel sein, der von anderen Bewohnern des Hauses erkannt wird. Klappt das nicht, gehen uns die Alternativen aus.«

»So etwas hat man selten«, brummte Starke unzufrieden. »Da verhaftet man den Täter und hat trotzdem das Gefühl, ins Hintertreffen zu geraten.«

»Wie lang dauert die Auswertung der Sachen, die wir aus Benningers Wohnung mitgenommen haben?«, fragte Sommer.

»Die Kollegen sind dabei«, antwortete Starke. »Er hat so viele Computerverzeichnisse angelegt, dass es eine Ewigkeit braucht, sie durchzusehen. Ansonsten hat die Durchsuchung nichts Auffälliges ans Licht gefördert.

Eventuell ein schwarzes Notizbuch. Einer der beteiligten Beamten meinte, das Gekrakel darin könnte verschlüsselt sein. Ich hoffe, im Lauf des Tages Näheres zu erfahren.«

Drosten blickte auf seine Armbanduhr. Ihnen blieb noch eine Stunde, um die ideale Vernehmungsstrategie festzulegen.

»Reden wir über das Vorgehen, mit dem wir ihn hoffentlich weichkochen. Vorschläge?«

»Ich würde mich bei der Befragung hinzuziehen«, sagte Mückenberg selbstbewusst. »Vielleicht irritiert ihn die Anwesenheit einer Frau. Als wir ihn gestern hierher gebracht haben, sind mir seine Blicke aufgefallen. Er tötet Frauen, die nicht viel jünger waren. Er hat mich interessiert gemustert.«

Nachdenklich nickte Drosten. »Wenn niemand Einwände hat, bin ich auch einverstanden.«

* * *

Bevor Sie das Vernehmungszimmer betraten, in dem Benninger seit wenigen Minuten angekettet saß, hielt Drosten Nadja Mückenberg am Arm fest.

»Eventuell versucht er, Sie zu provozieren«, warnte er die Hauptkommissarin.

»Darauf bin ich vorbereitet. Ich überlasse Ihnen das Reden, keine Sorge.« Sie lächelte selbstbewusst. »Ich gebe ihm keine Gelegenheit, sich zu meinem Hannibal Lecter aufzuschwingen.«

Drosten erwiderte ihr Lächeln. »Das höre ich gern.«

Er nickte dem Schutzpolizisten zu, der vor der Tür Wache hielt. Daraufhin schloss der Mann den Raum auf.

Benninger schaute in ihre Richtung, als sie eintraten. »Sie haben Verstärkung mitgebracht. Wie bezaubernd.«

»Sparen Sie sich das«, ermahnte Drosten ihn.

»Ich freue mich, die Hauptkommissarin wiederzusehen, wegen der ich überhaupt hier gelandet bin.«

»Wieso sind Sie meinetwegen hier gelandet?«, fragte Mückenberg und brach schon in der ersten Minute das Versprechen, Drosten das Reden zu überlassen.

»Ist das nicht offensichtlich? Zuallererst ist mir natürlich Ihr ach so unauffälliger Wagen aufgefallen.« Er kicherte. »Ich hab versucht, einen Eindruck meiner Verfolger zu gewinnen, und dabei sind Sie mir ins Auge gesprungen.«

Drosten setzte sich und startete das Diktiergerät, das er mit in den Raum gebracht hatte. »Sie haben nach wie vor das Recht auf einen Anwalt.«

»Ich verzichte«, sagte Benninger. Er beobachtete, wie Mückenberg Platz nahm.

»Sie haben gestern Abend versprochen, heute früh ein ausführliches Geständnis abzulegen«, begann Drosten die Vernehmung.

»Das habe ich ein bisschen anders in Erinnerung«, widersprach Benninger. »Wir wollten miteinander reden, um uns besser kennenzulernen. Damit Sie die Ernsthaftigkeit meiner Forderung verstehen.« Er griff nach dem Plastikbecher. »Ist das noch das Wasser von gestern Abend?«

»Frisch aufgefüllt«, sagte Drosten.

Benninger trank einen Schluck. »Ein Gin Tonic wäre mir lieber, aber dafür ist es wohl zu früh.« Er seufzte theatralisch. »Die kleinen Freuden fehlen mir schon jetzt. Vielleicht war es falsch, sofort aufzugeben. Spontane Entscheidungen sind nie gut.«

»Wie sind Sie in den Besitz der elf Schlüssel gekommen?«, wiederholte Drosten eine Frage des Vorabends.

»Ihre Besitzerinnen hatten keine Verwendung dafür.«

»Nennen Sie uns die drei Namen der Frauen, die Sie in den Wohnungen neun, zehn und elf gefangen halten.«

Benninger schüttelte den Kopf. »Sie sind zu schnell. Man muss eine gute Geschichte vom Beginn erzählen. Ohne zu spoilern. Also hören Sie mir zu und ziehen Ihre Schlüsse.« Erneut trank er einen Schluck Wasser. »Wissen Sie, was eine meiner ältesten Kindheitserinnerungen ist?«

Drosten wusste, dass er das Spiel mitspielen musste. Benninger zu drängen, führte zu keinen Ergebnissen.

»Erzählen Sie uns davon!«

»Jetzt verstehen Sie es endlich«, lobte Benninger. Er kratzte sich an der Nase. »Ich war sechs. Meine zwei Jahre jüngere Schwester und ich bekamen beide die Mandeln herausoperiert. Wir waren zehn Tage in diesem verdammten Krankenhaus. Unsere Eltern kamen jeden Tag für eine Stunde zu Besuch. In der restlichen Zeit musste ich mich um meine brüllende, weinende Schwester kümmern. Ich war sechs! Können Sie sich vorstellen, was das aus einem kleinen Jungen macht, wenn er sich so einsam und überfordert fühlt? In seinem Inneren stirbt etwas. Das, was damals gestorben ist, war für immer verloren. Aber gleichzeitig entsteht etwas Neues. Danach hab ich mich für meine Schwester verantwortlich gefühlt. Bis zu ihrem Tod.« Er ließ die Mundwinkel hängen.

Drosten versuchte, Parallelen zu den Mordfällen zu finden. War er möglicherweise jeden Tag bei den gefesselten Frauen aufgetaucht?

»Claudia und ich waren fortan unzertrennlich«, fuhr Benninger fort. »Zumindest, bis sie ihre ersten Freunde hatte. Danach ließ das leider nach. Ein Fehler, wie ich rückblickend betrachten muss. Spätestens nach ihren enttäuschenden Männererfahrungen hätte ich mich um sie kümmern sollen.«

»Wie waren Ihre Eltern?«, erkundigte sich Drosten.

»Schlimme, herzlose Menschen. Sie haben vor allem Claudia als Last betrachtet. Mein Vater hat sich zwei Söhne gewünscht. Bekommen hat er einen verweichlichten Statthalter und eine Tochter. Er war nicht amüsiert.«

»Sie bezeichnen sich als verweichlicht?«

»Mein Vater hat mich so bezeichnet«, korrigierte Benninger. »Er wäre überrascht, wenn er wüsste, was Sie mir vorwerfen. Vielleicht sogar ein bisschen stolz.«

»Worauf? Dass Sie acht Frauen qualvoll getötet haben? Darauf wäre kein Elternteil ...«

»Sie greifen schon wieder vor. Lassen Sie das sein!«, warnte Benninger.

* * *

Sommer beobachtete gemeinsam mit Starke und Keller

das Verhör aus dem Raum hinter dem Einwegspiegel. Trotz der Diktiergerätaufnahmen notierte sich Sommer die wichtigsten Einzelheiten.

Welche Botschaft steckte in Benningers Aussage? Hatte er die Mordserie gestartet, um seine toten Eltern zu beeindrucken? Zu bestrafen?

Es klopfte an der Tür und Knabe trat ein. In der Hand hielt er ein schwarzes Notizbuch.

»Ist jemand von euch gut im Rätsellösen?«, fragte er.

»Wieso?«, wollte Sommer wissen.

»Die Spusis sind sicher, dass in diesem kleinen Buch eine Menge verschlüsselter Informationen stecken. Allerdings finden sie bislang nicht den passenden Code.«

»Geben Sie her«, bat Sommer.

Knabe reichte es ihm. Sommer schlug wahllos eine Seite auf.

RIIHDCUKJAAA CBAHDCEBBQHHHDCÄNM

»Was bedeutet das?«, fragte er, nachdem er die erste Zeile betrachtet hatte und daran gescheitert war, die Buchstabenaneinanderreihung auszusprechen.

»Wir haben keine Ahnung.«

Sommer blätterte das komplette Buch durch. Auf jeder einzelnen Seite standen wirre Buchstabenkombinationen.

»Ist das nicht bloß Kauderwelsch?«, vermutete Keller, der Sommer über die Schulter blickte.

»Die Spusis glauben, es steckt ein System dahinter.«

»Dann benötigen wir die passende Schablone«, sagte

Sommer. »Sonst ist das wertlos. Die sollen in Benningers Computer danach suchen. Außerdem müssen Kollegen erneut seine Wohnung auseinandernehmen. Vielleicht liegt die Lösung in einer seiner Schubladen.« Er gab Knabe das Buch zurück. »Lassen Sie jemanden eine Kopie anfertigen. Jede einzelne Seite muss kopiert werden.«

»Ich kümmere mich darum.« Knabe nahm das Notizbuch und eilte wieder hinaus.

* * *

»In Ihrem Beruf kennen Sie bestimmt den Geruch des Todes?«, vermutete Benninger.

Er schaute zu Mückenberg, doch Drosten antwortete.

»Das ist leider unvermeidlich.«

»Aber kennen Sie auch die Stille des Todes? Wenn man einen Ort betritt und genau weiß, hier ist jemand gestorben?«

»Natürlich. Das nennt man Vorahnung.«

»Claudia wusste über meinen Zahnarztbesuch Bescheid. Ich hatte mich bei ihr angekündigt und wollte mich bemitleiden lassen. Ein paar Stunden rumjammern, bis der Schmerz verschwunden wäre. Da ich einen Schlüssel zu ihrer Wohnung hatte, musste ich nicht klingeln. Ich schloss die Tür auf und rief ihren Namen. Plötzlich bemerkte ich diese Stille.« Er hielt inne und schaute an beiden Kommissaren vorbei. »Ich fand sie weder in der Küche noch im Wohnzimmer. Als Nächstes sah ich im Schlafzimmer nach. Danach im Badezimmer. Sie lag im

Wasser. Blut hatte sich mit dem Badeschaum vermischt und eine Kombination ergeben, die ich nie wieder aus dem Kopf bekomme. Noch geschwächt von der Betäubung und schockiert von dem Anblick, stolperte ich. Fast hätte ich mich selbst verletzt. Ich zog sie heraus und tastete nach ihrem Puls. Er war nicht vorhanden. Warum?, so hämmerte es in meinem Inneren. Warum?« Benninger trank das Mineralwasser leer. »Geben Sie mir zehn Minuten, dann reden wir weiter. Über Claudias liebstes Hobby und über die toten und verschwundenen Frauen.«

Drosten wollte protestieren, fürchtete jedoch, dass sich Benninger unerbittlich zeigen würde. Also stand er auf und verließ wortlos den Raum. Mückenberg folgte ihm.

Sie betraten das Nebenzimmer.

»Es ergibt alles Sinn«, analysierte Sommer. »Seine Eltern sind einmal täglich zu Besuch gekommen. Wahrscheinlich sucht er die Gefangenen im gleichen Rhythmus auf. Er hatte einen Schlüssel zu der Wohnung seiner Schwester. Es gibt so viele Parallelen.«

Drosten nickte bestätigend.

»Die Spurensicherung hat einen interessanten Fund gemacht.« Sommer berichtete von dem Notizbuch.

»Sobald du die Kopien hast, will ich ihn damit konfrontieren«, beschloss Drosten.

Gemeinsam mit Mückenberg kehrte er zu dem Inhaftierten zurück. Aus einer bislang geschlossenen Flasche füllte er den Becher wieder auf.

»Danke«, murmelte Benninger.

»Was war das liebste Hobby Ihrer Schwester?«, erkundigte sich Drosten.

Benninger wich seinem Blick aus und sah Mückenberg in die Augen. »Sind Sie eine typische Frau und dekorieren Ihr Zuhause?«

»Welche normale Frau macht das nicht?«

»Claudia hat es geliebt. Sie hat jede Gelegenheit genutzt. Weihnachten, Ostern, Halloween, Silvester. Ich hab das nie verstanden. Fand es überflüssig. Manchmal hab ich sie deshalb ausgelacht. Aber sie hat amüsiert erklärt, sie würde den Wechsel der Jahreszeiten dadurch intensiver erleben. Wenn ich bei ihr zu Besuch war und mir neue Deko aufgefallen ist, habe ich ihr scherzhaft Spitznamen gegeben. Miss Frühling. Miss Sommer und so weiter. Sie verstehen das System, oder?« Nun blickte er Drosten an.

Die Soko hatte der Öffentlichkeit nie etwas über die hinterlassenen Dekomaterialien oder über die Zettel in den Händen der Toten mitgeteilt. Insofern war Benninger äußerst clever. Er nannte ein wichtiges Detail, ohne sich gleich zu belasten. Würde er sein Geständnis widerrufen?

»Reden wir nicht länger um den heißen Brei. Wie haben Sie Ihre Opfer ausgesucht?«

»Sie wissen über meine finanziellen Möglichkeiten Bescheid?«

»Natürlich.«

»Ich habe es nicht nötig, zu arbeiten. Mir steht jede Menge Zeit zur Verfügung. Nach dem Tod meiner Schwester beschloss ich, Menschen zu finden, die einsam waren. Um Ihnen zu helfen. Auf meine Weise.«

»Zu *helfen*?«, entfuhr es Drosten aufgebracht.

Benninger nickte. »Meine Schwester ist völlig allein gestorben. Wäre es nicht schöner, ich hätte sie auf ihrem letzten Weg begleitet? Ihre Hand gehalten? Oder noch besser: Ich hätte sie rechtzeitig gefunden und ihre tiefen Schnittwunden genäht?«

»Sie geben sich die Schuld an Claudias Tod«, folgerte Drosten.

»In gewisser Weise.«

»Deshalb vergewaltigen und quälen Sie die Unschuldigen.«

»Nein!«, schrie Benninger aufgebracht. »Ich kümmere mich um sie. Dekoriere ihre Wohnungen. Nähe ihre Wunden.«

»Die Sie ihnen zugefügt haben.«

Benninger schüttelte verächtlich den Kopf. »Ich habe zwei Jahre in das Projekt gesteckt, um diejenigen zu finden, die erlöst werden *wollen*. Es gibt Frauen, die haben keinen Job, keine Familie, keine Freunde. Was kann ihnen Besseres passieren, als jemand, der sich am Ende um sie kümmert.«

Die selbstgefälligen Worte schürten Drostens Zorn.

»Reden Sie sich das ruhig ein. Aber dadurch werden Ihre Taten nicht *barmherziger*. Sie haben mindestens acht Frauen getötet.«

»Ich hab acht Frauen *erlöst*«, korrigierte Benninger – womit er endgültig seine Schuld zugab.

»Wieso haben Sie sich verhaften lassen?«, wollte Mückenberg wissen. »Nachdem Sie uns entdeckt haben, hätten Sie einfach nach Hause fahren können.«

»Sie sind ein kluges Mädchen«, lobte Benninger. »Im Gegensatz zu Ihrem Chef. Stellen Sie sich mein Erstaunen vor, als ich Sie bemerkt hatte. Ein Mann und eine Frau in einem auffällig unauffälligen Fahrzeug. Sie konnten nur Bullen sein. Ich wusste also, Sie sind mir auf der Spur. Bei nächster Gelegenheit müssen Sie mir unbedingt erklären, wie Ihnen das gelungen ist. Was ich falsch gemacht hab. Während ich die Umwege fuhr, ging ich gedanklich meine Alternativen durch. Ich fürchtete, ich würde nie wieder eine der Frauen besuchen können. Aber welchen Sinn macht dann mein Leben? Mir fehlte die Kraft zum Weiterleben. Deshalb beschloss ich, aufzugeben. Um mich in Ihre Hände zu begeben.«

»Waren Sie auf dem Weg zu einer Gefangenen?«, fragte Drosten.

»Sie sind so theatralisch«, stöhnte Benninger. »Ich wollte zu meinen Herbstmädchen. Um die sich gerade niemand kümmert.«

»Nennen Sie uns die Adressen und wir retten die Frauen.«

»Sie ahnen wahrscheinlich, dass das so nicht funktioniert«, erwiderte Benninger. »Wie lang werden die Frauen überleben, wenn ich sie nicht besuche? Ihnen nicht zu trinken oder zu essen geben. Ihre Wunden versorge. Sie sind gefesselt und geknebelt. Wie lang dauert es, bis sie verdursten?« Geräuschvoll zog er die Nase hoch.

»Sie haben genug Leid angerichtet. Zeigen Sie Erbarmen!«, bat Drosten.

»Wieso sollte ich? An meiner lebenslänglichen Strafe ändert das eh nichts.«

»Sie könnten beweisen ...«

»Das interessiert mich nicht. Was sind Ihre Alternativen? Ich habe heute Nacht darüber nachgedacht. Es ist nämlich nicht gerade schlaffördernd, wenn alle zwanzig Minuten ein Beamter nachschaut, ob man sich umgebracht hat. Sie wissen, ich habe drei Herbstmädchen eingesperrt. Sie könnten einen öffentlichen Aufruf starten. Vielleicht haben Sie Glück und finden eines der Mädchen. Obwohl ich das bezweifle. Blutverlust und Flüssigkeitsentzug sind eine ungünstige Kombination. Erbricht eines der Opfer, erstickt es wegen des Knebels an dem Erbrochenen. Ihnen rennt die Zeit davon. Deshalb habe ich einen Vorschlag.«

Drosten sah dem Mann an seine Selbstzufriedenheit an. Obwohl er als mutmaßlicher Täter in Ketten vor ihnen saß, hielt er einen spielentscheidenden Trumpf in der Hinterhand.

»Ich bin gespannt«, sagte Drosten widerwillig.

»Leider muss ich Ihnen eine Sünde beichten. Wissen Sie, was mich anmacht? Die Angst in den Augen meiner Opfer, sobald ich das Schlafzimmer betreten hab. Im Laufe der Wochen ist die Angst der Dankbarkeit gewichen. Das hat mich mit Stolz erfüllt.«

»Dankbarkeit?«, entfuhr es Drosten ungläubig. »Wofür?«

»Ich bringe Sie zu den Wohnungen«, fuhr Benninger fort, ohne Drostens Frage zu beantworten. »Vorausgesetzt, ich darf die Schlafzimmer zuerst betreten. Meinetwegen können Sie meine Hände hinterm Rücken fesseln, falls Sie fürchten, dass ich eine der Frauen vor Ihren

Augen töte. Nur meine Füße müssen frei sein. Ich will mich noch einmal an der Angst meiner Opfer weiden. Sie müssen mich in jedem Schlafzimmer zehn Sekunden allein mit den Herbstmädchen lassen. Dann können Sie hereinkommen und die Frauen befreien. Wenn Sie mit dieser Forderung einverstanden sind, retten Sie drei Menschenleben. Allerdings will ich Vorfreude genießen. Deshalb bin ich frühestens bereit, morgen Vormittag aufzubrechen.«

10

»Können wir uns darauf einlassen?«, eröffnete Robert Drosten die Diskussion.

Die sechs ständigen Mitglieder der Soko saßen komplett versammelt im Besprechungsraum. In den Gesichtern der Anderen erkannte Drosten, dass sie genauso ratlos waren, wie er sich fühlte.

Benninger hatte ihnen ein vergiftetes Angebot unterbreitet. Drosten war in seiner über zwanzigjährigen Laufbahn nie in einer vergleichbaren Situation gewesen. Normalerweise erfüllten Polizeibehörden keine Forderungen von Kriminellen. Es gab seltene Ausnahmen, wie Geiselnahmen oder Lebensmittelerpressungen. Doch im Hintergrund arbeitete die Polizei immer daran, den Verbrecher zu fangen beziehungsweise das Leben der Geiseln zu schützen.

Benninger war gefasst und hatte sogar ein verwertbares Geständnis abgelegt. Trotzdem hielt er noch Frauen gefangen, die er als Verhandlungsmasse einsetzte.

»Wieso stellt er diese Forderung?«, fragte Sommer. »Mir fallen zwei Gründe ein, die aber keinen Sinn ergeben. Entweder will er während des *Hausbesuchs* flüchten oder er will wenigstens eine der Frauen töten.«

»Das hätte er beides erledigen können, wenn er sich nicht gestellt hätte«, wies Nadja Mückenberg hin. »Er hätte fliehen können, er hätte seine Geiseln nacheinander töten können.

»Deswegen sagte ich ja, dass ich den Sinn nicht sehe«, bestätigte Sommer.

»Liegt das an seinem *Zockergen*?«, brachte Maik Keller eine Erklärung ins Spiel.

Drosten dachte an die Verluste, die Benninger in den letzten Jahren in Steuererklärungen aufgrund von Spekulationsgeschäften geltend gemacht hatte. Er schien tatsächlich einen Hang zu riskanten Geschäften zu besitzen. Ob darin sein Antrieb lag? Er wusste, dass er verloren hatte – die Niederlage sollte sich jedoch möglichst spektakulär gestalten? Drosten artikulierte diesen Gedanken und die übrigen Anwesenden schienen ihn nicht abwegig zu finden.

»Nehmen wir an, er plant tatsächlich etwas. Wo sind die kritischen Stellen, an denen er uns überraschen kann?«, fragte Frank Starke.

»Auf der Fahrt zu den einzelnen Wohnungen könnte er einen Ausbruchsversuch wagen«, nannte Hubertus Knabe eine Variante. »Kennt ihr den Batman-Film *The Dark Knight*?«

Drosten schmunzelte. »In einer anderen Soko habe ich mit einem absoluten Comic-Liebhaber zusammengearbeitet. Sie hätten jetzt wunderbar mit ihm fachsimpeln können.«

»Das ergibt keinen Sinn«, widersprach Keller. Der Joker hat eine Armada Helfer. Trauen wir Benninger das zu? Beschäftigt er Söldner, die uns unterwegs überraschen? Wir sind in Leipzig, nicht in Gotham City.«

»Unwahrscheinlich«, sagte auch Sommer. »Maximal könnte ich mir vorstellen, dass er *einen* Partner hat.

Wenn überhaupt. Nichts deutet bei den bisherigen Taten auf die Anwesenheit mehrerer Täter hin.«

»Also minimieren wir unser eigenes Risiko mit reiner Personalstärke«, schlug Starke vor. »Benninger sitzt in einem Streifenwagen, in dem neben ihm drei Polizisten mitfahren. Wir flankieren das Ganze mit mindestens drei weiteren Fahrzeugen, auch wenn wir dadurch schnell die Medien am Hals haben.«

»Machen wir vier Wagen heraus, damit fühle ich mich wohler«, konkretisierte Drosten.

»Kriegen wir hin«, bestätigte Starke.

»Verfolgen wir diesen Gedanken, dass ihn jemand unterstützt, noch ein wenig«, bat Mückenberg. »Dieser Unbekannte wird die Adressen kennen. Aber er wird nicht unbedingt die Strecke kennen, die wir nehmen. Schlüssel neun bis elf. Logisch wäre es, vom Präsidium zur Wohnung neun zu fahren. Wir bestehen darauf, zuerst Nummer zehn oder elf aufzusuchen. Das ist ein Punkt, den er unmöglich einplanen konnte. Will er mit einer bestimmten Adresse anfangen, würde mich das hellhörig machen.«

»Richtig!« Drosten nickte zustimmend. »Falls wir uns auf seine Forderungen einlassen, bestimmen wir, wohin es zuerst geht. Außerdem setzen wir entsprechend viele Polizeikräfte ein.«

»Also kommen wir unbeschadet in der Wohnung des ersten Opfers an. Er verlangt zehn Sekunden im Schlafzimmer der Frau. Wir müssen sie ihm geben, um die Namen der zweiten und dritten Gefangenen zu erhalten«, sagte Sommer. »Kann er in zehn Sekunden einen Menschen töten oder lebensgefährlich verletzen?«

»Er ist einverstanden, dass wir seine Hände am Rücken fesseln«, erinnerte Drosten die Polizisten.

»Aber seine Füße müssen frei sein«, erwiderte Sommer. »Mir würde das reichen, um einem Menschen eine lebensgefährliche Kopfverletzung zuzufügen.«

»Hört, hört!«, rief Knabe amüsiert. »Wir haben einen gefährlichen Killer unter uns.«

»Falsch. Jeder von uns würde das schaffen. Tritte mit einem schweren Stiefel hinterlassen schlimme Verletzungen«, belehrte Sommer.

»Also müssen wir sein Schuhwerk aussuchen?«, vergewisserte sich Keller.

Sommer nickte. »Dünne Stoffschuhe wären ideal. Ich glaube, damit ist die Zehn-Sekunden-Spanne nicht lang genug, um potenziell gefährliche Tritte anzubringen. Und ihm wird es kaum gelingen, sich aufs Bett zu werfen, die Beine um den Hals der Frau zu schlingen und sie zu erwürgen.«

»Sehe ich genauso«, stimmte Drosten zu. »Er macht keinen sehr durchtrainierten Eindruck.«

»Sind wir uns einig, dass wir ihm geben, was er verlangt?«, fragte Starke. Sein skeptischer Tonfall war nicht zu überhören.

»Haben wir Alternativen?«, erkundigte sich Drosten.

»Öffentliche Berichte«, meinte Knabe. »Wenn der Albrecht schon mal kooperationswillig ist, sollten wir das ausnutzen.«

»Bekommen wir dadurch schnell genug Ergebnisse geliefert?«, zweifelte Sommer. »Leider hat Benninger recht. Übergibt sich eine der Gefangenen mit dem Knebel im

Mund, ist das ihr Todesurteil. Außerdem könnten sie verdursten oder an den Folgen der Schnittwunden sterben.«

»Ein Aufruf in den Medien wird eventuell zu hundert Hinweisen führen. Denen wir alle nachgehen müssen. Ohne zu wissen, ob sie uns weiterbringen oder ob wir bloß wertvolle Zeit verlieren«, äußerte sich Keller skeptisch.

»Die Presse wird uns zerreißen, falls bei den Ortsterminen etwas schiefgeht«, warnte Starke. »Malen wir uns einen Moment aus, trotz aller Vorsichtsmaßnahmen gelingt es Benninger, eine Gefangene zu töten. Das Echo darauf möchte ich mir nicht vorstellen.«

»Hat die Spurensicherung in Benningers Wohnung außer dem Notizbuch weitere Fortschritte erzielt?«, erkundigte sich Drosten, dem nach wie vor nicht wohl bei dem Gedanken war, die Forderungen zu erfüllen.

»Noch nicht«, bedauerte Starke. »In erster Linie suchen wir gerade nach einer Art Schablone, mit der wir das Notizbuch entschlüsseln können. Wir schätzen, die Informationen darin sind Gold wert.«

»Aber bislang Fehlanzeige?«, vergewisserte sich Drosten.

»So ist es.«

»Wo ist das Notizbuch momentan?«, fragte Drosten.

»Bei den Kollegen der Spurensicherung«, antwortete Knabe.

»Können wir es uns kurz zurückholen? Vielleicht gelingt es mir, ihn auszutricksen.«

»Du willst es ihm zeigen und behaupten, es entschlüsselt zu haben«, vermutete Sommer.

»Zu durchschaubar?«

Sommer nickte. »Aber versuch es trotzdem. Es kostet uns ja nichts. Und was den morgigen Tag anbelangt: Im schlimmsten Fall geben wir ihm zweimal die Möglichkeit, den Frauen ein letztes Mal Angst einzujagen. Vielleicht ist das ein Trost.«

»Zweimal?«, wunderte sich Starke.

»Sobald wir das dritte Schloss aufgeschlossen haben, gibt es keine Notwendigkeit mehr, ihn ins Schlafzimmer zu lassen. Ich schätze, er weiß das.«

Starke schlug sich gegen die Stirn. »Dumm von mir. Klar!«

»Ich fürchte sogar, er wird bei der dritten Frau sein Versprechen brechen«, sagte Drosten. »Oder neue Forderungen stellen. Trotzdem hätten wir dann wenigstes zwei gerettet.«

Knabe erhob sich. »Ich hole eben das Buch.«

* * *

Benninger lächelte, als Drosten zu ihm in den Raum zurückkehrte. Der Polizist hielt das Notizbuch gut sichtbar in die Höhe, doch der Inhaftierte schien sich dafür nicht zu interessieren.

»Haben Sie eine Entscheidung getroffen? Wollen Sie die Frauen retten?«

»Wir sind auf Ihre Kooperation nicht mehr angewiesen«, behauptete Drosten.

»Das würde mich wundern.«

Benninger vermied offenbar bewusst den Blick zum

schwarzen Buch. Drosten legte es zwischen ihnen auf den Tisch.

»Sie wissen, was das ist?«

»Ich habe keine Ahnung«, erwiderte der Mann.

»Obwohl Sie darin alle Adressen der Frauen verschlüsselt notiert haben? Unsere Experten hatten es nach zwei Stunden geknackt.«

Drosten beobachtete Benninger. Doch statt der erhofften Anzeichen von Nervosität las er Langeweile in den Gesichtszügen seines Gegenübers.

»Herr Hauptkommissar, wenn es so wäre, würden Sie mir momentan nicht gegenübersitzen. Sondern die Befreiung der Gefangenen organisieren. Ersparen wir uns ein so schlechtes Schauspiel. Sie sollten beim Pokern keine zu hohen Einsätze tätigen. Das Buch in Ihren Händen kommt mir zwar bekannt vor, aber die Buchstaben, die ich darin aneinandergereiht habe, ergeben keinen Sinn. Sorry.«

»Sie lügen!«

»Wie lautet das Sprichwort vom Esel, der seinen Artgenossen Langohr nennt? Sie fangen an, mich zu langweilen. Ich erwarte eine sofortige Antwort. Sonst ziehe ich mein Angebot zurück und wünsche Ihnen viel Spaß bei der Suche nach den Frauen, die unterdessen elendig ersticken oder verdursten.«

»Welche Schuhgröße tragen Sie?«

»Dreiundvierzig«, entfuhr es dem Verhafteten überrumpelt. »Wieso?«

»Wir bestimmen, welches Schuhwerk Sie während des Ausflugs anziehen.«

»Mir egal. Aber ich lasse meine Füße nicht fesseln.«

»Dafür Ihre Hände.«

»Hinter dem Rücken. Damit es die Frauen nicht sofort bemerken.«

»Außerdem legen wir spontan fest, zu welcher Wohnung wie zuerst fahren.«

»Wie Sie wollen«, sagte Benninger unbeeindruckt.

»Uns wäre es lieber, wir könnten schon heute Abend aufbrechen. Sagen wir in zwei ...«

»Nein«, unterbrach ihn Benninger. »Morgen früh. Verdursten werden sie bis dahin nicht. Solange sich kein Herbstmädchen übergibt, passiert ihnen nichts.«

»Ihnen kann es egal sein.«

»Ist es mir aber nicht! Sie können ja in der Zwischenzeit versuchen, Logik hinter meinem Gekritzel zu erkennen.« Mit dem Kopf deutete er in Richtung des Notizbuchs und lächelte abfällig.

Genau das werden wir die ganze Nacht tun, dachte Drosten.

11

Frank Benninger starrte an die Decke der Zelle, in der er die letzten zwei Nächte gelegen hatte. Tat er das Richtige? Oder hatte er sich in eine fixe Idee verrannt?

Er erinnerte sich an den Schrecken, der ihm in die Glieder gefahren war, als er vor zwei Tagen die Verfolger entdeckt hatte. Anfangs hatte er gehofft, dass es ein Zufall sei. Doch spätestens, nachdem sie ihm in die Nebenstraßen gefolgt waren, hatte er Bescheid gewusst. Er hatte irgendeinen Fehler gemacht, durch den sie ihm auf die Spur gekommen waren.

Die Versuchung, sich bei den Bullen während der Verhöre zu erkundigen, wie sie ihn gefunden hatten, war übermächtig gewesen. Trotzdem hatte er widerstanden, denn er wollte ihnen kein Anhaltspunkt geben, wie er tickte.

Stellte das Notizbuch eine Gefahr dar? Vor zwei Jahren hatte er sich die Verschlüsselung ausgedacht und danach im Internet nach frei zugänglicher Software gesucht. Deren Programmierer behaupteten, jeden Code zu entschlüsseln. Keines der drei Programme hatte das jedoch geschafft. Benninger zweifelte nicht daran, dass es einem cleveren Menschen gelingen könnte. Trotzdem hoffte er, dass weder eine BKA-Software noch ein besonders schlauer Bulle das Problem in absehbarer Zeit löste. Der Computer, auf den er damals die Freeware heruntergeladen hatte, war schon lange Elektronikschrott.

Wenn alles nach Plan lief, wäre eines der Herbstmädchen das Letzte, was er im Leben zu sehen bekam. Eine schöne Vorstellung. Vorausgesetzt, er schaffte es, den ultimativen Schritt zu gehen. Oder würde ihm in der Wohnung der Mut verlassen? Doch wofür sollte er weiterleben? Um als Serienmörder in einer Gefängniszelle zu verrotten – drangsaliert von den Mithäftlingen, die in ihm einen Vergewaltiger sahen?

Bevor er aus seinem Auto ausgestiegen war, hatte er die Optionen überdacht. Er hätte einen Fluchtversuch unternehmen können. Ihm stand genug Geld für ein angenehmes Leben im Ausland zur Verfügung. Aber das Gefühl, gejagt zu werden, hätte ihn in den Wahnsinn getrieben. So gut kannte er sich. Die Alternative, seine Routine fortzusetzen und gegebenenfalls die Frauen nacheinander zu töten, hatte er ebenfalls rasch verworfen. Das war nicht spektakulär genug! Selbst wenn er nach dem letzten Erlösungsakt aus dem Fenster einer Hochhauswohnung gesprungen wäre, hätte ihm das nachträglich keinen Ruhm eingebracht.

Doch das Feuerwerk, das er nun mit Hilfe der Bullen veranstalten würde, wäre so überwältigend, dass es in die Annalen der Kriminalgeschichten eingehen würde. Außerdem bot es einen anderen entscheidenden Vorteil. Benninger dachte an den Mann, zu dem ihm eine tiefe Freundschaft verband. Er würde unweigerlich von den Ereignissen hören und hoffentlich die richtigen Schlüsse ziehen. Mehr konnte Benninger nicht für ihn tun.

Er spürte einen leichten Druck im Schädel. Mit Kopfschmerzen wollte er seinen letzten Gang nicht antreten.

Also erhob er sich, trat an die Tür und klopfte dagegen, um nach einem Schmerzmittel zu fragen.

* * *

Nach einer weitestgehend schlaflosen Nacht schlüpfte Lukas Sommer am frühen Morgen in seine Jeanshose und zog sich Schuhe an. Er war im gleichen Hotel untergekommen wie Robert, und sie hatten am Abend lang zusammengesessen, um die Risiken des nächsten Tages zu besprechen. Doch trotz der Gefahren, die sie witterten, freuten sie sich, in absehbarer Zeit nach Hause zu kommen. Sobald sie die Frauen befreit hatten, wäre ihre Anwesenheit als Vertreter der KEG in Leipzig nicht unbedingt notwendig.

Im Frühstückssaal traf Sommer auf den bereits am Tisch sitzenden Robert Drosten, der genauso übernächtigt aussah, wie er sich fühlte.

»Morgen«, brummte Drosten.

Er hatte zwei Vollkornbrötchen aufgeschnitten, Käse und Wurst aus dem reichhaltigen Angebot ausgewählt, nippte momentan aber nur an der Tasse Kaffee.

»Ausgeschlafen?«, fragte Sommer.

»Total!«

Sommer legte seine Keycard auf den Platz gegenüber Drosten und ging erst einmal zu der Anrichte, auf der das Buffet angeboten wurde. Nachdem er sich bedient hatte, kehrte er zu seinem Partner zurück. Auch er trank zunächst einen Schluck Kaffee.

»Ist dir noch etwas eingefallen, worauf wir nachher verstärkt achten sollten?«, fragte er.

»Ein ganzer Haufen. Aber dann denke ich: Du bist ja paranoid.«

»Wie sagt man so schön: Wird schon schiefgehen.«

»Genau das befürchte ich.«

»Mit welcher Schlüsselnummer beginnen wir?«

»Mir schwebt die Zehn vor.«

Sommer lächelte. »Mir ebenfalls. Dann sollten wir sie nehmen.«

»Oder ist das zu vorhersehbar?«

Kaum hatte Drosten das ausgesprochen, grinste er. »Ich *bin* paranoid.«

* * *

Um zehn vor acht traf sich die Soko in dem Besprechungsraum des Leipziger Polizeipräsidiums. Benninger saß bereits im Vernehmungsraum.

»Er hat um sechs Uhr früh nach einer Kopfschmerztablette gefragt und eine leichte Ibuprofen bekommen«, berichtete Starke dem Team. »Sonst ist in der Nacht nichts Ungewöhnliches passiert.«

»Lukas und ich tendieren dazu, von ihm die Adresse für Schlüssel zehn zu verlangen. Oder gibt es dagegen Einwände?«

»Ist eh egal«, sagte Knabe. »Wenn er einen Hinterhalt plant, haben wir bei jeder Adresse eine Chance von 1 zu 3.«

»Also sind Sie einverstanden?«, vergewisserte sich Drosten.

Die Leipziger Kommissare nickten einhellig.

»Okay. Dann gehe ich jetzt zu ihm und verlange die Anschrift sowie weitere Informationen. Sobald uns die vorliegen, planen wir die genaue Abfahrt.«

Drosten verließ den Raum. Vom Besprechungszimmer aus musste er eine Etage nach unten, um zu dem Raum zu gelangen, in dem Benninger wartete.

An der Tür stand wie am Vortag ein Schutzpolizist, der ihm grußlos die Tür aufschloss. Kaum hatte Drosten das Zimmer betreten, begrüßte ihn Benninger freundlich.

»Guten Morgen, Herr Hauptkommissar. Wie geht es Ihnen?«

»Lassen wir das Gelaber! Wir beginnen bei Nummer zehn. Sagen Sie mir die Adresse und alles, was Ihnen dazu einfällt.«

»Nummer zehn?«

Benninger blickte an Drosten vorbei ins Leere. Hatte das etwas zu bedeuten?

»Eine gute Wahl«, lobte der Inhaftierte. »Ganz hervorragend sogar. Luisa ist eine der wenigen Frauen, die in einem Einfamilienmietshaus leben. Allein, zurückgezogen. Als erfolgreiche Freiberuflerin kann sie sich das leisten. Sie designt Homepages, erstellt Buchcover, entwirft Lesezeichen und solche Sachen. Bei einigen meiner Besuche habe ich ihren Computer angeworfen und die ungeduldigen Kunden vertröstet. Manchmal habe ich sogar direkt darum gebeten, dass man die Zusammenarbeit wegen einer persönlichen Lebenskrise beendet. Alle haben bedauernd, aber verständnisvoll reagiert. Hoffentlich macht es ihr nicht zu viel Umstände, die alten Geschäftsbeziehungen wieder aufleben zu lassen, sobald sie sich von den kleinen Strapazen erholt hat.«

»Seien Sie nicht so zynisch!«

»Die ganze Welt ist zynisch, Herr Hauptkommissar.«

»Sagen Sie mir die Adresse und Luisas Nachnamen. Ich überprüfe Ihre Informationen im Internet und lege die Abfahrtszeit fest.«

Benninger gab ihm wie gewünscht Auskunft.

»Müssen wir etwas zur Raumaufteilung wissen? Wie kommt man ins Schlafzimmer, nachdem man das Haus betreten hat?«

»Es ist ein kleines zweigeschossiges Haus. In der unteren Etage befindet sich linker Hand die Küche. Rechts ist das Schlafzimmer, von dem man das Bad erreicht. Ich fand diese Aufteilung sehr praktisch, denn in einigen anderen Wohnungen hat es deutlich länger gedauert, die geschwächten Frauen ins Badezimmer zu führen. Manche haben unterwegs sogar Wasser verloren. Oder geblutet. Ekelhaft! In der oberen Etage liegen zwei weitere Zimmer und ein Gästeklo.«

»Halten Sie sich bereit!«, sagte Drosten, der es keine Sekunde länger in Benningers Gegenwart aushielt. Abrupt erhob er sich und eilte zur Tür.

»Ich habe heute nichts mehr vor. Aber denken Sie dran: Wenn Sie alle drei Frauen retten wollen, müssen Sie sich an meine Bedingungen halten.« Benninger gluckste vergnügt.

* * *

Dem Anschein nach stimmten die Informationen des Verdächtigen. Laut Google Earth existierte ein kleines Einfamilienhaus bei der angegebenen Adresse. Außerdem nutzte die freiberufliche Grafikerin Luisa Frenzel im Impressum ihrer Homepage die von Benninger genannte Anschrift.

»Ich ertrage ihn nicht länger in meiner Nähe«, stellte Drosten fest. »Und ich fürchte, er spürt das. Wenn es keine Einwände gibt, sitze ich in einem der anderen Fahrzeuge.«

»Überhaupt kein Problem«, sagte Sommer. »Ich übernehme den Part, ihn ins Haus zu führen. Vielleicht ist sein Redebedürfnis in meiner Gegenwart nicht so ausgeprägt.«

* * *

Insgesamt fünf Autos fuhren vom Präsidium in der Innenstadt los. Flankiert von zwei Streifenwagen, hatten sich die Soko-Mitglieder auf drei zivile Fahrzeuge verteilt. Der mutmaßliche Mörder saß mit Sommer, Keller und einen Schutzpolizisten in dem Wagen, der an dritter Position unterwegs war. Die Fahrt würde bei günstiger Verkehrslage keine zehn Minuten dauern. An allen Autos war das Blaulicht eingeschaltet – trotz der Aufmerksamkeit, die sie dadurch erregten.

»Was für ein schöner Tag«, seufzte Benninger. »Das Wetter verwöhnt uns am Ende eines durchwachsenen Sommers doch noch.« Er saß hinter dem Beifahrer, Sommer links von ihm. »Wie fühlt man sich eigentlich bei

Ihrem Namen, wenn in der Zeitschrift über den miesen Sommer gemeckert wird?«

»Ersparen wir uns den Smalltalk«, entgegnete der Hauptkommissar.

»Meinetwegen. Reden wir über die ernsten Themen. War die Versuchung sehr groß, zu der Adresse zu fahren und Luisa vorzuwarnen? Damit sie bei meinem Anblick keinen Schreck bekommt?«

Sommer antwortete nicht darauf, obwohl Benninger ins Schwarze traf. Genau diese Idee hatte die Soko diskutiert und wieder verworfen. Die Polizisten fürchteten, Benninger könnte es ihr anmerken und nicht weiter kooperieren.

»Ich entnehme Ihrem Schweigen, dass Sie die Nachteile einer solchen Strategie erkannt haben«, sagte der Gefangene. »Besser ist das. Wenn ich in Ihren Gesichtszügen nicht die Panik lese, die sonst darin liegt, weiß ich, dass Sie mich austricksen wollen. Darauf reagiere ich allergisch.«

»Wir halten uns an die Vereinbarung«, versicherte Sommer.

»Wunderbar! Ich würde vor Begeisterung klatschen, wenn Sie mich ließen.«

Die kleine Seitenstraße, in der Luisa Frenzel lebte, war bei ihrer Ankunft bereits abgeriegelt. Hauptkommissar Starke hatte das veranlasst – und genauso würden sie auch bei den anderen Adressen vorgehen. Niemand sollte die Möglichkeit bekommen, sich unbemerkt Benninger zu nähern.

»Sie betreiben einen wirklich großen Aufwand«, stellte der Verdächtige fest, während ein Polizist den Streifenwagen wegfuhr, damit die fünf am Einsatz beteiligten Autos vorbeikamen.

»Wir haben an alles gedacht«, behauptete Sommer. »Probieren Sie erst gar keine miesen Tricks!«

»Immer dieses Misstrauen. Keine Angst, solange Sie sich an die festgelegten Regeln halten, mache ich das ebenfalls. Wir schließen die Haustür auf, betreten gemeinsam die Diele, aber ich bin der Erste, der ins Schlafzimmer geht. Sie geben mir zehn Sekunden allein mit Luisa.«

»So haben wir es vereinbart!«, sagte Sommer.

»Halten Sie sich besser daran.«

Der Wagen, in dem Benninger saß, hielt direkt vor der Haustür. Sommer und Keller stiegen fast gleichzeitig aus.

»Was ist das bloß für ein Arschloch!«, fluchte Keller.

»Ich versuche, ihn zu ignorieren. Wie besprochen führe ich ihn zur Tür, probiere den Schlüssel und gehe in die Diele. Sie folgen mir mit mindestens drei Schritten Abstand.«

Sommer trat um das Fahrzeug herum und öffnete die hintere Autotür. Der mit Handschellen gefesselte Mann kletterte mühselig hinaus. Sommer stützte ihn an der Achsel.

»Ob uns Nachbarn beobachten?«, fragte Benninger. »Die Szene vielleicht sogar filmen, um als Leserreporter fünf Minuten Ruhm zu genießen?«

»Verschwenden wir keine Zeit.«

Sommer führte Benninger zur Haustür. Auf dem nur

wenige Schritte langen Weg dorthin musterte er die Umgebung, in der nichts Auffälliges passierte. Es gab keine Anzeichen für einen Überraschungsangriff. Einigermaßen beruhigt zog Sommer den Schlüsselbund aus der Jackentasche.

»Nummer zehn«, erinnerte Benninger ihn überflüssigerweise.

Sommer steckte den entsprechenden Schlüssel ins Schloss, das sich ohne Probleme entriegeln ließ.

»Zehn Sekunden«, wiederholte Benninger flüsternd, bevor er die Türschwelle betrat.

Ihnen schlug ein ranziger, mit Urin vermischter Gestank entgegen.

»Luisa-Schatz, ich bin wieder da«, rief Benninger gut gelaunt. »Freust du dich?«

Sommer kämpfte gegen den Drang, ihn zurückzuzerren und aus dem Haus zu werfen. Stattdessen blieb er stehen und sah dabei zu, wie der Mörder langsam Richtung Schlafzimmer ging, dessen Tür offenstand. Kurz vor der Schwelle blickte er über die Schulter und zwinkerte Sommer zu. Dann machte er den nächsten Schritt. Ein metallenes Geräusch ertönte, ein kleiner Gegenstand fiel scheppernd zu Boden. Sommer schaute automatisch dorthin und sah einen schwarzen Ring. Außerdem bemerkte er einen Draht, der von einem Türrahmen zum anderen gespannt, nun aber nicht mehr gestrafft war.

Es dauerte ein oder zwei Sekunden, bis er die Konstruktion identifiziert hat. War das der Sicherheitssplint einer Handgranate, der durch den Tritt gegen einen Stolperdraht gezogen worden war?

Benninger hatte sich keinen Zentimeter mehr bewegt und grinste ihn höhnisch an.

»Bumm!«

»Eine Granate!«, schrie Sommer.

Er drehte sich um. Der völlig perplexe Hauptkommissar Keller blockierte die Haustür.

»Raus!«, brüllte Sommer.

Er warf sich gegen Keller, der das Gleichgewicht verlor und nach hinten taumelte. Im nächsten Moment explodierte die Granate.

12

»Es ist so traurig«, sagte der Mann und streichelte ihr übers Gesicht.

Obwohl die Berührung nicht bedrohlich war oder weh tat, zuckte Svenja zusammen. Ihr Peiniger saß auf der Bettkante und schaute sie an. Seine Hand rutschte hinab zu ihrem Hals, den er leicht umklammerte, ohne dabei zu fest zuzudrücken.

»Hast du in den vergangenen Wochen von den getöteten Frauen hier in Leipzig gehört?«, fragte er. »Bestimmt, oder? Ich meine, wen interessiert das nicht? Ist dir eigentlich aufgefallen, dass du genau in das Beuteschema passt?«

Wartete er auf eine Reaktion, während seine Hand an ihrem Hals lag? Ohne Vorwarnung verstärkte er den Druck. Da sie nicht wusste, was er von ihr erwartete, schüttelte sie den Kopf.

»Du hast das nicht mitbekommen? Oder lügst du mich an? Acht tote Frauen. Die Zeitungen sprechen von einem Frühlings- und einem Sommerzyklus.«

Wie sollte sie mit dem Knebel im Mund eine vernünftige Antwort geben? Sie presste ein paar Töne hervor, um ihm anzudeuten, dass sie bereit wäre, darüber zu reden.

»Ich verstehe kein einziges Wort«, bedauerte er. »Aber es ist nicht wichtig. Zumindest nicht so wichtig, dass ich dir jetzt den Knebel herausnehme. Ich schätze, ich kenne deine Antwort. Du hast von den Morden gehört, jedoch nie geglaubt, du könntest selbst ein Opfer werden. Richtig?«

Svenja nickte.

»Wir machen Folgendes. Ich löse die Handschelle und führe dich zum Klo. Begehst du Dummheiten, wirst du das bitter bereuen. Verstehen wir uns?«

Er wartete ihre Bestätigung ab, bevor er einen kleinen Schlüssel in das Handschellenschloss steckte. Sollte sie einen Versuch wagen, sich aufzulehnen? Gestern war sie zu schwach dafür gewesen, heute fühlte sie sich etwas besser. Nachdem sie spürte, dass er ihre Hand befreit hatte, drückte er ihr ein Messer an die Kehle.

»Du solltest brav sein«, flüsterte er. »Widersetzt du dich mir, werde ich dir sehr weh tun.«

Er half ihr, aufzustehen. Kaum stand sie auf den Beinen, trat er hinter sie, legte einen Arm um ihren Hals und hielt ihr gleichzeitig die Klinge an die Rippen.

»Kleine Schritte Richtung Badezimmer.«

Svenja gehorchte. Unterwegs dachte sie an ihre anderen Optionen. Würde Irina nach einigen Tagen ohne Reaktion misstrauisch werden? Sollte sie darauf ihre Hoffnung setzen oder lieber einen Fluchtversuch starten, den er bestrafen würde?

Er dirigierte sie zur Toilette, dessen Deckel aufgeklappt war.

»Setz dich! Der Knebel bleibt in deinem Mund.«

Langsam hockte sie sich hin. Sie musterte aus dem Augenwinkel das Waschbecken zu ihrer Linken. Doch dort stand nichts herum, was sie als Waffe benutzen könnte. Zu allem Überfluss verkrampfte ihre Blase und es kam kein einziger Tropfen heraus.

»Beeil dich!«

Svenja schloss die Augen und atmete ruhig durch. Nach einem Moment funktionierte es und sie konnte sich endlich entleeren.

Kampflos ließ sich Svenja von ihm zurück ins Bett bringen. Er bedrohte sie mit einer tödlichen Waffe und war ihr körperlich überlegen. Was sollte sie gegen ihn ausrichten, solange er aufmerksam war? Ihre einzige Hoffnung bestand darin, dass er irgendwann unaufmerksam werden würde. Diesen Moment musste sie ausnutzen – falls es je so weit wäre. Ansonsten blieb ihr nur die Chance, dass Irina misstrauisch wurde, wenn sie tagelang nichts hörte.

Er fesselte ihren Arm.

»Es ist so traurig«, wiederholte er die Worte, die er ein paar Minuten zuvor gesagt hatte. »Ich habe heute meinen besten Freund verloren.«

Überrascht suchte sie seinen Blick. Erzählte er ihr nun ein Märchen, um sein Handeln zu rechtfertigen?

»Du musst wissen, ich bin nicht derjenige, der die Frauen entführt hat. Das war mein Freund Frank. Er hat sie ausgesucht und überwältigt. Du warst mein erster Versuch. Ich hab dich auf meinem Schirm, seitdem wir uns in der Bahn gegenübersaßen. Du hast mich sofort fasziniert und dann stellte ich begeistert fest, wie gut du in unser Beuteschema passt. Inzwischen erscheint es mir eine Fügung des Schicksals zu sein. Frank war auch derjenige, der sich um unsere Mädchen gekümmert hat. Zur Toilette geführt, fürs Trinken und Essen gesorgt. Mir ist das egal, was mit euch passiert. Ob ihr Tage oder Wochen durchhaltet.«

Oh nein!, dachte sie entsetzt. *Was erzählt er da?*

»Es gibt nur eine Sache, um die ich ihn beneidet habe«, fuhr der Mann fort. »Die ich ebenfalls gern erledigt hätte. Aber Frank war dagegen. Das wollte er nämlich ganz für sich allein haben. Heute ist er bei einer Explosion gestorben. Das Fernsehen berichtet darüber. Im Internet geistern die wildesten Theorien herum. Ich weiß noch nicht alles, wobei ich mir dank der Presseberichte ungefähr vorstellen kann, was passiert ist. Er hat sich geopfert. Damit ich weitermache. Jetzt trete ich ganz in seine Fußstapfen.«

Plötzlich spürte Svenja die kalte Messerklinge an ihrem Bauchnabel. Sie zuckte zusammen, woraufhin er amüsiert lachte.

»Ich bin gespannt, wie es mir gelingt. Ob ich ein Talent dafür besitze. Frank und ich hatten uns aufgeteilt. Ich habe den Frauen Wunden zugefügt, er hat sie genäht. Ab heute mache ich beides. Und du bist mein erstes Versuchsobjekt.«

Svenja fuhr ein stechender Schmerz in den Oberschenkel. Sie schrie gegen den Knebel und bäumte sich auf. Er presste ihr eine Hand auf den Mund, um ihre Geräusche zu dämpfen.

»Das ist bloß der Anfang. Entspann dich!«, flüsterte er ihr ins Ohr.

13

Noch immer fassungslos über die Ereignisse der letzten Stunden saßen die Mitglieder der Soko mittags im Besprechungsraum des Leipziger Präsidiums zusammen.

Sommer und Keller hatten die Explosion unbeschadet überstanden, weil das Mauerwerk des Hauses den größten Teil der Druckwelle absorbiert und Sommer gedankenschnell reagiert hatte. In den Trümmern lagen zwei Leichen, männlich und weiblich. Der Mörder und sein Opfer Nummer zehn waren durch die Handgranate ums Leben gekommen.

Obwohl die Straße abgesperrt war, häuften sich die Medienberichte im Fernsehen, im Radio und im Internet. Es würde nicht lange dauern, bis Spekulationen zu der in Leipzig tobenden Mordserie aufkämen.

»Die öffentliche Meinung wird über uns herfallen«, fürchtete Hauptkommissar Starke. »Ich kann's nicht einmal verdenken. Wenn die hören, dass wir uns auf die Bedingungen eines festgenommenen Mörders eingelassen habe. Scheiße! Wir können froh sein, falls uns der Polizeipräsident nicht suspendiert.« Starke schaute Drosten an. »Zumindest uns Leipziger.«

Drosten ahnte, dass der erfahrene Polizist recht haben könnte. Wenn die Öffentlichkeit ein Bauernopfer verlangte, würde vor allem Starke in die Schusslinie geraten – möglicherweise auch das gesamte Team. Selbst die Kriminalermittlungstaktische Einsatzgruppe lief Gefahr, Schwierigkeiten zu bekommen. Es war erst der zweite Fall, der ihnen übertragen worden war. Spätestens ein Jahr nach der Gründung würde es eine Überprüfung geben, wie effektiv die neue Behörde Mörder aus dem Verkehr zog. Die aktuelle Entwicklung würde ihnen keine Pluspunkte einbringen.

»Das ist doch nebensächlich«, sagte Mückenberg. »Soll er uns suspendieren. Da sind zwei Frauen gefangen und verdursten elendig, wenn wir keine Anhaltspunkte finden.«

»Wir müssen mit offenen Karten spielen«, schlug Sommer vor. »Uns bleibt bloß das Notizbuch, das niemand entschlüsseln kann. Aber wer weiß, vielleicht gibt es draußen jemanden, der einen Sinn in dem Buchstabengewirr entdeckt.«

»Außerdem sollten wir dringend an alle Leipziger appellieren, darüber nachzudenken, ob sie eine Bekannte überraschend lang nicht mehr gesehen haben«, fügte Drosten hinzu.

»Was heißt offene Karten? Sollen wir zugeben, dem Mörder auf den Leim gegangen zu sein?«, wunderte sich Knabe. »Ich bin dagegen. Meine Karriere wäre ruiniert.«

»Blödsinn!«, widersprach Keller. »Wir hatten gute Gründe für unser Handeln. Eine am Stolperdraht angebrachte Sprengfalle. Wer konnte damit rechnen?«

»Das war verdammt clever«, gestand Sommer zähneknirschend. »Benninger hat so von vornherein verhindert, dass die Frauen fliehen. Sogar wenn es ihnen irgendwie gelungen wäre, sich zu befreien. Oder falls jemand zu ihnen in die Wohnung kommt. Wir müssen die Öffentlichkeit darüber informieren. Nicht, dass sich Unbeteiligte in die Luft sprengen.«

»Wieso er wohl den Tod gewählt hat?«, fragte Knabe. »Erst stellt er sich freiwillig und dann bringt er sich um? Ich kapier das nicht!«

»So krank sein Tun erscheint, es ergibt einen morbiden Sinn«, konterte Mückenberg. »In ein paar Jahren ist er ein großer Internet-Star, wart's ab. Freaks werden ihn als ihren Helden feiern.«

Bevor Knabe darauf etwas erwidern konnte, unterbrach Drostens klingelndes Handy den Schlagabtausch.

»Das hat mir noch gefehlt«, sagte er nach einem Blick aufs Display. »Albrecht.«

»Wegdrücken!«, empfahl Keller.

Drosten widerstand dem Impuls. Hatte der Fernsehmoderator bereits die Hintergründe herausgefunden?

»Hallo«, meldete er sich.

»Hauptkommissar Drosten. Sven Albrecht hier. Ich hab mich schon gewundert, warum ich seit Samstag nichts mehr von Ihnen gehört hab. Aber seitdem die Meldungen der Explosion ganz Leipzig in Aufruhr versetzen, ist mir einiges klarer. Wollen Sie Stellung beziehen?«

Für Drosten klang das so, als fischte Albrecht im Trüben.

»Ich stecke gerade mitten in einer Besprechung«, erwiderte er deshalb kurz angebunden. »Sie hören in spätestens einer halben Stunde ...«

»Die Explosion wird das Thema meiner Sendung sein«, warnte Albrecht. »Sie könnten die Plattform nutzen.«

»Bis gleich!«

Drosten beendete das Telefonat und setzte die übrigen Anwesenden ins Bild.

»Wir haben zwei Möglichkeiten«, folgerte Sommer. »Ihn ausnutzen, um die Öffentlichkeit zu informieren. Oder wir veranstalten eine offizielle Pressekonferenz. Die wir nicht vor morgen früh organisiert bekommen. Dafür sind wir dann nicht von der Gunst eines einzigen Journalisten abhängig.«

»Mit Albrechts Gunst rechne ich eh nicht«, sagte Keller.

»Trotzdem können wir es uns nicht leisten, es mit ihm zu verscherzen. Immerhin hab ich den Kontakt gesucht.« Drosten wandte sich an Starke. »Wie schnell kann Ihre Presseabteilung Einladungen für eine Pressekonferenz verschicken? Ich will beides. In Albrechts Sendung und die Pressekonferenz. So nehme ich vielleicht ein bisschen Druck von Ihnen.«

* * *

Drosten spürte das Scheinwerferlicht, unter dessen Hitze er leicht schwitzte. Albrecht stand momentan am Moderatorenpult und informierte die Öffentlichkeit über die Ereignisse des Vormittags. Drosten saß noch außerhalb des Bildes in einer kleinen Sitzgruppe. Die Soko hatte mittlerweile zugegeben, dass die Explosion mit der Mordserie zu tun hatte und auch bekanntgemacht, wer die Toten waren. Das Interesse an der morgigen Pressekonferenz war immens. Nachrichtensender, überregionale

Zeitungen und diverse freie Journalisten hatten bereits ihr Kommen angekündigt.

Gemeinsam hatten sie entschieden, die meisten Fakten offenzulegen. Nur die Existenz des Notizbuchs behielten sie vorläufig für sich. Verschiedene BKA- und LKA-Mitarbeiter versuchten gerade, einen Sinn in dem Buchstabensalat zu erkennen. Sollte ihnen das bis zum nächsten Tag nicht gelingen, würden sie während der Pressekonferenz eine Belohnung für denjenigen ausloben, der den Code entschlüsselte.

»Ich begrüße nun meinen Gast, Kriminalhauptkommissar Robert Drosten«, erklang Albrechts Stimme.

Der Moderator setzte sich zu ihm. »Guten Abend, Herr Hauptkommissar.«

In den nächsten Minuten stellte Albrecht Drosten dem Publikum vor und fasste die Ereignisse der vergangenen Tage zusammen.

»Ich verstehe das also richtig: Sie hatten Frank B. in Gewahrsam?«

»So ist es.«

»Wieso stirbt er dann an einem Ort außerhalb des Gefängnisses? Wie konnte es ihm gelingen, die Detonation bewusst herbeizuführen?«

Drosten erklärte, warum sich die Soko auf die Forderungen des Mörders eingelassen hatte.

»Ich kann ja verstehen, weshalb Sie *zum Schein* seine Bedingungen akzeptieren. Aber hätten Sie nicht eine Vorhut zum Haus des neunten Opfers schicken müssen, nachdem Ihnen B. die Adresse genannt hat?«

»Wir hatten die Option durchgespielt, jedoch befürchtet, B. würde es durchschauen und seine Kooperation einstellen.«

»Stattdessen hat er sich in die Luft gesprengt und sein neuntes Opfer in den Tod gejagt. Das könnte man ebenfalls *Kooperation einstellen* nennen.«

»Hinterher ist man immer schlauer«, entfuhr es Drosten. Die selbstgefällige Art des Moderators nervte ihn gewaltig. »Außerdem ist es nicht gewährleistet, dass die Vorhut den Stolperdraht entdeckt hätte. Er war sehr gut versteckt.«

»Sie wollen den Zuschauern ernsthaft weismachen, ein durchtrainiertes Einsatzkommando erkennt einen Stolperdraht nicht? Erscheint mir unglaubwürdig.«

»Kommen wir lieber auf den wichtigen Punkt zu sprechen«, sagte Drosten.

Er hatte bislang Albrecht bei jeder Antwort angesehen. Nun schaute er an ihm vorbei zu der Kamera, an der ein rotes Lämpchen leuchtete.

»Verehrte Zuschauer, die Polizei ist auf Ihre Mithilfe angewiesen. Wir vermuten, dass der verstorbene, mutmaßliche Mörder noch zwei Frauen in ihren Wohnungen gefangenhält. Der Täter hat Opfer ausgewählt, die zwischen zweiundzwanzig und einunddreißig Jahren alt waren. Sie lebten allein, hatten wenige soziale Kontakte. Wenn die Beschreibung Sie an einen Menschen aus Ihrem Umfeld denken lässt, von dem Sie in den letzten Wochen nichts gehört haben oder dem Sie entgegen der üblichen Gewohnheit nicht begegnet sind, zögern Sie nicht, die eingerichtete Hotline der Polizei oder den Notruf zu wählen. Scheuen Sie sich nicht, fürsorglich zu sein. Stellt es sich als falscher Alarm heraus, wird Sie niemand zur Rechenschaft ziehen. Ausdrücklich warne ich Sie jedoch davor, allein nach dem Rechten zu sehen. Wir vermuten, dass der Täter in jeder Wohnung Sprengfallen angebracht hat. Kontaktieren Sie uns und wir kümmern uns um alles Weitere. Ich danke Ihnen.«

»Ein dramatischer Appell«, sagte Albrecht, »dem ich mich eindeutig anschließe. Deswegen blenden wir nun die Nummer der Hotline ein, die laut Polizeiaussage rund um die Uhr besetzt ist. Hauptkommissar Drosten, kommen wir zurück zu den Fehlern, die ...«

Drosten erhob sich. »Es tut mir leid. Ich muss ins Präsidium.«

Er wandte dem verdutzten Moderator den Rücken zu und ging aus dem Studio heraus.

* * *

Robert Drosten saß zusammen mit Frank Starke, dem Leipziger Polizeipräsidenten Hartmut Walter, einem LKA-Vertreter und der Pressesprecherin Engelbach auf dem Podium. Der Raum, in dem die Pressekonferenz seit einer halben Stunde stattfand, war völlig überfüllt.

Engelbach wählte einen Journalisten aus, der sich daraufhin von seinem Platz erhob.

»Hauptkommissar Drosten, Sie haben gestern im MDR einen Appell an alle Zuschauer gerichtet. Hat das schon zu Resonanz geführt?«

»Seit dem Abend sind einundzwanzig Anrufe bei uns

eingegangen. Die meisten Namen, die uns besorgte Leipziger Bürger genannt haben, sind bereits überprüft und haben sich als Fehlalarme herausgestellt. Trotzdem möchte ich meinen Aufruf noch einmal wiederholen.« Er wählte ähnliche Worte wie zuvor im Fernsehen. »Wir gehen lieber einhundert Meldungen nach, die sich am Ende in Wohlgefallen auflösen, als einen zutreffenden Hinweis zu verpassen. Haben Sie schon länger nichts mehr von einer Arbeitskollegin, Bekannten oder Nachbarin gehört, die in das erwähnte Schema passt? Sagen Sie uns bitte Bescheid. Wir behandeln Ihre Anrufe selbstverständlich vertrauensvoll.«

Weitere Fragen der Medienvertreter prasselten auf sie ein. Drosten und die anderen Beteiligten beantworteten sie mit Engelsgeduld. Die Journalisten äußerten zwar durchaus Kritik über die Kooperation mit einem Mörder, zeigten jedoch gleichzeitig Verständnis für das Vorgehen der Soko. Zumal Drosten und Starke auch aufgrund ihrer Ehrlichkeit punkteten. Als die Fragen langsam abflauten, ergriff Drosten das Wort.

»Wir möchten die Öffentlichkeit noch in einem anderen Punkt um Mithilfe bitten. Im Besitz des mutmaßlichen Mörders haben wir ein Notizbuch gefunden. Die Handschrift stimmt mit übrigen Handschriftenproben des Mannes überein. Die Informationen in dem Buch sind verschlüsselt. Experten des LKA und BKA entschlüsseln gerade die Notizen, jedoch hat B. keine Standardverschlüsselungsmethode benutzt. Daher haben wir einen Auszug vorbereitet, den wir nun präsentieren und anschließend an Sie verteilen. Wenn Sie diesen in Ihren Zeitungen abdrucken oder auf sonstige Weise zur Verfügung stellen, helfen Sie uns damit sehr.«

Drosten nickte der Pressesprecherin zu. Die betätigte eine Taste des vor ihr stehenden Laptops, wodurch sie die Beamer-Funktion in Gang setzte. Auf der Wand hinter ihnen erschien der Auszug, für den sich die Soko entschieden hatte. Die Journalisten reagierten aufgrund des Kauderwelschs überrascht. Bestimmt hatte der eine oder andere Anwesende geglaubt, das Rätsel direkt zu lösen.

»Sie sehen hier eine kopierte Seite des Buchs«, erklärte Drosten. »Jeden, der Spaß an Knobeleien hat, bitten wir, sich damit auseinanderzusetzen. Vielleicht helfen uns die Informationen in dem Notizbuch weiter, Menschenleben zu retten. Sollten Sie aus der Buchstabenkombination sinnvolle Wörter bilden können, melden Sie sich bei unser Hotline. Für Hinweise, die dazu führen, dass wir den Code knacken, setzen wir eine Belohnung in Höhe von dreitausend Euro aus.«

Wenige Minuten später dankte die Pressesprecherin allen erschienenen Journalisten für ihr Kommen und beendete die Veranstaltung.

14

Nach einer anstrengenden Schicht in der Boutique kam Irina erschöpft nach Hause. Normalerweise gehörte ein Mittwoch zu den ruhigeren Tagen in der Woche. Das Bild änderte sich jedoch, sobald die Krankmeldung einer Kollegin, mehrere Warenlieferungen und eine extrem schlecht gelaunte Stammkundin, die den letzten Einkauf reklamierte, zusammentrafen.

Zum Glück hatte sie wie geplant um sechzehn Uhr Feierabend gemacht. Um sich ein wenig zu erholen, setzte sie sich vor den Fernseher und schaltete den MDR ein. Doch anstatt mit leichter TV-Kost zu entspannen, landete sie in einer Nachrichtensendung. Genauer gesagt in der Zusammenfassung einer Pressekonferenz der Leipziger Polizei. Der Aufruf des Hauptkommissars, sich zu fragen, ob man überraschend lang von einer Bekannten nichts gehört hatte, ließ Irina automatisch an Svenja denken. Seit Sonntag war der Nachrichtenaustausch zwischen ihnen komplett abgebrochen.

Andererseits konnte das nichts Unheilvolles bedeuten. Die Polizisten sprachen davon, den Mörder Sonntag verhaftet zu haben. Er hatte also gar keine Gelegenheit gehabt, Svenja zu entführen.

Trotzdem holte Irina leicht beunruhigt ihr in der Handtasche steckendes Handy heraus und öffnete WhatsApp. Svenja hatte die Nachricht, die Irina vom Berliner Hauptbahnhof verschickt hatte, noch immer nicht gelesen. Manchmal kam das bei ihrer Freundin vor, dass sie ein emotionales Loch fiel und erst Tage später wieder Lebenszeichen sendete.

Hi, Süße. Was ist in Leipzig los? Ich gucke gerade die Pressekonferenz. Gruselig, was die erzählen. Morgen treffe ich übrigens einen Freund, der sich nach freien Stellen für dich umhört. Melde dich mal!

Irina schickte die Nachricht ab. Der erste graue Haken signalisierte ihr, dass die Mitteilung versandt worden war. Doch der zweite Haken folgte nicht. Außerdem zeigte ihr das System an, dass Svenja das letzte Mal Sonntag online gewesen war.

Was sollte sie tun? Ihr kam es übertrieben vor, die Polizei-Hotline anzurufen. Immerhin war Svenja nicht seit Wochen verschwunden. Sie hatten Sonntag Zeit miteinander verbracht, am gleichen Tag hatte die Polizei den Mörder festgenommen. Nein! Ihre Fantasie spielte ihr gerade einen Streich. Trotzdem scrollte sie in den Kontakten zu Svenjas Nummer und berührte das Anruf-Symbol. Sekunden später forderte sie eine weibliche Stimme auf, eine Nachricht zu hinterlassen, da der Teilnehmer vorübergehend nicht erreichbar sei.

»Hi, Svenja. Alles gut bei dir? Du hältst mich jetzt bestimmt für völlig hysterisch, aber mich beunruhigen die Vorkommnisse bei euch. Tust du mir einen Gefallen? Schick mir eine Nachricht, sobald du das abgehört hast. Oder ruf an. Ich will wissen, ob es dir gut geht. Bis dann, Süße.«

Mit mulmigem Gefühl legte sie das Handy beiseite.

* * *

Margret Zagowski betrachtete das Rätsel. Sie hatte mittags ehrenamtlich bei der *Tafel* ausgeholfen, wo die anderen Helfer nur ein Gesprächsthema kannten. Die schrecklichen Ereignisse in ihrer schönen Stadt – von denen Margret nichts gehört hatte – und der deshalb stattgefundenen Pressekonferenz. Als ihre Kollegin Josefine jedoch das Buchstabenrätsel erwähnte, das die Polizei nicht lösen konnte, war Margrets Ehrgeiz geweckt. Sie liebte Knobeleien und verbrachte jeden Tag Stunden damit, Lösungen in Rätselbücher und Zeitungen einzutragen. Also hatte sie sich direkt nach ihrer Heimkehr an den Computer gesetzt und war bei der *Leipziger Volkszeitung* fündig geworden. Sie hatte die Aufgabe ausgedruckt und zunächst einmal angestarrt. Die ersten Lösungsansätze, die ihr einfielen, waren Fehlschläge und führten sie nicht weiter. Als sie den Eindruck hatte, nicht mehr klar denken zu können, machte Margret eine Pause und kochte einen Vanillepudding.

Nachdem sie den Pudding aufgegessen hatte, konzentrierte sie sich wieder auf das Rätsel. Aufgrund der Lücken zwischen den einzelnen Buchstabenkombinationen vermutete Margret, dass der von der Polizei präsentierte Auszug aus dem Notizbuch elf Wörter enthielt.

ÜNNNGFTJIWKKUKJHDC WKKßOOßOO AAAÄNM-

CBAHDCNGFßOOÜNNRIIWKKÜNN ßRRNGFHD-CÄNMßOOHDC HDCßOOAAAKEEHDC XLLHDCÄN-MRIIßTSHDCKEE FCCÄNMHDCNGF AAARIIRIIHDC ßSSBTSHDCNGF ßTSWKKEBBLFFHDCUKJ EBBLF-FWKKÄNM

Margret zählte die Länge der einzelnen Wörter. Jedes Mal kam ein Wert dabei heraus, der sich durch drei teilen ließ. Hatte das etwas zu bedeuten? Außerdem fiel ihr auf, dass oftmals die gleichen Buchstaben in Zweier- beziehungsweise Dreierkombinationen in einer Reihe standen. Im ersten Wort dreimal ein N und das K zweimal. Neben dieser Auffälligkeit bemerkte sie, dass oft Buchstaben nebeneinander aufgereiht waren, die im Alphabet nacheinander kamen, allerdings in umgekehrter Reihenfolge. GF. JI. KJ. DC. Das Schema wiederholte sich. War das ein Ansatz für die Lösung?

* * *

Warum hatte Frank nie die Existenz des Notizbuchs erwähnt? Beunruhigt starrte Florian in seinem Wohnzimmer durchs Fenster nach draußen. Hatte Frank in dem Buch wichtige Informationen niedergeschrieben oder hatte das Ganze gar nichts mit den Opfern zu tun?

Florian konnte sich nicht daran erinnern, ob Frank Spaß an Rätselspielen hatte. Sie hatten nie darüber geredet, wie er die Frauen auswählte. Als sie beschlossen hatten, ihren Plan in die Tat umzusetzen, hatte es nur zwei unumstößliche, nicht verhandelbare Regeln gegeben:

Frank war für die Opferauswahl und die Opferpflege zuständig. Er hatte damals sogar angedeutet, bereits potenzielle Kandidatinnen gefunden zu haben. Florian hatte das nicht sonderlich interessiert. Ihm war es darum gegangen, den dunklen Trieb auszuleben, den er schon so lange in sich trug. Deshalb war er einverstanden gewesen. Denn ansonsten hatte ihm Frank nur aufgetragen, dass er die Frauen leiden lassen, aber nicht töten sollte.

Florian hatte sich problemlos daran gehalten. Bis er zufällig in der Bahn Svenja gegenübergesessen hatte. Ohne Frank darüber zu informieren, hatte er angefangen, die Frau zu beobachten. Selbst wenn in dem Buch Notizen über die Gefangenen enthalten waren, Svenja wäre nicht erwähnt. Frank hatte nichts von ihrer Existenz gewusst.

Plötzlich erschütterte ihn ein anderer Gedanke. Würden die Bullen etwas über *ihn* in dem Notizbuch finden?

* * *

»Hallo, hier spricht Margret Zagowski«, stellte sie sich am Telefon vor. Um kurz nach halb sieben hatte sie endlich ihren Mut gesammelt und beschlossen, die Hotline anzurufen. Im schlimmsten Fall würden die Polizisten sie auslachen. Das war eine Belohnung von dreitausend Euro durchaus wert.

»Schönen guten Abend. Polizeiwachtmeisterin Carola Pfennig. Weshalb rufen Sie an?«

»Ja, also, ich habe, ich meine heute in der Pressekonferenz. Dieses Rätsel.«

»Haben Sie einen Tipp für die Lösung?«

»Das haben wahrscheinlich schon einige Anrufer behauptet, oder?«, fragte Margret. Am liebsten hätte sie aufgelegt. Wie konnte sie bloß glauben, sie sei eine wichtige Tippgeberin?

»Sie sind die erste Anruferin, die sich deshalb meldet.«

»Oh wirklich?«

»Können Sie uns einen Ansatz liefern?«

»Ich hoffe. Also wenn ich nicht total danebenliege, bedeuten die verschlüsselten Wörter Folgendes: Simone Ott arbeitslos vierte Etage Perlweg drei alle zwei Wochen Chor.«

»Wow«, entfuhr es der Polizistin. »Sie haben das Rätsel komplett gelöst?«

»Ich weiß es ...«

»Bleiben Sie dran. Es kann sein, dass ich Sie zu Hauptkommissar Drosten durchstelle. Einen Moment bitte.«

* * *

Robert Drosten ging die Berichte der Spurensicherung durch. Die Explosion hatte vermutlich die wichtigsten Spuren zerstört. Trotzdem hoffte er, in der Auflistung einen Hinweis zu entdecken, der ihnen weiterhalf.

Sein Telefon klingelte und übertrug die Nummer der Leipziger Polizeizentrale.

»Drosten!«

»Wachtmeisterin Pfennig, hallo. Ich bediene derzeit die Telefonhotline und habe gerade den Anruf einer Dame namens Margret Zagowski bekommen. Sie hat eventuell die Seite entschlüsselt.«

»Wirklich?«, fragte Drosten überrascht.

»Zumindest hat sie sinnvolle Wörter aus dem Buchstabensalat zusammengesetzt. Und zwar: Simone Ott arbeitslos vierte Etage Perlweg drei alle zwei Wochen Chor.«

Hektisch griff Drosten zu einem Stift und notierte das. »Einen Moment, ich überprüfe eben etwas im Internet.« Er öffnete den Browser, surfte zu einem Telefonbuchanbieter und gab sowohl Namen als auch Adresse ein. Das Programm liefert ihm die Telefonnummer dazu. »Es gibt tatsächlich eine Simone Ott, die im Perlweg drei wohnt. Haben Sie die Anruferin noch in der Leitung?«

»Selbstverständlich. Ich stelle sie durch.«

Es knackte und im nächsten Moment war Drosten mit Margret Zagowski verbunden.

»Hallo, Frau Zagowski. Hier spricht Hauptkommissar Drosten. Vielen Dank für Ihren Anruf.«

»Glauben Sie, ich habe das Rätsel gelöst?«

»Es sieht sehr gut aus.«

»Steht mir dann, ich meine ...«

»Die Belohnung steht Ihnen zu, vorausgesetzt Sie können auch weitere Seiten des Notizbuchs dechiffrieren. Wenn Sie mir Ihre Adresse mitteilen, komme ich mit einigen Kollegen vorbei. Ideal wäre eine Art Lösungsschablone oder so etwas.«

»Ganz so einfach ist es nicht. Sie müssen wissen, der Code basiert darauf ...«

»Entschuldigen Sie, dass ich Sie unterbreche. Ich

würde mir das lieber persönlich bei Ihnen erklären lassen. Wo wohnen Sie?«

Zagowski nannte ihm die Adresse und Drosten versprach, bereits in den nächsten Minuten aufzubrechen. Er trommelte die übrigen Mitglieder der Soko zusammen. Doch bevor sie sich auf den Weg machten, wählte Drosten die im Internet gefundene Nummer von Simone Ott an. Dabei unterdrückte er seine Rufnummer. Sollte der Mörder in ihrer Wohnung sein, bekäme er so keinen Hinweis, um wen es sich bei dem Anrufer handelte.

»Ott«, sagte eine weibliche Stimme nach wenigen Sekunden Freizeichen.

»Hauptkommissar Drosten, BKA. Wenn Sie in Gefahr schweben, sagen Sie bitte ›kein Interesse‹.«

»Ist das ein Scherzanruf?«, fragte die Frau beinahe empört.

»Gehen Sie alle zwei Wochen zum Chor und sind arbeitslos? Und glauben Sie mir, das ist kein Scherzanruf. Ich bin der Leiter der Soko, die wegen der Mordserie an alleinlebenden Frauen gegründet wurde.«

»Hören Sie auf, mich zu verarschen. Das ist nicht witzig! Ich lege jetzt ...«

»Nicht auflegen«, flehte Drosten. »Trifft das mit dem Chor und der Arbeitslosigkeit zu?«

»Früher ja. Aber ich habe seit einem halben Jahr wieder einen Job. Für den Chor habe ich mittlerweile keine Zeit mehr.«

Drosten ballte euphorisch die Faust. Der Code war entschlüsselt.

* * *

Nein, beruhigte er sich. Es hatte für Frank keinen Grund gegeben, Notizen über Florian zu machen. Die beiden waren Freunde gewesen, zwischen ihnen hatte nie Misstrauen geherrscht. Florian vermutete, dass Frank in dem Buch Stichwörter über die Frauen gesammelt hatte, die als Opfer infrage gekommen waren. Bei einem ihrer früheren Gespräche hatte er erwähnt, Informationen zu sammeln, bevor er eine Auswahl traf. Diese zu verschlüsseln, wäre eine weise Entscheidung gewesen.

Trotzdem musste Florian fürchten, dass die Polizei das Buch dechiffrieren würde. Falls seine Vermutung zutraf, wüssten sie dann, wo die beiden noch verschwundenen Opfer lebten. Die Frauen würden den Bullen Hinweise auf einen zweiten Mann liefern – vorausgesetzt, sie würden lebend gerettet.

Was sollte er dagegen unternehmen?

15

Margret Zagowski lebte in einem Mehrfamilienhaus am Rande der Stadt. Da Drosten hoffte, noch am Abend die Adressen der verschleppten Frauen zu erfahren und die Ermittlungen abschließen zu können, tauchten sie in voller Mannstärke auf. Die sechs Kommissare kamen in insgesamt vier Fahrzeugen, für die sie auf der Straße verteilt zunächst Parklücken suchten. Als sie gemeinsam vor der Haustür standen, schmunzelte Drosten über den Anblick.

»Was ist los?«, fragte Sommer.

»Ich fürchte, wir erschrecken die arme Frau zu Tode. Hoffentlich ist ihre Wohnung groß genug.«

Bevor sie überlegen konnten, ob der ein oder andere Polizist zurück ins Präsidium fuhr, ertönte an der Tür ein Summen. Drosten betrat zuerst den Hausflur und sah eine rüstig wirkende Rentnerin, die in Hochparterre wartete.

»Oh herrje«, sagte sie. »So viel Besuch hatte ich zuletzt an meinem siebzigsten Geburtstag.«

Zumindest schien sie das Auftauchen einer Vielzahl von Polizisten nicht zusätzlich zu verunsichern.

Drosten reichte ihr die Hand. »Wir haben telefoniert, ich bin Hauptkommissar Drosten. Entschuldigen Sie unser überfallartiges Erscheinen, aber wir hoffen dank Ihnen auf den entscheidenden Durchbruch. Und ich verbürge mich für meine Kollegen. Die können sich allesamt benehmen.«

Margret lächelte. »Davon bin ich überzeugt. Kommen Sie herein!«

Sie führte die Meute ins Wohnzimmer, wo sie auf dem Esstisch bereits zwei DIN-A4-Blätter ausgebreitet hatte.

Drosten begutachtete die Zettel. Auf dem ersten hatte sie das Alphabet aufgeschrieben und den einzelnen Buchstaben einen Zahlenwert zugeordnet. A war die Eins, B die Zwei und so weiter. Die Umlaute Ä, Ö und Ü hatten die Werte siebenundzwanzig bis neunundzwanzig bekommen, das ß die dreißig. Drosten wunderte sich, denn er wusste, dass im Präsidium eine solche Variante ausprobiert worden war, sowohl in dieser Reihenfolge als auch umgekehrt.

Margret tippte auf den ersten Zettel. »Das hier ist nur die Ausgangsgrundlage«, sagte sie, nachdem sie Drostens skeptischen Blick aufgefangen hatte. »Haben Sie bemerkt, wie lang die Wörter waren?«

»Ja«, erwiderte Sommer.

»Eines der veröffentlichten Wörter hat dreißig Buchstaben, das kürzeste immerhin neun«, fuhr Margret fort. »Es gibt in der deutschen Sprache nur wenige Begriffe dieser Länge. Nahrungsmittelunverträglichkeit, von der ich leider einige besitze, hat einunddreißig. Auch die Lebensversicherungsgesellschaft, der ich meinen finanziell abgesicherten Lebensabend verdanke, kommt auf einunddreißig. Das längste mir bekannte Wort ist übrigens die Kraftfahrzeughaftpflichtversicherung. Sechsunddreißig Buchstaben. Aber wieso sollte man solche Wortungetüme verschlüsseln? Also zählte ich bei jedem Einzelnen die genaue Anzahl. Wissen Sie, was ich dabei bemerkte?«

»Sagen Sie es uns«, bat Drosten.

»Die Zahl, die herauskam, ließ sich immer durch drei teilen. Interessant, oder?«

Drosten, der kein Knobelfan war, wusste nicht, was das bedeuten sollte.

»Heißt das, unser Verdächtiger hat jeden Buchstaben verdreifacht?«, fragte Mückenberg, die offenbar mehr damit anfangen konnte.

»Beinahe«, sagte Margret lächelnd. »Ich hatte folgende Idee: was, wenn er jeden Zahlenwert verdreifacht hat? Ein A wäre nicht eins, sondern drei. Ein O nicht fünfzehn, sondern fünfundvierzig.«

»Ergibt der Buchstabensalat dann einen Sinn?«, hakte Mückenberg ungläubig nach.

»Noch nicht«, erwiderte die Rentnerin. »Man muss es wieder zurückumwandeln. Ich habe einige Varianten ausprobiert, die zu keiner vernünftigen Lösung führten, bis ich eine Eingebung hatte. Es fand sich ja mehrfach die Kombination AAA, aber kein einziges Mal ein BBB. So kam ich auf die Idee, den Zahlenwert, also zum Beispiel die Fünfundvierzig, durch zwei zu teilen und das Ergebnis aufzurunden. Das ergibt dreiundzwanzig, was der Wert des W ist. Bleiben zweiundzwanzig als Rest übrig. Die kann ich ganz wundervoll durch zweimal elf, also zweimal das K darstellen. Was sich mit meiner Beobachtung deckte, dass in den Buchstabenkombinationen sehr häufig zwei gleiche Buchstaben hintereinander befanden.«

»Leute, ich bin raus«, stöhnte Knabe. »Ich verstehe nichts mehr.«

»Das ist Wahnsinn!«, entgegnete hingegen Mückenberg fasziniert, die offenbar als einzige Polizistin folgen konnte. »Aber wie haben Sie das Problem mit den Buchstaben ab U gelöst? Sobald Sie die Werte verdreifachen, um sie anschließend zu halbieren, ergibt sich eine Zahl, die größer als dreißig ist.«

»Richtig«, bestätigte Margret. Bei denen habe ich die Dreißig, also das ß zum Ausgang gemacht und den verbleibenden Rest durch zwei geteilt. So wurde aus dem W bei Wochen ßTS.« Sie schaute stolz in die Runde.

Mückenberg applaudierte kurz. »Damit hätte sich jeder Computer schwergetan. Respekt!«

Drosten richtete seine Aufmerksamkeit auf den zweiten Zettel. Wiederum war das Alphabet darauf notiert, aber statt Zahlenwerte hatte Margret dahinter jeweils Buchstabenkombinationen aufgeschrieben. Hinter dem A las er AAA, beim B CBA und so weiter.

»Dann ist das die Schablone?«

»Zumindest habe ich mit dieser Vorlage die Wörter herausgefunden, die ich Ihnen am Telefon mitgeteilt habe.«

»Es gibt übrigens tatsächlich eine Simone Ott, die im Perlweg drei wohnt und alle zwei Wochen Chor hatte«, verriet Drosten.

»Ist sie eines der Opfer?«, fragte Margret erschüttert.

»Nein, sie ist wohlauf.«

»Oh wie wunderbar.« Vor Begeisterung klatschte nun die Rentnerin in die Hände.

»Wer hat die schönste Handschrift?«, erkundigte sich Drosten und hielt den zweiten Zettel in die Höhe. »Damit jeder ein paar Seiten aus dem Notizbuch dechiffrieren kann, sollte jeder eine Kopie des Lösungsschemas haben.«

»In meinem Schlafzimmer habe ich eine kleine Arbeitsecke eingerichtet. Da steht auch ein Fotokopiergerät«, meinte Margret. »Ich vervielfältige das eben.«

Sie nahm ihm das Blatt ab.

* * *

Florian schaute auf seine Armbanduhr. Es war halb zehn abends. Er hatte eine Entscheidung getroffen. Heute Nacht würde er die beiden letzten von Frank ausgewählten Opfer töten. Die Gefahr, dass in dem Notizbuch wichtige Informationen versteckt waren, erschien ihm zu groß. Doch er wollte es nicht darauf ankommen lassen, wie schnell die Frauen verdursteten. Er musste bei ihrem Tod nachhelfen, wofür er sich die heutige Nacht ausgesucht hatte. Falls er in Stimmung wäre, würde er noch einmal in die wehrlosen Dinger eindringen, ehe er ihnen Wunden zufügte, die niemand mehr zusammennähen könnte.

Dank Frank hatte er viel gelernt. Er wusste nun, wie man die perfekten Opfer fand – was sein Erfolg bei Svenja bewies. Mittlerweile besaß er eine Vorstellung davon, wie viel Schmerzen man einem menschlichen Körper zumuten konnte, ohne ihn endgültig zu zerstören. Svenja in einen Schmerztriathlon zu schicken, hatte ihn wahnsinnig erregt. Die Klinge anzusetzen und ihr Fleisch zu schneiden, war die erste Etappe. Danach der erzwungene sexuelle Akt, bevor er sie anschließend nähte und neue Schmerzen zufügte. Herrlich!

Andere Details, an denen Frank Spaß gefunden hatte, interessierten ihn überhaupt nicht. Wieso sollte er Zeit mit der Umdekorierung der Schlafzimmer verschwenden? Weshalb nur in Zyklen morden? Warum den Miss-Titel entsprechend der Jahreszeit verleihen? Das alles war ihm völlig egal. Auch würde er die Toten nicht in der Erde vergraben, sondern in den Wohnungen liegen lassen. Vielleicht schaffte er es sogar, mehr als vier Frauen in drei Monaten zu quälen und zu ermorden.

Er packte die Sachen, die er in den nächsten Stunden benötigte, in seinen Rucksack. Florian hoffte, dass ihm in den Abendstunden keine anderen Bewohner in den beiden Hochhäusern entgegenkämen. Bislang hatte er immer bloß tagsüber zugeschlagen, meistens direkt nach seiner Arbeitsschicht. Ein nächtlicher Besuch war neu. Ob die Frauen instinktiv ahnen würden, worauf das hinauslief?

Während er den Reißverschluss des Rucksacks schloss, dachte er an seine Arbeit. Jeden Tag arbeitete er sechs Stunden in einem Großraumbüro, umgeben von einigen Kolleginnen. Frauen, die ihn als kollegial erlebten. Die jederzeit seine Hilfe in Anspruch nehmen konnten. Die mit ihm scherzten, über Vorgesetzte lästerten oder gemeinsam Bildschirmarbeitspausen machten. Sie hatten keine Ahnung, welcher Hass in ihm brodelte, genährt durch die Erfahrungen in seinem Leben. Dem Missbrauch. Der Hilflosigkeit. Dem Gefühl, ganz allein auf der Welt zu sein. Dem Verrat.

Hass, den er nun an den beiden letzten, von Frank ausgewählten Opfern, stillen würde. Florian schulterte den Rucksack und verließ seine Wohnung.

* * *

»Wir haben es!«, rief Drosten begeistert. Im Überschwang der Gefühle hätte er die Rentnerin am liebsten umarmt.

»Sie können weitere Seiten entschlüsseln?«, fragte Margret hoffnungsvoll.

Drosten nickte. »Ich habe gerade eine Seite dechiffriert, auf der der Name und die Anschrift einer der verstorbenen Frauen steht.« Außerdem der Hinweis, dass Benninger der Frau den Schlüssel sechs zugeordnet hatte, doch dieses Detail verriet der Polizist nicht.

»Hab ich die Belohnung verdient? Sie müssen wissen, das Geld ist gar nicht für mich gedacht. Ich würde es spenden. Die Leipziger Tafel könnte eine Finanzspritze wahnsinnig gut gebrauchen. Es waren andere ehrenamtliche Helfer, die mich auf die Pressekonferenz aufmerksam gemacht haben. Wer weiß, ob ich es sonst mitbekommen hätte.«

»Ich versichere Ihnen, die Belohnung wird innerhalb weniger Tage überwiesen. Entweder Ihnen persönlich oder wohin auch immer Sie es wünschen.«

»Ach, dann haben diese schrecklichen Morde wenigstens etwas Gutes«, seufzte Margret.

»Leute, ich habe einen Namen«, sagte Maik Keller. »Inklusive Anschrift, persönliche Hinweise und am Ende die Bemerkung ›Schlüssel elf‹.«

Für einen Moment schloss Drosten die Augen und genoss den Triumph. Sie hatten es geschafft. Oder besser gesagt: Es gab eine Chance für die beiden letzten Frauen.

»Wie heißt sie?«, fragte Sommer.

»Luzie Angerer.«

»Wir haben auch den zweiten Namen«, rief Knabe. »Schlüssel neun gehört zu Friederike Schöller.«

Nun kam es nur noch darauf an, die Gefangenen zu finden, bevor sie verdursteten, erstickten oder ihren Verletzungen erlagen.

»Sagen euch Leipzigern die Adressen etwas?«, fragte Sommer.

* * *

Die Parkplätze in der Nähe des Hochhauses waren komplett belegt. Das war Florian tagsüber bislang nicht passiert. Nachdem er gewendet hatte, entdeckte er schließlich doch noch eine Lücke, direkt neben drei Altglascontainern. Er rangierte den Wagen hinein und schaltete den Motor aus. Es war so weit: Für Luzie fiel in der nächsten Stunde der letzte Vorhang.

Die Erregung wuchs in ihm. Eine schnelle Erlösung kam nicht infrage. Noch einmal würde sie leiden, bevor er ihr die tödlichen Wunden zufügte.

Florian stieg aus und beobachtete die Umgebung. In einigen Fenstern des Hauses brannte Licht. Trotzdem war der Leerstand in diesem Plattenbau nicht zu übersehen. In einem restlos vermieteten Hochhaus wären zu einer solchen Uhrzeit deutlich mehr Lampen angeschaltet. Ihm kam dieses von Frank festgelegte Auswahlkriterium sehr gelegen. Die Gefahr, in einem beinahe halbleeren Gebäude auf ungeahnte Schwierigkeiten zu stoßen, war äußerst gering.

* * *

Lukas Sommer, Frank Starke und Nadine Mückenberg bildeten das Team, das hoffentlich Luzie Angerer rettete. Robert Drosten, Maik Keller und Hubertus Knabe entsprechend das zweite Team. Sie hatten in der Zentrale jeweils einen Krankenwagen und Streifenwagenunterstützung angefordert. Doch da Sommer beziehungsweise Drosten die Schlüssel bei sich trugen, um in die Wohnungen zu gelangen, würde die Unterstützung zunächst abwarten.

»Ich fahre Ihnen hinterher, Hauptkommissarin Mückenberg«, sagte Sommer.

»Dann geben Sie sich Mühe, nicht den Anschluss zu verlieren.«

Sommer lächelte gutmütig über die vermeintliche Drohung. »Glauben Sie mir, ich habe Erfahrung darin, anderen Fahrzeugen zu folgen.«

»In einer Stadt, in der Sie sich schlecht auskennen? Ich bin gespannt.«

Mit großen Schritten lief Mückenberg zu ihrem Wagen.

16

Obwohl Florian Treppensteigen als äußerst anstrengend empfand, beschloss er, die Stufen zu Luzies Wohnung hochzulaufen. Selbst wenn er dann vor ihrer Tür verschnaufen müsste. Doch bei seinem letzten Besuch in ihrem Zuhause wollte er keinem anderen Bewohner begegnen. Und die Gefahr, dass ihm jemand im Treppenhaus entgegenkam, erschien ihm kleiner als ein zufälliges Aufeinandertreffen im Aufzug.

Florian steckte den Schlüssel ins Haustürschloss. Bevor er den Flur betrat, sah er über die Schulter. Niemand schien ihn zu beobachten. Im Inneren haderte er einen Moment mit seinem Vorhaben, die sechs Etagen hochzulaufen. Aber letztlich siegte die Vernunft. Langsamen Schrittes ging er die ersten Stufen hinauf. Auf seinem Weg nach oben lauschte Florian, ob er unerwartete Geräusche hörte. Hier im Treppenhaus wirkte das Gebäude fast wie ausgestorben. Kein Mieter hatte den Fernseher zu laut eingestellt, niemand stritt sich oder produzierte anderweitig Lärm. Als wüssten alle instinktiv, dass der Tod in ihrer Nähe war. Hielten sie den Atem an, bis er gegangen war?

An Luzies Wohnungstür wartete Florian einen Moment. Ob sie schlief? Vielleicht gelang es ihm sogar, sie komplett zu überraschen. Oder war es eine Illusion zu glauben, dass sie aufgrund ihrer Situation überhaupt noch in Tiefschlafphasen fiel?

So leise wie möglich führte er den richtigen Schlüssel ins Schloss, das zweimal verriegelt war. So, wie er es verlassen hatte.

Er betrat die im Dunkeln liegende Diele. Am liebsten wäre er ohne Licht zu ihr ins Schlafzimmer geschlichen, doch das Risiko konnte er nicht eingehen. Die Stolperfallen waren seine Idee gewesen. Zu diesem Zweck hatte er die Handgranaten in Polen besorgt. In seiner Erinnerung dachte er an die damalige Rückfahrt nach Deutschland. Wie sehr hatte er beim Grenzübertritt geschwitzt. Erst nach einigen Kilometer hatte sich sein Herzschlag beruhigt. Die Stolperdrähte hatten vor allem dazu gedient, dass keines der Opfer fliehen konnte. Frank hatte zuguterletzt eine andere Verwendung dafür gefunden. Er hatte mit Hilfe der Granate die Bullen an der Nase herumgeführt.

Seine Hand tastete nach dem Lichtschalter und schaltete die Wandlampe ein.

In allen Opferwohnungen war der Draht an der Schlafzimmerschwelle angebracht, wenige Zentimeter über dem Boden. Bei ihren Besuchen hatte derjenige, der die Frauen zur Toilette führte, die Falle zunächst entschärfen müssen, bevor er sich schöneren Dingen widmete. Eine notwendige Sicherheitsmaßnahme, damit kein Opfer bewusst oder unbewusst die tödliche Explosion auslöste.

Florian kniete sich zu Boden. In dem linken Türrahmen war ein kleiner Nagel eingeschlagen, an dem der Stolperdraht befestigt war. Vorsichtig löste er den Draht und legte ihn hin. Jetzt konnte nichts mehr passieren. Sobald sie gestorben wäre, würde er die Falle wieder aktivieren. Vielleicht hatte er Glück und es würde einen übereifrigen Bullen treffen.

Nachdem er das erledigt hatte, widmete er sich der Gefangenen, die ihn mit leerem Blick ansah.

»Hallo, meine Hübsche.« Er lächelte.

Im Schlafzimmer stank es nach Urin, abgestandener Luft, Blut und Schweiß. Mehrere Mädchen hatten sich im Lauf der Behandlungen eingekotet, was eine riesige Schweinerei gewesen war. Luzie hingegen gehörte zur Einnässfraktion. Die fehlende Kontrolle der Frauen über ihre Körperfunktionen war für Florian ein Grund, darüber nachzudenken, ob er in Zukunft eher auf einmalige, intensive Begegnungen setzte. Was noch einige andere Vorteile mit sich brächte.

Er schob den Gedanken beiseite und nahm auf der Bettkante Platz.

»Hast du mich vermisst?«

Sie wandte die Augen ab und starrte zur Decke. Florian streichelte ihr Gesicht, ohne die erwünschte Reaktion zu erhalten. Normalerweise zuckten die Frauen bei jeglicher Art von Berührung zusammen. Erst wenn es dem Ende zuging, reagierten sie wie Luzie.

Frustriert hätte er ihr am liebsten eine Ohrfeige gegeben. Oder spielte sie ihm bloß etwas vor?

Aus seinem Rucksack holte er das Messer und hielt es ihr direkt vors Gesicht.

»Du magst diese Klinge, stimmt's? Weil du weißt, was sie bei dir anrichtet.«

Florian drückte die Spitze an die Innenseite ihres

Oberschenkels, bis ein Blutstropfen hervorquoll. Luzies körperliche Reaktion darauf war minimal. Ihre Muskeln verkrampften sich, doch sie stieß keinen Schmerzenslaut aus. Offenbar hatte sie jede Lebensenergie verloren.

So machte ihm das keinen Spaß!

Er fuhr mit der Messerspitze über ihre nackte Haut und legte die Klinge schließlich auf ihre Vulva. Selbst damit erzielte er nicht die gewünschten Folgen.

»Verdammte Schlampe!«, zischte er wütend. Ob es bei Friederike schöner würde?

Um einen letzten Versuch zu starten, beugte er sich nah an ihr Ohr.

»Heute stirbst du«, flüsterte er. »Qualvoll. Ich füge dir Wunden zu und nähe sie. Schneide sie wieder auf. Was hältst du von diesem Plan? Das wird bestimmt die ganze Nacht dauern. Vielleicht ficke ich dich sogar zwischendurch mit dem Messer.«

Er lehnte sich zurück. Sie hatte die Augen geschlossen. Deshalb sah sie nicht das, was er jetzt zu seinem Erschrecken wahrnahm.

* * *

Mit Blaulicht aber aufgrund der späten Uhrzeit ohne Sirene fuhr der Streifenwagen die Straße entlang.

»Da vorn ist es«, sagte Wachtmeister Becker.

Sein Kollege Caspers bremste den Wagen ab. »Sind wir die Ersten?«

»Scheint so.«

Caspers schaltete das Blaulicht ab. Sie hatten vor wenigen Minuten von der Zentrale den Auftrag erhalten, hierherzukommen. Angeblich gab es Hinweise, dass bei der übermittelten Adresse ein Opfer des Wundennähers lebte. Falls sie nicht zu spät kamen.

»Was sollen wir jetzt tun?«, fragte Becker.

»Erkundige dich, auf wen wir warten.«

Becker griff zum Funkgerät.

»Wagen siebzehn-vier ist eingetroffen. Haben Sie weitere Informationen? Ende.«

»Sie warten, bis die Hauptkommissare Starke, Mückenberg und Sommer vor Ort sind«, erklang die Antwort der Zentrale. »Außerdem ist ein Krankenwagen unterwegs zu Ihnen. Ende.«

Caspers zuckte die Achseln. »Dann harren wir der Dinge, die da kommen.«

* * *

Mittlerweile war das Blaulicht ausgeschaltet. Vom Schlafzimmerfenster aus konnte Florian den Streifenwagen im Blick behalten.

Was hatte sein Auftauchen zu bedeuten? Ein Zufall? Oder der Vorbote großer Schwierigkeiten?

Warum stiegen die Bullen nicht aus? So würde er es erwarten, falls sie zu einem Nachbarschaftsstreit oder einer ausgearteten Familienauseinandersetzung gerufen waren. Florian dachte an die Pressekonferenz. Die Informationen über das in einem Notizbuch befindliche Buchstabengewirr. Hatten sie es entschlüsselt?

Das darf alles nicht wahr sein!, fluchte er innerlich.

Er bemerkte einen Krankenwagen, der in der Nähe des Streifenwagens anhielt. Nun kam Bewegung ins Geschehen. Die zwei Bullen und die Notärzte verließen die Fahrzeuge. Sie begrüßten sich per Handschlag und einer der Polizisten zeigte zum Haus. Mehr unternahmen sie vorläufig allerdings nicht.

»Fuck«, flüsterte er.

Was sollte er tun? Er konnte Luzie töten und danach verschwinden. Doch das aus ihrem Körper sickernde Blut würde den Bullen verraten, dass er wenige Minuten zuvor hier gewesen war. Sie als Geisel zu benutzen, wäre keine Option, dafür war sie zu geschwächt. Oder sollte er versuchen, das Hochhaus ungesehen zu verlassen, ohne sie zu töten? Sie hatten von Luzie erfahren, also wussten sie wahrscheinlich auch von Friederikes Existenz. Vielleicht war das neunte Opfer bereits gerettet und plauderte über die Kooperation der zwei Täter.

Florian schaute zum Bett. Wäre für Luzie Überleben die schlimmere Strafe? Interessiert hatte er vor Monaten Berichte über eine Gefängnispsychologin verfolgt, die sich viele Jahre, nachdem sie von einem Insassen stundenlang vergewaltigt worden war, umgebracht hatte. Offenbar gab es traumatische Ereignisse, die ein Verstand nicht verarbeitete – egal, wie viel Zeit verging.

Töten oder überleben lassen?

Eine neue Entwicklung am Straßenrand lenkte seine Aufmerksamkeit ab.

* * *

Nur wenige Meter hinter Mückenberg erreichte Lukas Sommer das Ziel. Entgegen ihrer Ankündigung hatte Mückenbergs Fahrstil ihm kein Problem bereitet, ihr zu folgen.

Sommer zog den Zündschlüssel und verließ den Wagen. Er ging zu den wartenden Streifenpolizisten und der Krankenwagenbesatzung. Kurz angebunden schüttelte er ihnen die Hände.

»In diesem Haus lebt laut unseren Informationen eine Frau namens Luzie Angerer. Sie ist eines der Opfer des Wundennähers. Wir wissen nicht, ob sie die letzten Tage seit der Verhaftung des Mannes überlebt hat, und wie gegebenenfalls ihr Zustand ist. In der Wohnung müssen wir mit einer Sprengfalle rechnen. Die Verantwortung, sie zu entschärfen, übernehme ich. Um alle Eventualitäten abzudecken, schlage ich folgendes Vorgehen vor. Hauptkommissarin Mückenberg und ich gehen zu Fuß in die sechste Etage, wo Frau Angerer wohnt. Hauptkommissar Starke wird zusammen mit jeweils einem von Ihnen den Aufzug nutzen.«

»Erwarten wir Gegenwehr?«, fragte einer der Schutzpolizisten.

»Nein«, erwiderte Sommer. »Der Mörder ist tot, Hinweise auf einen zweiten Täter gibt es nicht. Durch den Weg übers Treppenhaus will ich potenzielle Schaulustige ausfindig machen, um sie zu warnen, sich der sechsten Etage zu nähern. Diejenigen von Ihnen, die hier unten warten, bitte ich, ein Augenmerk darauf zu legen, ob die Presse Wind von unserer Aktion bekommen hat. Sollten sich Pressevertreter zeigen, sorgen Sie für einen angemessenen Abstand zur Haustür. Das Gleiche gilt für Passanten, die mit gezückten Handys auf einen Schnappschuss warten. Ich möchte in den nächsten Tagen keine Bilder entdecken, auf denen wir Frau Angerer in den Krankenwagen schieben.«

»Alles klar!«

Sommer lief Richtung Tür. Anhand der Klingelschilder erkannte er, dass Luzie tatsächlich in der obersten Etage wohnte. Eine Information, die ihnen aus dem Notizbuch bekannt war. Trotzdem hielt er den Atem an, als er den Schlüssel ins Schloss schob.

Er passte.

* * *

Florian traf eine Entscheidung.

»Viel Spaß mit dem Rest deines verkorksten Lebens«, wünschte er der geknebelten Frau, die offenbar mitbekommen hatte, wie sich ihr Schicksal schlagartig verändert hatte. Soweit er es beurteilen konnte, wirkten ihre Augen wacher.

»Vielleicht findest du einen guten Therapeuten, der dich heilt. Bis du mir eines Tages erneut in die Hände fällst. Dann bringe ich das mit uns zu Ende.«

An der Türschwelle bückte er sich. Da er keine Hoffnung besaß, dass die Bullen unbeabsichtigt eine Explosion auslösten, würde er die Handgranate mitnehmen. Gegebenenfalls konnte sie ihm nützlich sein. Vorsichtig löste er den Draht von dem Splint und steckte die Granate in seine Jackentasche. Dann schulterte er den Rucksack.

»Wir sehen uns.«

Mit diesen Worten verließ er die Wohnung. Nun folgte der schwierigste Teil. Wie sollte er ungesehen aus dem Gebäude verschwinden? Der Aufzug kam nicht infrage, denn die Bullen würden ihn nutzen, um in die sechste Etage zu gelangen. Also öffnete er die Glastür zum Treppenhaus. Er schaute nach unten, ohne jemanden zu bemerken. So leise wie möglich lief er die Stufen hinab.

Seine Vorsicht machte sich bezahlt, als er plötzlich undeutliches Stimmengewirr hörte.

Offenbar hatten sich die Bullen aufgeteilt und nahmen nur teilweise den Fahrstuhl.

In der vierten Etage wählte er den einzigen Fluchtweg, der ihm noch blieb. Er huschte zur ersten Wohnung in dem Stockwerk und presste sich nah an die Tür.

Bot der Türrahmen genug Sichtschutz? Oder würden ihn die verdammten Bullen entdecken? Um ihnen in diesem Fall eine tödliche Überraschung zu bereiten, umklammerte er die Handgranate.

17

Friederike Schöller lebte in den beiden obersten Etagen eines fünfstöckigen Haus. Der Rest des Gebäudes war an Firmen vermietet, deren Firmenschilder an der Fassade angebracht waren. Laut den Informationen aus dem Notizbuch führte Schöller nach einer Scheidungsschlammschlacht ein zurückgezogenes Leben. Aber zumindest finanziell hatte sich die Scheidung offenbar gelohnt, denn sie konnte es sich leisten, keinem Brotjob nachzugehen, sondern ein Dasein als Bildhauerin zu genießen. Falls Benninger richtig recherchiert hatte, war sie nicht sehr erfolgreich.

Robert Drosten parkte seinen Wagen in unmittelbarer Nähe zum Eingang. Das Haus lag komplett im Dunkeln. Hoffentlich fanden sie darin nicht bloß eine Leiche. Er trat zu der bereits wartenden Streifenwagenbesatzung und gab ihnen einen kurzen Überblick über ihren Wissensstand. Gerade als er ungeduldig auf seine Armbanduhr schaute, weil noch kein Notarzt vor Ort war, bog der Krankentransporter um die Ecke.

»Wir müssen mit einer Stolperfalle rechnen«, warnte Drosten. »Möglicherweise an der Schwelle zum Schlafzimmer, aber für diese Annahme gibt es keine Garantie. Deswegen gehe ich zuerst allein in die Wohnung hinein.«

»Haben Sie Erfahrung mit der Bedienung von Handgranaten?«, fragte Maik Keller.

Drosten schüttelte den Kopf. »Sie?«

»Ich war ein paar Jahre bei der Bundeswehr«, antwortete Keller. »Granaten haben mich fasziniert. Meine Kameraden hatten vor Granatenübungen immer Schiss. So sind damals die meisten Wehrpflichtigen gewesen. Mir hat es Spaß gemacht. Vielleicht wäre es besser, ich gehe vor?«

Drosten überlegte nicht lange. Zwar war er der leitende Polizist, aber Kellers Argumentation klang logisch.

»Einverstanden. Dann überlasse ich Ihnen die Entschärfung. Los jetzt!«

Er ging zur Haustür und steckte den Schlüssel mit der ›9‹ hinein. Aufgrund der Nummerierung vermuteten sie, dass Schöller die erste gefangene Frau des Herbstzyklus war. Wodurch die Gefahr stieg, die Hinweise zu spät entschlüsselt zu haben, um sie zu retten.

Zumindest ließ sich das Schloss problemlos aufschließen. Gemeinsam mit Keller, Knabe, einem Streifenbeamten und einem Sanitäter betrat Drosten den Hausflur und schaltete das Flurlicht ein. Sofort erkannte er den großen Zettel, der am Aufzug hing.

Wegen Reparaturarbeiten außer Betrieb

»Super!«, fluchte der Sanitäter. »Wenn wir sie auf der Trage rausbefördern müssen, ist so ein enges Treppenhaus der Horror.«

»Hoffen wir, dass wir tatsächlich eine Trage benötigen«, erwiderte Drosten.

Er ging voran und nahm jeweils zwei Stufen auf einmal.

Im vierten Stock schnaufte Drosten durch, bevor er den Schlüssel ins Schloss steckte. Klackend sprang die Tür auf.

»Ab jetzt ist das mein Job«, meinte Keller.

»Schalten Sie das Dielenlicht ein, ohne die Schwelle zu übertreten«, empfahl Drosten.

Keller tastete nach dem Lichtschalter und Sekunden später ging die Deckenbeleuchtung an.

Von seiner Position konnte Drosten nichts Gefährliches erkennen. Keller hockte sich hin.

»Maisonettewohnung«, sagte er. »In der Mitte der unteren Etage befinden sich die Treppen. Bis dorthin sehe ich keine Stolperfalle. Trotzdem schlage ich vor, dass Sie im Hausflur warten.«

»Einverstanden«, erwiderte Drosten.

Gebannt wartete er auf die nächste Rückmeldung. Um nicht das Zeitgefühl zu verlieren, betrachtete er den Sekundenzeiger seiner Armbanduhr. Der hatte gerade eben anderthalb Umdrehungen geschafft, als Keller nach ihm rief.

»Friederike lebt! Sie schaut mich an! Der Draht ist an der Schwelle zum Schlafzimmer gespannt.«

Erleichterung gepaart mit einem Funken Sorge um das Leben Kellers erfüllte Drosten.

»Können Sie die Falle entschärfen?«

»Moment.«

Unwillkürlich hielt er den Atem an.

»Erledigt!«

Drosten atmete erleichtert aus und eilte zur Wendeltreppe. In der oberen Etage der Maisonettewohnung brannte lediglich in einem Zimmer Licht. Keller redete dort beruhigend auf eine nackte, gefesselte Frau ein. Auf dem Boden lag ein Knebel.

»Sie ist mit handelsüblichen Handschellen an der Heizung fixiert. Hat jemand einen Schlüssel, um sie zu befreien?«

»Ich«, sagte der Streifenbeamte.

Der geretteten Frau liefen Tränen am Gesicht herab. »Haben Sie die Schweine?«, fragte sie kaum hörbar.

Entsetzt betrachtete Drosten Friederikes spröde Lippen. Hatte er sich verhört?

»Waren es mehrere Täter?«

»Zwei!«

Rasch wandte er sich ab und griff zum Handy. Sommer musste darüber Bescheid wissen.

* * *

Sommer öffnete vorsichtig die Wohnungstür. »Bleiben Sie zurück, bis ich Entwarnung gebe.«

Er schaltete die Wandbeleuchtung ein und orientierte sich in dem schmalen Flur. Nach wenigen Sekunden bemerkte er einen silbernen Draht, der am Boden lag. Wieso war er nicht gespannt? Dann hörte er die Geräusche eines geknebelten Menschen, der versuchte, auf sich aufmerksam zu machen. Er ging bis zur Türschwelle. Der Draht war nirgendwo festgemacht. Beide Enden waren einsehbar.

Rasch trat er darüber hinweg und stellte sich neben das Bett zu der an einer Hand gefesselten, nackten Frau.

»Ich bin von der Polizei. Sie sind in Sicherheit!«

Luzie Angerer stieß weitere Geräusche aus.

»Ich löse den Knebel.«

Sie nickte hastig. Kaum hatte er den Mundknebel entfernt, sagte sie ein einziges Wort: »Hier!«

»Was?«

Sommers Handy klingelte. Die Frau hustete. Er ließ sie einen Moment in Ruhe. Warum rief ihn Drosten an? Der Hustenanfall ebbte ab und Luzie rang nach Luft.

»Er war vorhin hier!«

»Was?« Fassungslos betrachtete Sommer Luzie.

»Gerade eben.«

Bevor die Mailbox anspringen konnte, nahm er den Anruf entgegen, hielt sich aber das Telefon noch nicht ans Ohr.

»Ihr Peiniger?«, fragte er.

»Der zweite Mann.«

»Es gibt einen Partner!«, rief unterdessen Drosten so laut, dass Sommer ihn verstand.

»Luzie sagt, er sei uns knapp entwischt.«

»Vor zwei Minuten«, ergänzte sie, bevor ein weiterer Hustenanfall sie durchschüttelte.

»Meine Kollegen kümmern sich um Sie.«

Er rannte in die Diele, wo Mückenberg und Starke standen.

»Es gibt einen zweiten Täter! Vielleicht ist er noch im Haus.« Sommer zwängte sich an ihnen vorbei. »Sagen Sie Ihrem Partner Bescheid«, befahl er dem Streifenbeamten.

* * *

Florian hatte betont langsam die einzelnen Etagen passiert. Bei jedem Schritt darum bemüht, keinen Lärm zu produzieren. Außerdem hatte er sich so an die Wand gedrückt, dass er nicht von jemandem entdeckt werden konnte, der im Treppenhaus von oben nach unten schaute.

Als er nur noch wenige Meter von der Haustür entfernt war, bemerkte er frustriert, dass seine Vorsicht lediglich Zeit gekostet hatte. Draußen wartete ein Bulle am Streifenwagen. Neben ihm stand ein Sanitäter.

Was sollte er jetzt tun? Wäre Luzie in der Lage, die Bullen über ihn zu informieren?

Seine Hand glitt erneut in die Tasche. Er berührte die Handgranate. Konnte er sich den Fluchtweg gewaltsam erzwingen?

* * *

Becker drückte die Taste seines Mikrofons, um Caspers über die neue Gefahrenlage zu informieren.

»Rico, hörst du mich?«

»Einwandfrei«, antwortete Caspers. »Was gibt's?«

»Wir haben die Frau lebend gerettet. Aber sie sagt aus, dass der Täter erst vor wenigen Minuten bei ihr war. Hauptkommissar Sommer ist auf dem Weg nach unten.«

»Kann das sein?«

»Sei wachsam! Schieß den Hauptkommissar nicht über den Haufen, wenn er rausgestürmt kommt.«

»Alles klar.«

* * *

Caspers starrte zum Eingang. Gleichzeitig legte er seine Hand auf das Holster.

»Glauben Sie, uns droht hier unten Gefahr?«, fragte der Sanitäter besorgt.

»Wahrscheinlich ein Fehlalarm.«

»Sie wirken ziemlich unentspannt.«

»Ich weiß es nicht!«, zischte Caspers. Warum hielt der Sanitäter nicht einfach den Mund?

In diesem Moment öffnete sich die Haustür. Doch es war nicht Hauptkommissar Sommer, der das Haus verließ, sondern ein bärtiger Mann, der zu Boden schaute und sich in die andere Richtung wandte. Seine rechte Hand steckte in der Jackentasche.

»Hey, Sie! Bleiben Sie stehen!«

Der Mann drehte sich um.

»Ich?«

Bevor Caspers antworten konnte, zog der Bärtige die Hand aus der Tasche. Dann warf er einen Gegenstand.

»Scheiße!«, brüllte Caspers. »In Deckung!«

* * *

»Hey, Sie! Bleiben Sie stehen!«

Die Hoffnung, ungesehen das Auto zu erreichen, zerschlug sich. Wenigstens stand der Bulle in der anderen Richtung. Florian drehte sich um.

»Ich?«

In einer fließenden Bewegung brachte er die Granate zum Vorschein, riss den Splint ab und warf die Waffe dem Bullen vor die Füße. Dann rannte er los.

»Scheiße! In Deckung!«

* * *

Lukas Sommer erreichte die dritte Etage. Seine Gedanken überschlugen sich, während er die Informationen verarbeitete. Nichts hatte auf einen zweiten Täter hingewiesen. Doch die Existenz eines solchen Manns würde Benningers Handeln nachvollziehbarer machen. Vor allem die mutwillig herbeigeführte Explosion.

Hatte die Spurensicherung wichtige Informationen nicht richtig gedeutet? Wenn die beiden zusammengearbeitet hatten, mussten sie Kontakt zueinander gehabt haben. Anrufe, E-Mails, Chatnachrichten. Warum war das niemandem aufgefallen?

Plötzlich zerriss eine Detonation die Stille. Die Fensterscheibe im Hausflur, an der er gerade eben vorbeigelaufen war, zersplitterte. Instinktiv schützte Sommer sein Gesicht vor den herumfliegenden Scherben, indem er seine Arme in Kopfhöhe riss. Doch diese ruckartige Bewegung brachte ihn aus dem Tritt. Er verfehlte eine Stufe, verlor das Gleichgewicht und stürzte. Hart schlug er am nächsten Absatz auf.

* * *

Florian war noch zehn Meter von seinem Wagen entfernt, als die Handgranate explodierte. Ohne sich umzudrehen, rannte er weiter und holte seinen Schlüssel aus der Hosentasche.

Wie viel Vorsprung gewann er durch die Detonation? Würde er es unbehelligt nach Hause schaffen?

* * *

Sommer rappelte sich auf. Er hatte bei dem Sturz sein Knie leicht verdreht und auch sein rechtes Fußgelenk schmerzte. Von draußen drangen die Geräusche verschiedener Autoalarmanlagen zu ihm, die von der Druckwelle ausgelöst worden waren.

Humpelnd lief er nach unten und hielt sich dabei am Geländer fest, um nicht erneut zu stürzen. Im Inneren des Hausflurs lagen die Scherben der zerstörten Glastür. Vorsichtig stieg Sommer darüber hinweg und trat aus dem Haus. Ihm bot sich ein Bild der Zerstörung. Ein Streifenwagen war auf die Seite gekippt, überall befanden sich Glasscherben. Er hielt Ausschau nach dem Verursacher der Detonation, doch niemand fuhr die Straße entlang.

Sommer hörte ein Stöhnen. Sofort humpelte er in die Richtung und betete, dass den beiden Männern nichts passiert war.

18

Die ganze Scheiße hatte er Frank zu verdanken!

»Fuck!«

Eine rote Ampel bremste ihn aus. Für einen Moment überlegte er, über die leere Kreuzung zu fahren, aber wegen des Blitzers auf dem gegenüberliegenden Bürgersteig unterließ er es. Die Bullen würden garantiert versuchen, seinen Fluchtweg zu rekonstruieren. Da wäre es nur logisch, falls sie in einem bestimmten Radius die Radarbilder überprüften.

Unruhig schaute Florian in den Rückspiegel. Er hatte mittlerweile anderthalb Kilometer zwischen sich und dem Explosionsort gebracht. Konnte er langsam durchatmen? Eigentlich rechnete er noch immer jeden Moment mit heranrasenden Streifenwagen, die ihm den Weg abschnitten und seine Flucht beendeten.

Die Ampel sprang um. Seine Gedanken kehrten zu Frank zurück. Wieso hatte er verräterische Notizen hinterlassen? Was brachte dessen Selbstmord, wenn es genügend Hinweise gab, um die Bullen auf die richtige Fährte zu führen?

»Penner!«

Frust nagte an ihm. Die Vorstellung einer vor ihm liegenden blutigen Nacht hatte ihn erregt. Zwei Morde innerhalb weniger Stunden. Zwei Frauen zu Tode quälen. Es wäre der vorläufige Höhepunkt seiner Mörderkarriere gewesen. Stattdessen befand er sich nun auf der Flucht.

Florian erreichte den Stadtteil, in dem er lebte. Wie schnell würden sie ihn identifizieren? Konnten Luzie oder Friederike eine vernünftige Beschreibung liefern? Er hatte nie sein Gesicht verhüllt – ein Fehler, wie er nun bedauerte.

Er bog in die reine Wohngegend ab, in die er vor Jahren gezogen war. Trotz der späten Uhrzeit hielt er sich an die vorgegebene Geschwindigkeitsbegrenzung. Vor der Haustür warteten keine Einsatzwagen der Bullen. Er hatte sogar das Glück, einen Parkplatz in der Nähe des Mehrfamilienhauses zu finden. Erleichtert schaltete er den Motor aus. In seinen eigenen vier Wänden fiel es ihm bestimmt leichter, über die notwendigen Konsequenzen nachzudenken.

* * *

»Zum Glück haben sie instinktiv richtig reagiert. Der Krankenwagen hat die größte Wucht abgefangen«, sagte der Sanitäter, der zuvor mit in die oberste Etage des Hochhauses gekommen war.

Nach der Explosion hatte er sich nicht um Luzie gekümmert, sondern war sofort nach unten zu seinem Kollegen gestürmt.

Sommer nickte beruhigt. Die beiden Männer hatten durch die Folgen der Druckwelle lediglich Prellungen erlitten. Außerdem ein paar Abschürfungen, die davon herrührten, dass sie sich hinter dem Wagen zu Boden geschmissen hatten. Der Sanitäter klagte zudem über ein Piepen auf den Ohren.

Caspers saß auf der Bürgersteigkante.

»Haben Sie gesehen, in welchem Fahrzeug der Mann geflohen ist?«, fragte Sommer.

Caspers schüttelte den Kopf und wirkte zerknirscht. »Sorry. Der Scheißkerl wirft die Granate in unsere Richtung. Ich bin panisch in Deckung gegangen und war trotzdem überzeugt, zu sterben. Als ich mich aufgerappelt habe, gab es keine Spur mehr. Tut mir leid. Ich hab's verbockt.«

»Haben Sie nicht«, beruhigte Sommer. »Jeder hätte so reagiert. Ich selbst bin Dienstag vor einer Explosion geflüchtet. Man stürmt einfach blindlings davon. Sie haben alles richtig gemacht. Ihnen ist nichts passiert.«

Dankbar verzog Caspers seine Lippen zu einem angedeuteten Lächeln.

Sommer erhob sich aus der Hocke und blickte umher. Die Explosion, die anspringenden Alarmanlagen der Autos, die zersplitterten Fensterscheiben. Jedes dieser Ereignisse hatte zahlreiche Anwohner geweckt, die nun beobachteten, was auf der Straße passierte.

»Wann trifft die Verstärkung ein?«, fragte der Sanitäter.

»Jede Minute.«

»Okay. Ich bin oben bei der Frau.«

»Gute Idee!«

Mückenberg war bei Luzie geblieben und kümmerte sich um sie. Trotzdem war es notwendig, dass ein Arzt die Wunden und Verletzungen in Augenschein nahm. Ob Mückenberg in der Zwischenzeit in der Befragung Fortschritte erzielt hatte?

Sommer hatte nicht nur einen zweiten Krankenwagen geordert, sondern so viele Streifenbeamte, wie die Leipziger Kollegen derzeit erübrigen konnten. Sie mussten jeden anwesenden Nachbarn befragen. Vielleicht hatte einer von ihnen gesehen, in welchem Fahrzeug der Täter geflohen war. Und falls ihnen das Schicksal wohlgesonnen war, hatte sich ein aufmerksamer Zeuge sogar das Kennzeichen eingeprägt.

* * *

Am nächsten Morgen wich die Soko auf einen deutlich größeren Besprechungsraum des Leipziger Präsidiums aus, der trotzdem zum Bersten gefüllt war. Die Jagd nach dem flüchtigen Täter hatte endgültig oberste Priorität und schon um acht Uhr kamen über dreißig Beamte zusammen, um den neuesten Kenntnisstand zu erfahren.

Aufgrund der Vielzahl der anwesenden Leipziger Kollegen überließ Drosten Hauptkommissar Starke die Gesprächsleitung. Starke war wegen seiner langen Dienstzugehörigkeit und seiner loyalen Art im Stadtgebiet ein überaus beliebter Polizist.

Der Hauptkommissar fasste zunächst die Ereignisse des gestrigen Abends zusammen. Dabei vermittelte er einen lebhaften Eindruck, wie nah sie dem Täter gekommen waren und wie kaltblütig dem Mann die Flucht gelungen war.

»Beide über Wochen gefangen gehaltene Frauen liegen momentan unter strengster Bewachung in der Uniklinik«, fuhr Starke fort. »An dieser Stelle würde unsere

Pressesprecherin den Ausdruck verwenden, dass es ihnen den Umständen entsprechend gutgeht.« Er hielt einen kurzen Moment inne und trank einen Schluck Kaffee. »Aber natürlich geht es ihnen nicht *gut*. Sie wurden wiederholt vergewaltigt, ihnen wurden von den Tätern schlimme Schnittwunden zugefügt, die sie anschließend stümperhaft zusammennähten. Wieder und wieder.« Er schaute zornig in die Runde. »Wieder und wieder.« Erneut nippte Starke an der Kaffeetasse.

»Was wissen wir über den Ablauf der Entführungen? Frank Benninger hat die Frauen beobachtet. Notizen aus seinem mittlerweile entschlüsseltem Buch lassen den Rückschluss zu, dass er bereits vor knapp zwei Jahren damit begonnen hat, nach Kandidatinnen Ausschau zu halten. Weshalb er und der Unbekannte dann im Frühling tatsächlich die Pläne in die Tat umgesetzt haben, wissen wir noch nicht. Luzie Angerer und Friederike Schöller sagen übereinstimmend aus, dass Benninger derjenige war, der sie an der eigenen Haustür überwältigt hat. Auch bekamen sie in den ersten Tagen bloß Benninger zu Gesicht, der ihnen nichts getan hat. Keine Schnitte, keine Vergewaltigungen. Nach einer Weile, in diesem Punkt unterscheiden sich die Aussagen, tauchte plötzlich ein zweiter Mann auf. Er verletzte sie mit dem Messer, vergewaltigte sie und ließ sie anschließend blutend zurück. Nur Minuten später kam Benninger zu den Frauen und nähte die Wunden. Ehrlich gesagt vermute ich, dass Benninger immer vor Ort war, wenn der andere Mann gewütet hat. Um sich am Stöhnen der Opfer zu erregen. Luzie und Friederike berichten übereinstimmend, dass sich an diesem Ablauf der Ereignisse vor Kurzem etwas änderte. Plötzlich machte der Unbekannte alles. Er gab ihnen zu trinken, zu essen, verletzte, missbrauchte und nähte sie. Wir haben derzeit keinen Anhaltspunkt, wer die Frauen schlussendlich ermordet hat. Ich würde auf den Flüchtigen tippen, aber das ist Spekulation.«

Ein Beamter, der ein graues Sakko zu einer blauen Jeanshose trug, hob die Hand.

»Armin!«, erteilte Starke dem Kommissar das Wort.

»Wenn die beiden so eng zusammengearbeitet haben, müssen sie doch in irgendeiner Weise kommuniziert haben«, folgerte er.

»Das stimmt«, sagte Starke. »Seit der Nacht sitzen Kollegen an der erneuten Auswertung der bei Benninger sichergestellten Spuren. Wir konzentrieren uns auf einen Zeitraum, der mit dem Tod von Benningers Schwester begann und sich bis zu den ersten Entführungen erstreckt. Allerdings haben wir das Problem, dass bei den Telefonbetreibern viele dieser Daten aufgrund gesetzlicher Bestimmungen gelöscht sind. Aber vielleicht war Benninger unvorsichtig.«

Da niemand eine weitere Frage stellte, deaktivierte Starke den Bildschirmschoner des vor ihm stehenden Laptops und aktivierte die Beamer-Funktion. Er trat zwei Schritte zur Seite, da der Laptop ein Bild an die Wand hinter ihm warf.

»Aus den Aussagen der beiden Überlebenden hat unser Zeichner ein Phantombild erstellt. So sieht der Mann aus.«

Drosten kannte die Zeichnung bereits, trotzdem starrte er sie an.

Der Verdächtige war schlank, zwischen einen Meter fünfundachtzig und einen Meter neunzig groß. Er trug einen schwarzen Vollbart und seine braunen Haare waren modisch frisiert. Friederike konnte sich an eine Zahnlücke im unteren Kiefer erinnern. Luzie an ein Muttermal auf dem linken Handrücken. Die Augen beschrieben beide Frauen als hellblau, die Nase als eher schmal und über der Nasenwurzel war laut ihrer Aussage eine Zornesfalte sichtbar.

»Gehen wir mit dem Bild an die Öffentlichkeit?«, fragte ein Schutzpolizist, ohne sich zuvor gemeldet zu haben.

Die Öffentlichkeitsfahndung gehörte zu den Instrumenten der Polizeiarbeit, die bei der Bevölkerung stark im Gedächtnis haften blieb. Trotzdem wurde sie selten angewandt, nicht zuletzt deshalb, weil Polizeibehörden durch die Art der Fahndung taktische Vorteile aufgaben. Daher war das Mittel eine zweiseitige Medaille und wurde von Polizisten unterschiedlich beurteilt.

Drosten erhob sich. »Wir haben gestern Nacht darüber beratschlagt, nachdem uns klar war, dass die Angaben der Frauen für ein Phantombild ausreichen«, begann er. »Benningers Partner ist durch die Ereignisse aufgeschreckt. Wir können nicht im Stillen nach ihm ermitteln. Aufgrund der zweiten Handgranatenexplosion innerhalb weniger Tage warten die Medien händeringend nach neuen Informationen. In einer halben Stunde geben wir über die Pressestelle des Präsidiums das Bild an die Öffentlichkeit. Wir fürchten, der Täter wird Leipzig verlassen oder hat das bereits getan. Es sei denn, er hätte einen Unterschlupf zur Verfügung, in dem er sich gefahrlos zurückziehen kann, sogar dann, wenn sein Name bekannt ist.«

In dem Raum setzte Gemurmel ein. Soweit Drosten das überblickte, traf die Entscheidung überwiegend auf Zustimmung.

»Da aufgrund der Folgen der Explosion gestern ohnehin die meisten Anwohner wach waren«, fuhr Starke fort, »haben wir Nachbarschaftsbefragungen durchgeführt. Leider hatte der Täter wahnsinniges Glück. Ein einziger älterer Mann konnte sich an einen dunklen Wagen erinnern, der kurz danach weggefahren ist. Die Aussage müssen wir jedoch mit Vorsicht genießen, weil der Zeuge Brillenträger ist und seine Brille zum Zeitpunkt der Beobachtung noch nicht aufgesetzt hatte.«

Einige Anwesende lachten.

»Das kann der Täter natürlich nicht wissen«, fügte Starke hinzu, nachdem das Gelächter abgeebbt war. »Deshalb werden ein paar Kollegen darauf angesetzt, die Leipziger Gebrauchtwagenhändler abzuklappern. Ihr wisst, Mitglieder dieser Berufssparte sind oft windige Gesellen, trotzdem hoffen wir aufgrund der Schwere der Verbrechen, dass sie sich kooperationsbereit zeigen. Im Idealfall kontaktieren sie uns, falls ein Mann, der dem Phantombild entspricht, versucht, sein Auto loszuwerden.«

»In nächster Zeit müssen wir mit einem erhöhten Anruferaufkommen auf unseren Hotlines rechnen«, brachte Drosten einen anderen Aspekt ins Spiel. »Freiwillige, die bereit sind, eine oder mehrere Telefonschichten zu übernehmen, sind gern gesehen. Darüber hinaus hat der Polizeipräsident eine personelle Aufstockung der Soko schon abgesegnet. Wenn sich dadurch Ihre Dienstpläne kurzfristig verändern, hoffe ich auf Ihr Verständnis. Ich denke, dass es maximal eine Sache weniger Tage sein wird, bis wir den Flüchtigen identifiziert und geschnappt haben. Vielen Dank und viel Erfolg!«

Was Drosten nicht aussprach, war die Sorge darüber, wie der brutale Täter vorgehen würde, sobald er einsah, in die Ecke gedrängt zu sein. Wer rücksichtslos eine Handgranate in Richtung eines Polizisten und eines Sanitäters warf, bloß um die Chance zur Flucht zu besitzen, war wahrscheinlich zu allem fähig.

19

Zehn Minuten, bevor die Boutique öffnete, hatten Irina und ihre Kollegin Ramona alle Tagesvorbereitungen erledigt. Irina nutzte das, um sich hinter den Kassentresen zu stellen und das in der Schublade liegende Tablet herauszuholen. In erster Linie diente es dazu, online nach vergleichbaren Preisen zu suchen, falls Kundinnen behaupteten, ein bestimmtes Kleidungsstück woanders billiger gesehen zu haben. Doch die Angestellten durften das Gerät unter gewissen Umständen auch zu privaten Zwecken nutzen. Irina surfte zu einem Nachrichtenportal. Unterdessen ging Ramona auf die einzige Toilette des Geschäfts.

Die dramatischen Ereignisse in Leipzig waren das absolut beherrschende Thema. Die Polizei hatte die beiden letzten verschleppten Frauen lebend gerettet. Doch ansonsten gab es aus Sachsen bloß schlechte Meldungen. Der Täter war auf der Flucht, außerdem ging er skrupellos vor, was die Handgranatenexplosion verdeutlichte. Irina starrte das Phantombild an. In ihrer überschäumenden Fantasie sah sie, wie sich der Kerl über die wehrlose Svenja beugte und ihr schlimme Sachen antat.

Aber das konnte gar nicht sein!

Die Polizei behauptete, die Gefahr sei weitestgehend gebannt, lediglich der Verdächtige noch flüchtig. Trotzdem sorgte sich Irina um Svenja. Warum war die seit Tagen nicht erreichbar? Zwar hatte es früher schon längere Phasen der Funkstille zwischen ihnen gegeben, doch Irinas Bauchgefühl warnte sie, dass es diesmal nicht normal war.

Sie griff zu ihrem Handy und überprüfte Svenjas WhatsApp-Status. *Zuletzt online Sonntag.*

»Scheiße«, flüsterte sie.

Ramona kam von der Toilette zurück und hatte offenbar den leisen Fluch mitbekommen.

»Was ist los?«, fragte sie und schaute Irina über die Schulter. »Krass, wie es da abgeht. Im Frühstücksfernsehen kannten sie fast kein anderes Thema. Wäre das in Rostock, würde mich meine Mutter nicht mehr vor die Tür lassen.«

Die 22-Jährige lebt im Haus der Eltern in einer Einliegerwohnung. Wie Irina wusste, frühstückte die Familie jeden Morgen gemeinsam und schaute dabei fern. Für Irina als ehemaliges Heimkind klang das nach einem beneidenswerten Familienzusammenhalt.

»Meine beste Freundin wohnt in Leipzig. Ich komme da doch auch her.«

»Stimmt. Hast du mal erzählt. Gut, dass die Gefahr vorbei ist. Hatte deine Freundin Angst?«

»Ich habe zuletzt Sonntag von ihr gehört. Seitdem erreiche ich sie nicht mehr.«

»Shit! Und du glaubst ...« Ramona ließ den Rest des Satzes unausgesprochen.

»Keinen blassen Schimmer. Bin ich überängstlich?«

Ramona zuckte die Achseln. »Du kennst sie. Ist das normal, dass ihr tagelang nichts voneinander hört?«

»Kommt vor. Aber da ist was passiert. Neulich.«

Nun wirkte Ramona aufgeschreckt. »Erzähl!«

»Sie hat bei ihrem letzten Besuch berichtet, dass ihr jemand anonym Blumen schickt. Sie anruft, ohne sich zu melden. All so ein Zeug.«

»Ein schüchterner Verehrer?«, fragte Ramona.

»Das war auch meine Vermutung«, bestätigte Irina. »Nichts, worüber ich normalerweise nachdenken würde. Wenn da nicht ...«

»... die Ereignisse in Leipzig wären.«

»Genau.«

»Ihr habt euch nicht gestritten?«, vergewisserte sich Ramona.

»Nein!«

»Ist dir vielleicht eine Bemerkung rausgerutscht, die sie in den falschen Hals bekommen hat?«

»Auf keinen Fall!«

»Sicher?« Ramona schaute sie herausfordernd an.

»Was soll das heißen?«, fragte Irina verunsichert.

»Nicht sauer sein. Manchmal hast du ein echt loses Mundwerk.«

»Hey!«, protestierte Irina.

»Und verträgst keine Kritik.«

Sie wollte patzig antworten, doch genau mit dieser Reaktion hätte Ramona wohl gerechnet. Also biss sie sich auf die Zunge.

»Da war nichts«, schwor sie. »Svenja und ich sind im Heim aufgewachsen. Wir halten wie Pech und Schwefel zusammen. Am Wochenende haben wir überlegt, ob sie zu mir nach Rostock zieht, vorausgesetzt, ich organisiere einen Job.«

»Ich glaube, du musst dir keine Sorgen machen. Vor zwei Jahren hab ich das Gleiche erlebt.«

»Nichts von einer Freundin gehört?«

»Nein, ich meinte einen aufdringlichen, unbekannten Verehrer.«

Seufzend sah Ramona zur Tür. »Ich schließ auf, oder?«

»Besser ist das!«

Sie ging zur Glastür, drehte den im Schloss steckenden Schlüssel zweimal herum und nahm ihn heraus. Dann öffnete sie probeweise die Tür.

»Also das war so«, begann sie. »Es fing auf einer großen, privat organisierten Party an. Da waren bestimmt sechzig, siebzig Leute. Irgendwann schlug jemand ein total dämliches Spiel vor. Jeder musste seine Handynummer in eine Schale werfen. Zwei Nummern wurden gezogen und bevor der Spielleiter die erste laut mitgeteilt hat, wurde festgelegt, wie das folgende Telefonat ablaufen soll. Habt Telefonsex. Mach deinen Gesprächspartner fertig. Pubertärer Scheiß! Aber wir waren besoffen und irgendwie hat es auch Spaß gemacht. Mich traf's natürlich mit einer schlüpfrigen Aufgabe.«

Irina hörte ungeduldig zu und fragte sich, was das mit ihrem Problem zu tun haben sollte. Doch wegen Ramonas Behauptung, sie hätte ein loses Mundwerk, hielt sie sich erneut zurück.

»Ein paar Tage später begannen die anonymen Anrufe. Anfangs ohne Hintergrundgeräusche. Dann Hintergrundmusik. Und zwar die gleiche Musik, die ich von der Party kannte. Zu der ich getanzt hatte. Das war total crazy und hat höllisch genervt. Irgendwann drückte ich

Gespräche ohne übermittelte Rufnummer weg. Doch den Verehrer störte das nicht. Es ging weiter. Nach zwei Wochen hatte ich die Schnauze voll und beantragte eine neue Telefonnummer. Als die endlich funktionierte, war der Spuk vorbei.«

Irina verstand nicht, was das damit zu tun haben sollte, dass Svenja nicht erreichbar war. Bevor sie jedoch nachfragen konnte, betrat eine betuchte Stammkundin das Ladenlokal.

»Frau Berger, wie schön, Sie zu sehen«, begrüßte Ramona die Kundin überschwänglich.

Innerlich seufzte Irina. Die beiden wären bestimmt eine Stunde miteinander beschäftigt. Zu allem Überfluss musste sie das Tablet zurück in die Schublade packen. Eine Nutzung war seitens der Inhaberin nur ohne anwesende Kundschaft erlaubt.

Als Ramona endlich wieder Zeit hatte, schien sie sich nicht mehr an das vorherige Gespräch zu erinnern. Zumindest kam sie nicht von allein darauf zu sprechen.

»Und was ist passiert, nachdem du die neue Nummer hattest?«, fragte Irina ungeduldig.

»Nichts. Hab ich doch gesagt. Der Spuk war vorbei.«

»Dann kapier ich nicht, was das mit meiner Freundin zu tun haben soll.«

»Ach so, sorry. Ich vermute, sie hat wegen des Terrors die Nummer getauscht. Deswegen erreichst du sie nicht mehr. Bis ich damals allen Freundinnen und Bekannten davon erzählt hatte, vergingen Wochen.«

Für einen Moment erschien Irina das eine naheliegende Erklärung. Allerdings pflegte Svenja kaum Kontakte. Wahrscheinlich wäre Irina die Erste, die das erfahren würde.

»Ich weiß von einer anderen Freundin, dass solche Rufnummernänderungen zu allem Überfluss oft schiefgehen«, fuhr Ramona fort. »Conny war eine Woche nicht erreichbar. Du musst dir keine Sorgen machen.«

Erneut betrat eine Kundin die Boutique. Diesmal war es Irinas Aufgabe, die Frau zu beraten. Während sie sich anhörte, wonach die Kundin suchte, überlegte sie gleichzeitig, ob Ramona eine plausible Begründung geliefert hatte. Oder hätte Svenja ihr in einem solchen Fall eine E-Mail geschickt?

Irina zeigte der Frau eine petrolfarbene Bluse. Die nickte, nahm das Teil entgegen und ging zur Umkleidekabine. Während Irina ihr dabei zusah, beschloss sie, spätestens an ihrem morgigen freien Tag die Polizei in Leipzig über Svenja Verschwinden zu informieren. Trotz ihrer Bedenken gegen die Polizei, die sich als Heimkind tief in ihr eingeprägt hatten.

20

Sein eigenes Antlitz im Internet als gezeichnetes Phantombild zu entdecken, erschien Florian surreal und beängstigend zugleich.

Nach einer schlaflosen Nacht hatte er morgens den Fernseher angestellt und gebannt verfolgt, was die Bullen über die Medien an Informationen verbreiteten. Am meisten beunruhigte ihn dabei die Ankündigung, dass die Soko im Laufe des Tages wichtige Neuigkeiten angekündigt hatten.

Ohne sich bei der Arbeit krankzumelden, war er zu Hause geblieben. Er schätzte, dass er nie wieder das Großraumbüro betreten würde.

Stundenlang hatte er den Fernseher eingeschaltet gelassen, während er vor dem Computer hockte und im Internet nach relevanten Sachverhalten suchte.

Vor zehn Minuten war es passiert. *Bild online* meldete als Breaking News, dass die Leipziger Polizei ein Phantombild des flüchtigen mutmaßlichen Täters veröffentlicht hatte. Florian hatte darauf geklickt und zu seinem Erschrecken war es ihm so vorgekommen, als blicke er in einen Spiegel. Seitdem saß er wie paralysiert vor dem Computer.

Plötzlich klingelte sein Handy. Erschrocken zuckte er zusammen. Die übertragene Nummer steigerte seine Panik. Richard Leyhe. Sein Teamleiter. Bei Leyhe oder dessen Vertretung hätte er sich wegen seiner Gleitzeit spätestens bis elf Uhr krankmelden müssen. Da das nicht passiert war, erkundigte sich Leyhe wohl nach dem Grund der Abwesenheit.

Nach zwanzig Sekunden brach der Klingelton ab. Der Vorgesetzte hätte nun die Möglichkeit, ihm eine Nachricht auf der Mailbox zu hinterlassen. Während Florian wartete, ob ihn der Netzbetreiber über eine solche Mailboxnachricht informierte, spürte er, wie seine Handflächen feucht wurden. Hektisch wischte er sie an den Hosenbeinen ab. Das Smartphone signalisierte mit einem doppelten Piepton die erwartete Nachricht. Er griff danach, betätigte das Abspielsymbol und hielt sich das Telefon ans Ohr.

»Hallo, Herr Safar. Ich vermisse Sie. Laut unseres Einsatzplans haben Sie weder Urlaub noch einen Überstundenausgleichstag eingereicht. Eine Krankmeldung ist ebenfalls nicht eingetroffen. Rufen Sie mich bitte zurück. Danke!«

Um sicherzugehen, hörte Florian die Nachricht ein zweites Mal ab. Sein Vorgesetzter klang völlig normal. Nichts in seiner Stimme deutete darauf hin, dass er im Internet bereits das Phantombild entdeckt hatte. Zumindest vorläufig konnte er in dieser Hinsicht wohl durchatmen. Trotzdem wäre seine Abwesenheit bei der Arbeit ein Faktor, der zu einer schnelleren Identifizierung führen könnte. Zwar hatte der Arbeitgeber die private Nutzung des Internets am Arbeitsplatz verboten, aber spätestens heute Abend würden seine Kollegen das Phantombild in den Nachrichten sehen. In Verbindung mit der unentschuldigten Abwesenheit wäre der ein oder andere clever genug, die richtigen Schlüsse zu ziehen. Zumal die Bullen eine Belohnung in Höhe von zehntausend Euro ausgelobt hatten für Hinweise, die zu seiner Ergreifung führten.

Er rekapitulierte seine Situation. In den eigenen vier Wänden wäre er bloß noch so lange sicher, bis jemand der Polizei den Tipp gab, dass der Flüchtige Florian Safar hieß. Danach würden die Bullen ankommen, um ihn für immer ins Gefängnis zu sperren.

Also musste er handeln.

Es existierte einen Ort, an dem er eine Weile sicherer wäre als bei sich zu Hause: Svenjas Wohnung. Die Polizei konnte von der Geisel nichts wissen, denn sie war nie auf Franks Radar aufgetaucht. Außerdem befand sich dort an der Schwelle zum Schlafzimmer seine letzte Handgranate. Wie wichtig eine zerstörerische Waffe sein konnte, hatte er in der Nacht gelernt.

Warum hatte er in Polen nicht mehr Exemplare besorgt? Oder Schusswaffen? Ein verhängnisvoller Fehler, für den er hoffentlich nicht mit seiner Freiheit bezahlen müsste. Schweren Herzens fuhr er den Computer hinunter. Anschließend schaltete er den Fernseher aus. Jede Sekunde, die er damit verschwendete, nach weiteren Informationen zu suchen, verringerte seinen Vorsprung. Die Zeit, um Pläne zu schmieden, war abgelaufen. Er musste handeln.

Aus einer Küchenschublade holte er einen Gefrierbeutel heraus, den er der Länge nach aufschnitt. Die so entstandene Plastikfolie nahm er mit ins Bad. Am Waschbecken seifte er den Bart mit Rasierschaum ein. Danach legte er die Folie ins Waschbecken und begann bedauernd, sich von dem Vollbart zu trennen. Jahrelang hatte er ihn wachsen lassen und sorgfältig gepflegt. Nun war es das erste sichtbare Opfer seiner Flucht.

Insgesamt benötigte er drei Rasierklingen, um sein Gesicht kahl zu rasieren. Der Mann, der ihm danach im Spiegel anblickte, hatte viel Ähnlichkeit zum Phantombild verloren. Doch Florian fürchtete, dass diese Maßnahme allein nicht ausreichte. Ihm standen noch zwei Klingen zur Verfügung. Ohne den Kopf zuvor einzuschäumen, setzte er den Rasierer an den Haaransatz und begann, die Verwandlung zu vervollständigen.

* * *

Richard Leyhe hatte die ihm zur Verfügung stehenden dreißig Minuten der Mittagspause nicht komplett ausgenutzt, als er in sein kleines Büro zurückkehrte. Er mochte das fettige Essen in der Kantine nicht, weshalb er lediglich einen Salat zusammengestellt und einen Becherjoghurt ausgesucht hatte.

Damit seine Mitarbeiter begriffen, dass er noch Pause machte, schloss er die Tür. Im Gegensatz zu den einfachen Angestellten stand ihm die Internetnutzung offen. Zunächst surfte er zu einer Sportseite und las einen Artikel über seinen Lieblingsverein *RB Leipzig*, der am Wochenende nach Hessen reisen musste. Danach wechselte er zum Onlineangebot der Bild-Zeitung. Vielleicht hatte deren Sportredaktion interessantere News über RB.

Doch schon auf der Startseite blieb er hängen. Nachrichten über Vorfälle in Leipzig dominierten die Berichterstattung. Die Polizei jagte einen skrupellosen Mörder, der seit der Nacht flüchtig war und nicht davor zurückgeschreckt hatte, eine Handgranate zu zünden. Um die Öffentlichkeit in die Fahndung einzubeziehen, hatte die zuständige Soko ein Phantombild veröffentlicht.

Leyhe betrachtete die Schwarz-Weiß-Zeichnung und tippte unterdessen mit seinen Fingern auf die Tischplatte.

War er das? Oder sah sein Mitarbeiter dem Gesuchten bloß ähnlich?

Leyhe holte sein Diensthandy aus der Hosentasche. Wie vermutet hatte er keinen Anruf innerhalb der Kantine überhört. Florian Safar hatte sich bislang nicht gemeldet.

Sein unentschuldigtes Fehlen war erstaunlich genug. Safar gehörte zu den zuverlässigen Mitarbeitern. Leyhe hatte ihm insgesamt zweimal angeboten, von der 30-Stunden-Woche zu wechseln und auf vierzig Stunden aufzustocken. Safar hatte beides Mal dankend abgelehnt und darauf hingewiesen, dass er mit seinem Nettogehalt zufrieden wäre und die Freizeit benötigen würde, um Leistung zu bringen. Innerlich hatte sich Leyhe verwundert gefragt, wie ein Mann mit tausendfünfhundert Euro netto glücklich wurde. Ausgesprochen hatte er den Gedanken nicht. Man konnte niemandem zu seinem Glück zwingen.

Aufgrund der dramatischen Ereignisse fragte sich Leyhe zum ersten Mal, wofür Safar die Freizeit tatsächlich verwendete. Er hatte keine Kinder auf der Steuerkarte eingetragen, und soweit Leyhe wusste, führte der Mann keine Beziehung.

Erneut betrachtete er das Phantombild.

Safar war bei den weiblichen Angestellten sehr beliebt. Der Mann sah gut aus, war stets höflich und Leyhe hatte nicht einmal erlebt, dass er eine Frau plump angeflirtet hätte.

Konnte sich ein Mensch so verstellen? Schwer vorstellbar. Trotzdem war die Ähnlichkeit nicht wegzudiskutieren.

Leyhes Aufmerksamkeit blieb an der ausgelobten Belohnung hängen. Zehntausend Euro bekam derjenige, dessen Hinweise zur Ergreifung des Verdächtigen führten. Zehntausend Euro! Oder anders ausgedrückt: ein Luxusfamilienurlaub nächsten Sommer in einer 5-Sterne-Anlage für seine Frau die beiden Kinder und ihn. Inklusive aller vor Ort anfallender Kosten. Sollte er sich diese Chance entgehen lassen, nur weil er Bedenken hatte, einen zuverlässigen Mitarbeiter fälschlicherweise zu verdächtigen?

* * *

Florian wickelte vorsichtig die Haare in die Plastikfolie, die er gemeinsam mit den verbrauchten Rasierklingen in einen Müllbeutel stopfte. Er betrachtete das Waschbecken. Nichts sollte darauf hindeuten, dass er eine komplette Veränderung vorgenommen hatte – falls die Bullen seine Wohnung durchsuchten. Ihm war es gelungen, keine verräterischen Spuren zurückzulassen. Trotzdem drehte er den Wasserhahn auf, ließ das Becken volllaufen und öffnete dann den Stöpsel. Er trug den Müllbeutel ins Schlafzimmer, wo er ihn aufs Bett legte. Florian musste eine Reisetasche packen. Für die Flucht benötigte er Wechselkleidung. Wahllos holte er Jeanshosen, T-Shirts, Unterwäsche und Pullover heraus. Er nahm die Sachen, die im Kleiderschrank jeweils oben lagen, da es sich dabei um seine Lieblingsklamotten handelte. Anschließend ging er noch einmal ins Badezimmer. Das Wasser war abgelaufen. Florian zog den Reißverschluss der Kulturtasche auf und beförderte die wichtigsten Dinge hinein. Zurück im Schlafzimmer verstaute er die kleine Tasche und zuletzt den Müllbeutel.

* * *

Bevor er sich zum Narren machte, beschloss Richard Leyhe, eine zweite Meinung einzuholen. Nachdenklich stand er vom Schreibtisch auf und trat an die Bürotür. Mit wem verstand sich Safar besonders gut?

Leyhes Wahl fiel auf Ulf Korscheidt. Die einzelnen Teammitglieder hatten keine festen Arbeitsplätze. Doch Safar und Korscheidt arbeiteten regelmäßig am gleichen Schreibtischkreuz.

Der Teamleiter ging zu ihm und wartete, bis der Mitarbeiter sein aktuelles Gespräch beendet hatte.

»Sind Sie so nett und kommen in mein Büro?«, bat er leise.

Korscheidt schaute ihn überrascht an. »Hab ich einen Fehler gemacht?«

Leyhe lächelte beruhigend. »Ich brauche Ihren Rat. Beziehungsweise Ihre Meinung.«

Unter den Blicken einiger neugieriger Kollegen gingen die beiden in Leyhes Büro, wo der Vorgesetzte erneut die Tür schloss.

»Setzen Sie sich«, bat er.

»Sie machen mich nervös«, stöhnte Korscheidt.

»Es geht wirklich nicht um Sie«, versicherte Leyhe. »Hatten Sie heute Kontakt zu Herrn Safar?«

»Nein«, antwortete der Mann. »Hätte er Dienst?«

»Er fehlt unentschuldigt.«

»Ungewöhnlich für Flo. Ob ihm etwas zugestoßen ist?«

»Ich hab seine Handynummer angewählt. Ohne Erfolg. Meinen Rückrufwunsch hat er bislang nicht erfüllt.«

»Shit! Hoffentlich hatte er keinen Unfall. Er fährt ab und zu ein bisschen rasant Auto. Bei ihm Beifahrer zu sein, gleicht manchmal einer Mutprobe.«

»Wirklich? So hätte ich ihn nicht eingeschätzt.«

Korscheidt nickte.

»Haben Sie von den Ereignissen gestern Nacht in Leipzig gehört?«

»Was ist passiert? Haben die Linken in Connewitz wieder Rabatz gemacht?«

Der Spruch rutschte Korscheidt so schnell über die Lippen, dass es sich dabei wohl um kein Ablenkungsmanöver handelte. Manche Mitarbeiter benutzten am Arbeitsplatz heimlich ihre Handys. Korscheidt schien nicht dazuzugehören. Oder zumindest interessierten ihn keine Nachrichtenportale.

»Es geht um die Mordserie an Frauen. Der Wundennäher. Frühlingszyklus, Sommerzyklus. Das haben Sie mitbekommen?«

»Klar. Schrecklich!«

»Mittlerweile jagt die Soko einen zweiten Täter. Schauen Sie sich mal das Phantombild an.« Leyhe drehte den um 360 Grad schwenkbaren Monitor herum. »Ist das Safar?«

»Qua...« Mitten im Wort hielt er inne. »Hm, nein, ausgeschlossen, wobei«, stammelte er. »Florian ein Mörder? Das kann doch nicht sein! Der Typ tut keiner Fliege was zuleide. Der fängt im Sommer die Wespen mit einem Glas ein, die sich ins Büro verirren und die Kolleginnen zu Tode erschrecken.«

»Sehen Sie auch eine Ähnlichkeit zu Safar? Oder irre ich mich?«

Nachdenklich nickte Korscheidt. »Bart, Haare, Gesichtsform, Zornesfalte.« Er fasste an die entsprechende Stelle seines eigenen Gesichts über der Nasenwurzel. »Das passt. Trotzdem! Nicht vorstellbar!«

Leyhe seufzte. »Wahrscheinlich haben Sie recht. Obwohl es mich beunruhigt, dass er unentschuldigt nicht zum Dienst erschienen ist.« Er traf eine Entscheidung. »Tun Sie mir einen Gefallen und reden nicht mit den Kollegen darüber? Ich möchte keine Gerüchte in die Welt setzen. Sie können ja einfach behaupten, ich hätte Sie um Ihre Meinung zum bevorstehenden Herbstfest gefragt.«

»Okay.«

Korscheidt verließ den Raum. Lange würde er das Schweigeversprechen vermutlich nicht halten. Bevor jemand anderes die Belohnung einstrich, musste Leyhe handeln.

* * *

Vorsichtig öffnete Florian die Wohnungstür und lauschte. Idealerweise erwischte er einen Moment, in dem ihm niemand im Hausflur entgegenkam.

Im Flur des Mehrfamilienhauses war es vollkommen still. Er stellte seine Tasche nach draußen und warf einen letzten Blick zurück. Die nächsten Personen, die über die Schwelle treten würden, wären wahrscheinlich Bullen. Doch sie würden nichts finden, was sie weiterbrächte. Dafür hatte er gesorgt.

Er schloss die Tür und drehte den Schlüssel zweimal herum. Dann nahm er seine Tasche und ging zu den Stufen. Kaum hatte er die erste Etage hinter sich gebracht, öffnete sich eine der Wohnungstüren. Die Frau, die dort mit ihrem Kindergartenkind lebte, stutzte kurz, bevor sie ihm zulächelte.

»Hallo, Herr Safar.«

»Hallo«, antwortete er knapp und beschleunigte seinen Schritt.

Innerlich fluchte Florian. Nun könnte jemand den Bullen Auskunft über sein verändertes Aussehen geben. Vorausgesetzt, die wären klug genug, die Nachbarschaft zu befragen. War das Rasieren völlig umsonst gewesen?

21

Polizeihauptmeister Schindler schaute auf die Computeruhr. Seine Schicht dauerte noch zwei Stunden. Dann könnte er endlich nach Hause, sich hinlegen und den pochenden Kopfschmerz bekämpfen. Er hasste diese Tage, an denen er unter Migräneanfällen litt. Viel mehr hasste er es allerdings, dass die meisten Leute Migräne für ein Frauenproblem hielten. Dabei hatte er in Internetforen genügend männliche Leidensgenossen kennengelernt.

Normalerweise hätte er sich im Lauf des Tages krank abgemeldet. Doch durch die Ereignisse der vergangenen Nacht war die Hotline-Kapazität aufgestockt worden. Er wollte kein Kollegenschwein sein und biss deshalb auf die Zähne. Immerhin hatte er keinen normalen Notrufdienst, sondern war an der Spezialhotline eingesetzt, die für Hinweise auf den flüchtigen Täter zuständig war. Das erforderte keine volle Konzentration, da die Leute immer wegen der gleichen Sache anriefen und er sich nicht auf unterschiedliche Situationen einstellen musste.

Er trank einen Schluck Wasser. Gleichzeitig erklang in seinem Ohr das dezente Klopfen, das den nächsten Anruf akustisch signalisierte.

»Polizeipräsidium Leipzig, Polizeihauptmeister Schindler. Mit wem spreche ich?«

»Ja, hallo«, sagte eine verunsichert klingende, männliche Stimme. »Ich heiße Richard Leyhe.«

»Guten Tag, Herr Leyhe. Was ist der Grund Ihres Anrufs?«

»Es geht um den Mann, nach dem Sie öffentlich fahnden.«

Zumindest rief er also die richtige Nummer an. Schindler hatte einige Anrufer weitergeleitet, die sich wegen Verkehrsunfällen und anderer Kleinigkeiten gemeldet hatten.

»Können Sie Hinweise über seine Identität oder seinen Aufenthaltsort machen?«

»Über seine Identität. Hoffe ich zumindest. Es ist so, ich bin Teamleiter bei der *Sächsischen Assekuranz*. In meinem Team arbeiten zwölf Männer. Einer von ihnen heißt Florian Safar.«

Schindler notierte die Namen der Person und des Arbeitgebers.

»Herr Safar hat große Ähnlichkeit zum Phantombild. Ich habe mir das von einem meiner Mitarbeiter bestätigen lassen.«

»War Herr Safar heute in Ihrer Firma?«

»Das hat ja erst mein Misstrauen geweckt. Er fehlt unentschuldigt. Obwohl er normalerweise absolut zuverlässig war. Ohnehin ist er ein angesehener Mitarbeiter. Fleißig. Hilfsbereit. Freundlich zu den Kolleginnen. Ich kann nichts Negatives berichten.«

»Haben Sie versucht, ihn zu erreichen?«

»Ich bin auf seiner Mailbox gelandet. Der Rückruf, um den ich gebeten hab, ist nicht erfolgt.«

»Kennen Sie seine Adresse?«

»Die finde ich für Sie heraus. Kleinen Moment.«

Bevor Schindler widersprechen konnte, landete er in einer Warteschleife. Genervt verdrehte er die Augen. Das, was der Anrufer mitzuteilen hatte, klang nicht vielversprechend. Der freundliche, fleißige, hilfsbereite Kollege, der in Wahrheit ein brutaler Serienmörder war, entsprach einem Klischee. Doch plötzlich musste Schindler über sein eigenes Vorurteil grinsen. Wie viel Serienmördern war er schon persönlich begegnet, um das beurteilen zu können?

»Da bin ich wieder«, sagte der Anrufer. »Entschuldigen Sie die Wartezeit.« Leyhe nannte ihm die Adresse seines Mitarbeiters.

»Dann benötige ich noch eine Telefonnummer, unter der die Kollegen Sie bei Rückfragen erreichen können.«

Nachdem Schindler aufgelegt hatte, tippte er die per Hand aufgenommenen Notizen in eine Datenbank ein und speicherte den neuen Eintrag. So war es gewährleistet, dass ein Mitglied der Soko die Angaben schnellstmöglich bearbeitete. Dann nummerierte Schindler den Zettel mit der Zahl ›21‹, weil es sich um den einundzwanzigsten Anruf handelte, den er in der Causa *Wundennäher* entgegengenommen hatte. Er riss das Papier vom Block und legte es in seinen Ausgangskorb, dessen Inhalt er am Ende der Schicht zwecks Archivierung weiterleiten würde.

»Einundzwanzig Hinweise, die wahrscheinlich gar nichts bringen. Alles bloß wegen der ausgelobten Belohnung«, murmelte Schindler. Er griff zur Wasserflasche und trank einen kräftigen Schluck.

* * *

Florian parkte seinen Wagen im Abschnitt D des Parkhauses *Höfe am Brühl*. Neben ihm standen ein SUV und ein Golf. Er hoffte, einen unauffälligen Platz gefunden zu haben.

Zunächst blieb er hinterm Steuer sitzen. Er hatte beschlossen, erst im Schutz der Dunkelheit das Haus zu betreten, in dem Svenja lebte. *Falls* sie überhaupt noch lebte. Das letzte Mal war er vor drei Tagen bei ihr gewesen. Konnte ein Mensch so lange überleben? Geknebelt und ohne Flüssigkeitszufuhr?

Er griff zu seinem Handy und googelte danach. Die Informationen, die er fand, weckten keinen großen Optimismus. Ein gesunder, junger Mensch konnte drei bis vier Tage durchhalten, ehe er an innerer Vergiftung oder Kreislaufzusammenbruch starb. Theoretisch waren auch etwas längere Zeitspannen möglich – unter optimalen Umständen, die bei Svenja aber nicht vorlagen.

Doch ihr Schicksal interessierte ihn ohnehin nur am Rande. Sicher wäre es schön, die nächsten Tage bei ihr überbrücken zu können, und sich dabei währenddessen mit ihr zu amüsieren. Wichtiger war allerdings der sichere Rückzugsort, den ihre Wohnung bot.

Sollte sie überlebt haben, würde er sie zunächst einmal aufpäppeln, bevor er die nächste Schmerzrunde einläutete.

Florian überprüfte die Uhrzeit. Die Minuten krochen langsam dahin. Bis zum Sonnenuntergang vergingen noch einige Stunden. Also musste er Zeit totschlagen, weswegen er beschlossen hatte, eine Kinovorstellung zu besuchen. Allerdings nicht in dem großen Kinokomplex in der Innenstadt, sondern lieber in dem deutlich kleineren Programmkino, das in der Nähe des Marktplatzes lag. Weniger Kinobesucher und Mitarbeiter bedeuteten gleichzeitig weniger potenzielle Zeugen, die ihn identifizieren konnten.

Er nutzte sein Handy, um sich über das aktuelle Kinoprogramm und die Vorstellungszeiten zu informieren. Schließlich entschied er sich für eine Vorstellung, die in zehn Minuten begann.

Er stieg aus dem Wagen und ging zu den Aufzügen. Niemand wartete davor. Die Sekunden, bis der angeforderte Fahrstuhl ankam, erschienen ihm wie eine Ewigkeit. Endlich öffneten sich die breiten Türen und er betrat die geräumige Kabine. Der Aufzug hielt in der ersten Etage, Passanten stiegen ein, die ihn jedoch keines Blickes würdigten. Florian redete sich ein, dass ihn niemand mit dem Phantombild in Verbindung bringen könnte. Von der Falte über der Nasenwurzel abgesehen, hatte er sich komplett verändert.

Als Letzter verließ er im Erdgeschoss die Kabine und lief durch die Glastüren nach draußen. Seinem Standort gegenüber lag eine Postbankfiliale – was ihn daran erinnerte, dass lediglich fünfzig Euro und ein wenig Münzgeld in seinem Portemonnaie steckte. Konnte er es wagen, die EC-Karte zu benutzen? Florian zögerte. Dann traf er eine Entscheidung. Sollten die Bullen das herausfinden, würde es ihnen nicht weiterhelfen, da er nach dem Kinobesuch nicht in der Innenstadt verbleiben würde. Also betrat er die Postfiliale und buchte den Tageshöchstsatz von seinem Konto. Das frische Geld in seiner Tasche flößte ihm neue Hoffnung ein. Mit gesenktem Blick, aber besser gelaunt als zuvor, ging er in Richtung des Programmkinos. An der Kasse kaufte er eine Eintrittskarte und gönnte sich außerdem ein Getränk und eine Tüte *M&Ms*. Die Kartenabreißerin wünschte ihm viel Spaß, wofür er ihr mit einem Lächeln dankte. Sie hatte offenbar keine Ahnung, wer er war. Im nächsten Moment betrat er den Kinosaal, in dem bislang lediglich zwei Personen saßen.

Als die Werbung begann, entspannte er innerlich. Solange er es schaffte, ungesehen in Svenjas Wohnung anzukommen, drohte ihm vorläufig keine Festnahme.

In den ersten Minuten folgte er der Handlung des Films, bis seine Gedanken endgültig abschweiften.

Das Untertauchen bei Svenja wäre nur ein erster Schritt. Irgendwann müsste er weiter denken. Die Polizei würde ihn jagen, wahrscheinlich sogar mit internationalem Haftbefehl. Gab es eine Chance, dem Gefängnis bis zum Lebensende zu entgehen?

Seine Großeltern stammten aus Litauen und lebten dort noch immer in einem kleinen Dorf abseits der großen Städte. Die beiden waren mittlerweile über neunzig Jahre alt und hatten ihre drei Kinder allesamt überlebt. Florians Vater, ein Halbtscheche, hatte seine Mutter bei einer Urlaubsreise kennengelernt und sie schon einige Monate nach dem Kennenlernen nach Deutschland geholt. Er hatte wohl nicht erkannt, was für ein teuflisches Wesen in ihr steckte. Wobei sich Florian manchmal fragte, ob sein Vater den tödlichen Verkehrsunfall bewusst herbeigeführt hatte, um sich nicht seiner Verantwortung zu stellen. Der Unfall, nach dem er endgültig den Launen seiner Mutter ausgesetzt gewesen war. In Florians Jugend hatten Sommerurlaube in Litauen zum Alltag gehört. Allerdings hatte er seine Verwandten in den letzten fünfzehn Jahren nicht mehr besucht. Denn auch ihnen gab er Schuld an seinen Erlebnissen.

Konnte er in dem Land seiner Mutter zumindest für ein paar Jahre untertauchen? Oder würde er auf dem kargen Bauernhof, der noch nicht einmal einen Telefonanschluss besaß, wahnsinnig werden?

Je länger der Film dauerte, desto attraktiver wurde die Vorstellung. Vielleicht sollte er bloß eine Nacht zu Svenja fahren, sich ausschlafen und am nächsten Morgen nach Kiel aufbrechen, um die Schiffsfähre nach Klaipeda zu nehmen. Sollte Svenja noch leben, könnte er sich ein letztes Mal an ihr austoben, um diesen inneren Dämon anschließend für immer einzuschließen.

Oder konnte er sie als Geisel mitschleppen, um besser vor einem Zugriff geschützt zu sein?

Fieberhaft wälzte Florian verschiedene Möglichkeiten in seinem Kopf.

22

Um sich Mut anzutrinken, hatte Irina zu Hause die kleine Flasche Prosecco geöffnet und rasch zur Hälfte geleert. Sie dachte an ihre Erfahrungen mit Polizisten. Heimkinder genossen keine Wertschätzung bei der Polizei. Irina erinnerte sich an ein Erlebnis als 16-Jährige. Svenja und sie hatten ein favorisiertes Kaufhaus, nur wenige Kilometer vom Heim entfernt. Dort gaben sie als Teenager den größten Teil ihres Taschengelds aus. Ständig hingen sie zu zweit in der Kosmetikabteilung herum. Eines Tages lag Svenja mit Grippe im Bett und Irina machte sich allein auf den Weg in die Stadt. Ein verhängnisvoller Fehler. Während sie verschiedene Lippenstifte musterte, sprach der Hausdetektiv sie an und verlangte von ihr, mit in sein Büro zu kommen. Aus dem Augenwinkel bemerkte sie, wie er in das Lippenstiftregal griff und ein besonders teures Exemplar herauszog. Voller böser Vorahnungen folgte sie ihm. Er führte sie in ein schäbiges Büro und behauptete, sie beim Stehlen des kostspieligen Produkts beobachtet zu haben, das er ihr anklagend entgegenhielt. Plötzlich warf er es ihr zu. Aus einem Reflex fing sie es auf. Da lachte er sie aus und sagte, nun seien sogar ihre Fingerabdrücke darauf. Ehe sie reagieren konnte, nahm er ihr den Lippenstift ab. Dann stellte er sie vor die Wahl. Entweder befriedigte sie ihn oral und dürfte zur Belohnung das Teil kostenlos behalten oder er rief die Bullen.

Erschüttert weigerte sich Irina, dem Mistkerl zu verschaffen, was er forderte, und vertraute der Polizei. Eine halbe Stunde später musste sie feststellen, wie sehr sie sich geirrt hatte.

Die Bullen glaubten ihr kein Wort. Im Gegenteil. Sie warnten sie, weiter zu behaupten, der Detektiv hätte sie erpresst, da sie sonst noch eine Anzeige wegen Verleumdung zu erwarten hätte. Ein Betreuer des Heims kam hinzu, der sich ihre Geschichte anhörte und sie verteidigte. Irina hatte nie zuvor gestohlen und gehörte zu den Heimkindern, die wenig Ärger bereiteten.

Man beließ es schließlich bei der Erteilung eines Hausverbots, sodass rechtlich das Ganze glimpflich ausgegangen war. Doch ihr Vertrauen in die Polizei war seither erschüttert. Zwei weitere Vorfälle in den Folgejahren, in denen sie immer deutlich das Misstrauen gegenüber einem Heimkind gespürt hatte, verstärkten ihren Argwohn. Nun war sie zwar erwachsen und nahm ihrerseits bei den selten Ladendiebstählen während ihrer Arbeitsschicht polizeiliche Unterstützung in Anspruch, trotzdem hatte sie am liebsten gar nichts mit Ordnungshütern zu tun.

Irina trank einen weiteren Schluck, bevor sie zu ihrem Telefon griff und die Nummer der Hotline eintippte. Wahrscheinlich machte sie sich lächerlich, doch Svenja hatte diese Fürsorge verdient. Hoffentlich lachten sie bei ihrem nächsten Zusammentreffen darüber. Sie zögerte ein letztes Mal, bevor sie das grüne Hörersymbol mit ihrem Zeigefinger berührte.

»Polizei Leipzig, Wachtmeisterin Kramer, guten Abend.«

Die Stimme der Polizistin klang zumindest sympathisch.

»Ja, hallo, hier spricht Irina Wolf.«

»Hallo, Frau Wolf.«

»Ich rufe aus Rostock an«, fuhr sie schnell fort, bevor sie der Mut verließ. »Aber es geht um eine Freundin aus Leipzig, von der ich seit einigen Tagen nichts gehört habe. Was absolut ungewöhnlich ist. Und wegen dieses flüchtigen Mörders bei Ihnen ...«

»... sind Sie beunruhigt«, führte die Beamtin den Satz zu Ende.

»Genau.«

»Dazu besteht hoffentlich kein Grund. Wir sind uns sicher, alle verschleppten Frauen gefunden zu haben. Trotzdem finde ich es gut, dass Sie anrufen. Lieber einmal zu viel als einmal zu wenig.«

Erleichtert stieß Irina den angehaltenen Atem aus. Endlich mal eine sympathische Polizistin, die sie ernstnahm.

»Wie heißt Ihre Freundin und wo wohnt sie?«

Irina nannte Svenjas Daten und erklärte dann, warum sie sich Sorgen machte.

In den nächsten Minuten verfielen die beiden Frauen in einen zwanglosen Plauderton, wodurch Irina Einzelheiten preisgab, die sie ansonsten möglicherweise verschwiegen hätte. Zuletzt bat die Polizistin um eine Rufnummer, unter der die Soko Irina erreichen konnte.

»Ich verspreche Ihnen Folgendes: Spätestens morgen früh fährt jemand zu Ihrer Freundin. Vielleicht sogar noch heute, wobei wir einer Vielzahl von Hinweisen chronologisch nachgehen, weswegen sich das verzögern kann. Treffen wir Frau Rost wohlbehalten an, wovon ich ausgehe, sorgen wir dafür, dass Sie das erfahren. Entweder von Frau Rost persönlich oder von einem meiner Kollegen, falls Frau Rost aus welchen Gründen auch immer nicht mit Ihnen sprechen will. Klingt das gut für Sie?«

»Perfekt! Ich danke Ihnen tausendfach.«

»Nicht dafür. Auf Wiederhören, Frau Wolf.«

Erleichtert schloss Irina die Augen. Sie verdrückte eine Träne, weil sie mit einer solch empathischen Reaktion niemals gerechnet hätte. Gleichzeitig ärgerte sie sich, solange gezögert zu haben. Doch daran konnte sie nichts mehr ändern.

Nachdem sie den Prosecco leergetrunken hatte, formulierte sie eine Nachricht an Svenja.

Hi, Süße. Es tut mir sehr leid, aber ich mache mir total Sorgen, weil du dich nicht meldest. Deshalb habe ich gerade die Polizei informiert. Wundere dich also nicht, wenn die bei dir vor der Tür stehen. Ruf mich an! Oder schick eine Nachricht! Ich hab dich lieb.

* * *

Fast sechsunddreißig Stunden Jagd auf den Unbekannten, ohne ein konkretes Ergebnis. Drosten fiel es schwer, sich nicht die Enttäuschung anmerken zu lassen. Stattdessen versuchte er, bei der morgendlichen Besprechung

Optimismus zu verbreiten. Immerhin hatten sie so viele Hinweise erhalten, dass sie noch nicht alle abgearbeitet hatten.

»Die Reaktionsquote aus der Bevölkerung ist erfreulich«, sagte er. »Vierundsechzig Anrufe, um wen es sich bei dem Unbekannten handeln könnte. Das ist für einen einzigen Tag eine Top-Quote. Einundvierzig Hinweise konnten wir zwar bereits als unzutreffend klassifizieren, trotzdem bleiben genügend Möglichkeiten, die uns ans Ziel führen können. Beziehungsweise führen werden«, korrigierte er sich. »Gemeinsam mit Hauptkommissar Sommer sind wir vorhin die noch nicht erledigten Anrufe durchgegangen. Im Regelfall handelt es sich dabei um Angaben von Menschen, die ihre Nachbarn verdächtigen. Die Kollegen an der Hotline sind deshalb dazu übergegangen, in solchen Fällen nachzufragen, ob in den letzten Monaten oder Jahren Nachbarschaftsstreitigkeiten vorlagen. Vorgeblich als Hintergrundrecherche. Meistens hat sich tatsächlich herausgestellt, dass es zu Streitigkeiten gekommen ist. Wir gehen den Hinweisen trotzdem nach, allerdings ohne große Hoffnung auf einen relevanten Treffer.«

Drosten deutete zu Sommer, der nun das Reden übernahm.

»Zwei Anrufe hingegen fanden wir sehr vielversprechend. Zum einen handelt es sich dabei um einen Teamleiter der *Sächsischen Assekuranz*. Der hat dem Kollegen an der Hotline nämlich von einem Mitarbeiter berichtet, der Ähnlichkeit zu dem Phantombild besitzt und gestern unentschuldigt gefehlt hat. Dieser Mann ist jedoch niemand, der firmenintern auf der Abschussliste steht. Im Gegenteil. Er wird von seinem Vorgesetzten als freundlich und hilfsbereit klassifiziert. Zwei Mitglieder der Soko waren gestern bei ihm zu Hause, haben die Person allerdings nicht angetroffen. Er heißt Florian Safar. Hauptkommissar Drosten und ich kümmern uns darum. Wir kontaktieren nach der Besprechung den Teamleiter. Vielleicht ist Safar wieder aufgetaucht. Der zweite Anruf ging gestern Abend ein, weshalb dem Hinweis aus Kapazitätsgründen noch niemand nachgegangen ist. Er betrifft auch nicht das Phantombild. Stattdessen hat eine Frau die Hotline kontaktiert, um zu berichten, dass sie seit Tagen nichts von ihrer besten Freundin gehört hat. Sie wohnt in einem Plattenbau und fiele altersmäßig ins Beuteschema. Wir werden bei ihr vorbeifahren. Momentan deutet nichts auf weitere verschleppte Frauen hin, andererseits wussten wir vor vierzig Stunden nichts von einem zweiten Täter. Deshalb unsere erhöhte Vorsicht.«

* * *

Florian betrachtete die reglose Svenja, die seinen Blick erwiderte.

Sie hatte tatsächlich durchgehalten, obwohl es wahrscheinlich knapp gewesen war. Er hatte sie gestern völlig dehydriert angetroffen. Anfangs unansprechbar. In der ganzen Wohnung stank es nach Urin, weshalb er die Fenster geöffnet hatte, nachdem er sie nach der Flüssigkeitszufuhr wieder geknebelt hatte.

Die Lust, über sie herzufallen, war ihm bei ihrem Anblick vergangen. Heute schien es ihr besser zu gehen, wozu sicher auch die Brausetabletten mit Mineralstoffen beigetragen hatten. Er hatte sie in ihrer Küche gefunden und beschlossen, sie ihr in Wasser aufgelöst einzuflößen. Vorläufig wollte er ihr Zeit geben, um sich zu erholen. Doch allzu lang würde er keine Gnade zeigen.

Um sich zu informieren, verfolgte er in ihrem Wohnzimmer das Fernsehprogramm. Den Ton schaltete er leise, damit Svenja nichts von den aktuellen Ereignissen mitbekam. Sie sollte keine Hoffnung schöpfen, dem Albtraum lebend zu entfliehen.

Im Gegensatz zum vorherigen Tag hatte das Medieninteresse bereits stark nachgelassen. Die MDR-Nachrichten thematisierten die Fahndung erst am Ende der Sendung, die überregionalen Programme hatten neues Futter gefunden.

Er entdeckte ihr Handy, das ausgeschaltet auf dem Couchtisch lag. Florian drückte den Startknopf, doch offenbar hatte der Akku keinen Saft mehr. Das Ladekabel befand sich in einem Fach unterhalb der Tischplatte. Er stöpselte es ins Handy und suchte eine freie Steckdose. Nachdem das Telefon ein paar Sekunden Strom getankt hatte, konnte er es einschalten.

Nach dem Hochfahren verlangte das Smartphone die Eingabe einer PIN. Florian ging ins Schlafzimmer, setzte sich auf die Bettkante und löste Svenjas Knebel. Dabei bemerkte er, dass ihre Augen deutlich klarer als am Abend vorher wirkten.

»Wie lautet die PIN deines Handys?«

»Vier eins sechs neun«, sagte sie kaum hörbar, aber

ohne zu zögern. Ein weiteres Zeichen für ihre Erholung?

»Bist du sicher? Wenn du mich anlügst, wird es dir sehr leidtun.«

»Ganz sicher«, behauptete sie. »Geben Sie mir bitte Wasser?«

Er seufzte genervt. Trotzdem erfüllt er ihr den Wunsch, bevor er sie erneut knebelte. Je schneller sie zu Kräften kam, desto besser war das für seine Pläne.

Im Wohnzimmer tippte er den PIN ein. Sie hatte nicht gelogen. Sekunden nach der Entsperrung trafen die ersten Benachrichtigungen über erhaltene Nachrichten ein.

* * *

Drosten kontaktierte den Teamleiter Leyhe, der gestern seinen Mitarbeiter als unentschuldigt fehlend gemeldet hatte.

»Hauptkommissar Robert Drosten«, stellte er sich am Telefon vor. »Ich melde mich wegen Ihres gestrigen Anrufs. Ist Herr Safar heute zur Arbeit erschienen?«

»Nein«, antwortete Leyhe. »Es liegt auch keine Krankmeldung vor, ein von mir erbetener Rückruf ist ebenfalls nicht erfolgt. Haben Sie ihn erreicht?«

»Zu Hause haben ihn die Kollegen gestern nicht angetroffen.«

»Ich muss Ihnen eins offen gestehen. Meine Mitarbeiter kennen heute kein anderes Thema mehr. Sie sind alle der Meinung, dass ich mich nicht irre. Je öfter ich das Phantombild betrachte, desto sicherer bin ich mir. Der Gesuchte ist Florian Safar! Oh Gott! Da darf ich nicht drüber nachdenken, mit welchem Menschen meine Mitarbeiterinnen zusammenarbeiten mussten.«

»Wenn Sie etwas von ihm hören, sagen Sie mir bitte umgehend Bescheid. Sie erreichen mich unter der Telefonnummer, mit der ich anrufe.«

In diesem Moment trat Lukas Sommer zu ihm und schüttelte den Kopf.

»Versprochen«, sagte Leyhe. »Entschuldigen Sie, dass ich wegen einer anderen Sache nachfrage. Wie wäre das mit der Auszahlung der Belohnung? Falls es Safar ist, bekomme ich das Geld automatisch ...«

»Darüber informieren wir Sie, wenn er als Täter eindeutig identifiziert ist«, erwiderte Drosten und beendete das Gespräch.

»Ich habe Svenja Rosts Nummer angewählt«, erklärte Sommer sein Kopfschütteln. »Es klingelt durch. Eine Minute lang.«

Drosten wiederholte, was Safars Teammitglieder vermeintlich vermuteten.

»Dann sollten wir zuerst zu ihm fahren«, schlug Sommer vor.

»Einverstanden.«

Drosten stand auf und zog sein über der Lehne hängendes, dunkelblaues Sakko schwungvoll vom Stuhl.

23

»Wer ist Irina?«, fragte Florian.

Verständnislos schaute Svenja ihn an. »Was?«

Wütend versetzte er ihr eine Ohrfeige. »Irina!«

»Meine beste Freundin. Wieso?«

»Sie hat die scheiß ...« Im letzten Moment hielt er sich zurück. Sie sollte keine Hoffnung empfinden. Damit sie ihm die Panik nicht ansah, stopfte er ihr den Knebel wieder in den Mund und verließ das Schlafzimmer.

Er musste nachdenken! Um die innere Anspannung loszuwerden, blieb er an der Türschwelle zum Wohnzimmer stehen und schlug seine rechte Faust gegen die linke Handfläche. Wie gut, dass er Svenjas Handy eingeschaltet hatte. So war er wenigstens vorgewarnt. Doch das änderte nichts an dem Problem, dass er jede Sekunde mit dem Auftauchen der Bullen rechnen musste – vorausgesetzt, die Namen Irinas Anruf ernst.

Würden die Polizisten wieder abziehen, wenn niemand auf das Klingeln reagierte? Leider zweifelte Florian daran. Das Haus, in dem Svenja lebte, passte perfekt in die bisherige Opferwahl. Die Bullen würden das bemerken und weitere Nachforschungen anstellen. Bei Nachbarn erkundigen, wann Svenja das letzte Mal gesehen wurde. Den Ausgang im Auge behalten. Oder sich unter fadenscheinigen Gründen Zutritt zur Wohnung verschaffen.

Nein! Hier zu bleiben war keine Option.

Am einfachsten wäre es, direkt zu verschwinden. Svenjas Schicksal hinge dann vom Handeln der Bullen ab. Aber er hätte kein Druckmittel in der Hand. Ihm verblieb zwar eine Handgranate, doch solange er kein unschuldiges Leben bedrohte, würde die Polizei ihn wahrscheinlich aus sicherer Entfernung erschießen.

Würde er Svenja hingegen mitschleppen, wäre sie wie ein Klotz am Bein. Zumindest, bis sie Leipzig verlassen hatten.

Um eine Entscheidung zu treffen, las er noch einmal den Chatverlauf zwischen den beiden Frauen durch.

* * *

Lukas Sommer drückte den Klingelknopf und schaute dann auf seine Armbanduhr, um den Sekundenzeiger zu verfolgen.

»Was sagt dir dein Gefühl?«, fragte Drosten.

»Dass er nicht aufmacht«, brummte Sommer. »Ähnlichkeit mit einem Phantombild finde ich als Ermittlungsansatz nie sonderlich interessiert. Wahrscheinlich gibt es Hunderte Männer in der Stadt, die einen Vollbart tragen und über der Nasenwurzel eine ausgeprägte Falte haben. Außerdem könnte der Bart, den die Frauen beschreiben, unecht gewesen sein. Wodurch die Zeichnung die falschen Personen ins Scheinwerferlicht rückt.« Er betätigte erneut den Klingelknopf. »Interessanter finde ich sein unentschuldigtes Fehlen. Ausgerechnet am Tag, nachdem der zweite Täter in letzter Sekunde vom Tatort abgehauen ist. Wieso taucht ein zuverlässiger Mitarbeiter zweimal hintereinander nicht bei der Arbeit auf? Das ist verdächtiger als die vermeintliche Ähnlichkeit. Obwohl es auch dafür gute Gründe geben kann.«

Eine Frau, die in beiden Händen Einkaufstüten hielt, näherte sich ihnen.

»Lassen Sie mich an die Tür?«, bat sie.

Die Polizisten traten jeweils einen Schritt zur Seite.

»Kennen Sie Herrn Safar?«, erkundigte sich Sommer.

»Warum wollen Sie das wissen?« Sie stellte die Einkaufstüten ab und kramte in ihrer Jackentasche nach dem Schlüsselbund.

Sommer holte aus seiner Tasche den Dienstausweis. »Hauptkommissar Sommer. Wir müssen dringend mit Herrn Safar sprechen.«

»Hat er etwas angestellt?«

»Wann haben Sie ihn das letzte Mal gesehen?«, wollte Sommer wissen.

Die Frau musste nicht lange überlegen. »Gestern. Allerdings nur kurz im Hausflur. Er trug eine Tasche bei sich. Und dieser neue Look stand ihm gar nicht.«

»Neuer Look?«, wiederholte Drosten alarmiert.

Mit einer Hand fuhr sie sich übers Gesicht. »Bart weg, Haare weg. Machen Männer das, wenn sie in die Midlifecrisis geraten?« Sie lachte. »Wir Frauen verändern uns dann weniger radikal.«

»Würden Sie uns in Ihre Wohnung lassen? Das ist wichtig!«

»Hat er etwas angestellt?«, wiederholte sie. Diesmal klang sie deutlich besorgter.

* * *

Sorry für mein Abtauchen, Süße. Wann bist du heute zu Hause? Ich kann es dir dann in Ruhe erklären. Ist eine Menge passiert. Ich habe nämlich einen tollen Typen getroffen.

Florian schickte die Nachricht ab und wartete. Falls Svenjas Freundin mit einem Anrufversuch reagierte, würde er den Anruf wegdrücken und behaupten, noch immer bei dem heißen Typen zu sein.

Nach wenigen Minuten zeigte ihm das System zweierlei an: Irina hatte die Nachricht gelesen und schrieb eine Antwort.

Vielen Dank auch! Wegen deiner Hormonwallungen habe ich mich also bei der Polizei blamiert. Hoffentlich stürmen sie deine Wohnung, während du auf ihm hockst. Oh, ich freue mich so für dich, Süße. Bin spätestens um neunzehn Uhr zu Hause und erwarte dann ALLE schmutzigen Einzelheiten.

Dank der Kommunikation zwischen den Freundinnen wusste Florian, dass Irina in Rostock lebte. Er legte das Handy zurück auf den Couchtisch und ging ins Schlafzimmer, wo er das außerhalb ihrer Reichweite liegende Messer in die Hand nahm. Svenja schaute ihm verängstigt zu.

»Willst du unser Abenteuer überleben?«

Sie nickte hastig. Er setzte sich zu ihr und berührte mit der spitzen Klinge ihren Hals.

»Dann solltest du mir jetzt genau zuhören.«

* * *

»Stört es Sie, wenn ich die Einkäufe einräume? Sie könnten sich so lange zu mir in die Küche setzen.«

»Überhaupt kein Problem«, meinte Sommer.

Die Frau, die Claudia Ruhwald hieß, lächelte dankbar. »Ich muss die Zeit, in der mein Junge im Kindergarten betreut wird, möglichst gut ausnutzen.« Sie schloss die Wohnungstür auf und führte sie in eine kleine, ordentlich aufgeräumte Küche. »Nehmen Sie Platz!«

»Wann genau ist Ihnen Herr Safar das letzte Mal begegnet?«

»Gestern am frühen Nachmittag. Ich hatte Jonah zu einem Mittagsschlaf hingelegt. Der ist nach der Kindergartenbetreuung oft quengelig, weil er müde ist. Hier im Haus befindet sich der Wäscheraum unterm Dach. Ich wollte Wäsche aufhängen, öffnete die Tür und sah ihn. Bart wegrasiert, Kopf kahlgeschoren, eine Sporttasche in der Hand. Es hat einen Moment gedauert, bis ich ihn überhaupt erkannt hatte.«

»Aber er war es?«

»Natürlich. Seine Falte ist ziemlich ausgeprägt.« Sie strich mit dem Zeigefinger über die entsprechende Körperstelle. »Außerdem erkennt man seinen langjährigen Nachbarn sogar nach einer unvorteilhaften Typveränderung. Ich habe ihn begrüßt, er hat bloß schmallippig reagiert. Hat mich gewundert. Ist zwar nicht so, als hätten wir permanent miteinander geplaudert, aber normalerweise war er freundlicher. Weshalb interessieren Sie sich überhaupt für ihn?«

»Haben Sie die Öffentlichkeitsfahndung nicht verfolgt?«, wunderte sich Sommer.

»Welche Fahndung?«

»Lassen Sie mich raten. Sie sehen kein Fernsehen, lesen keine Zeitung und gehen eher selten ins Internet?«

»Erwischt!«, erwiderte Claudia, während sie eine Packung Eis ins Gefrierfach stellte. »Ich bin ein Büchernarr und verbringe jede freie Sekunde an meinem E-Reader. Was habe ich verpasst?«

»Von der Mordserie an Frauen in Leipzig haben Sie gehört?«, vergewisserte sich Drosten.

»Das war sogar Gesprächsthema bei den Müttern im Kindergarten. Der Mörder hat sich selbst in die Luft gejagt, richtig?«

»Genau. Aber seit vorgestern Nacht suchen wir einen Mittäter. Es gibt ein Phantombild. Können Sie sich das bitte ansehen?« Sommer holte sein Handy aus der Tasche, aktivierte den Bildschirm und suchte in seinen Bilddateien nach der Zeichnung.

»Oh mein Gott«, flüsterte die Nachbarin.

»Er ist es?«, fragte Drosten.

»Die Ähnlichkeit ist extrem. Ist er wirklich ein Mörder? Das kann ich mir gar nicht vorstellen.«

* * *

»Das reicht nicht für einen Durchsuchungsbeschluss«, vermutete Sommer, nachdem sie die Wohnung verlassen hatten.

»Nein«, bestätigte Drosten. »Einen Richter zu finden,

der wegen zweier Identifizierungen anhand eines Phantombilds, sein Okay gibt, erscheint mir unwahrscheinlich.«

»*Gefahr im Verzug* können wir ebenfalls nicht als Grund anführen, warum wir die Tür aufbrechen. Dank der Ruhwald wissen wir, dass er nicht da ist.«

»Wir sollten die Leipziger Kollegen in die Entscheidung einbeziehen«, schlug Drosten vor. »Vielleicht fällt ihnen einen Kniff ein, wie man einen Leipziger Richter überzeugen könnte.«

»Vorher noch ein kurzer Abstecher zu Svenja Rost? Oder überlassen wir das Schutzpolizisten?«

»Beeilen wir uns!«, entschied Sommer. »Vorher sollten wir seinen Wagen zur Fahndung ausschreiben. Dafür brauchen wir keine richterliche Genehmigung.« Er griff zu seinem Handy und schrieb eine Nachricht an Starke. Der Hauptkommissar sollte herauszufinden, ob auf Safar ein Auto angemeldet war.

* * *

Florian löste die Handschelle. »Steh auf!« Drohend hielt er ihr die Handgranate entgegen. »Du hast zwei Alternativen. Du kannst gemeinsam mit mir deine Wohnung lebend verlassen. Wir fahren Richtung Norden an die Küste. Dort setze ich dich aus und gehe meiner Wege. Oder du versuchst einen Fluchtversuch. Dann sterben wir beide. Leben oder sterben, es liegt in deiner Hand. Ich habe keine Angst vor dem Tod.«

»Ich fliehe nicht«, versprach sie, während sie sich aufsetzte.

»Solltest du jemanden um Hilfe anflehen, hat das die gleiche Konsequenz. Ich aktiviere die Granate und bäng. Sekunden später bestehst du aus Fleischfetzen.«

»Bitte nicht!«

Florian deutete zu den Kleidungsstücken, die er ihr bereitgelegt hatte. »Zieh dich an!«

»Darf ich vorher zur Toilette?«

Konnte er sie allein gehen lassen? Im Bad stand nichts, was sie zur Verteidigung nutzen konnte und der Schlüssel steckte von außen.

»Beeil dich.«

Sie schaute zu Boden. »Danke.«

Er hatte mit keiner Silbe das wahre Ziel ihrer Reise genannt. Die Erwähnung, dass er sich an der Küste absetzen wollte, würde ihr Misstrauen hoffentlich lang genug dämpfen. Irinas genaue Anschrift benötigte er erst in ein paar Stunden. Vorher sollte sie nicht ahnen, dass sie im Begriff stand, das Leben ihrer besten Freundin zu ruinieren.

Sie kehrte aus dem Bad zurück.

»Du ziehst dich vor meinen Augen aus. Gibt ja eh keine Stelle deines Körpers, den ich nicht kenne.«

Als sie fünf Minuten später aufbruchbereit war, presste er sich nah an sie, um ihr ins Ohr zu flüstern.

»Wir verlassen gemeinsam deine Wohnung, du hakst dich bei mir unter. Sollte uns in deiner Etage jemand begegnen, lächeln wir ihn an und wirken verliebt. Verstanden?«

Sie nickte.

»Die Granate steckt in meiner rechten Tasche. Ich kann sie jederzeit zünden. Falls jemand zu uns in den Fahrstuhl steigst, küsst du mich.«

»Nein«, flehte sie. »Ich kann das nicht.«

»Und ob du das kannst. Unten gehen wir zu meinem Auto. Du nimmst auf dem Beifahrersitz Platz, wir fahren los. In ein paar Stunden siehst du das Meer. Dann bist du frei. Oder du stirbst auf dem Weg zur Küste, weil du eine Dummheit begehst.«

Florian öffnete die Wohnungstür und warf einen Blick in den Hausflur, in dem sich niemand aufhielt. Da sie von der Tortur der vergangenen Tage körperlich geschwächt war, musste er sich ihrem Tempo anpassen. Obwohl sie sich an ihm abstützte, schwankte sie. Genervt machte er einen kleinen Schritt nach dem anderen. Bis sie endlich die Aufzugtür erreichten.

24

Sommer gab Svenja Rosts Adresse ins Navi ein. Das System benötigte nur wenige Sekunden, um die kürzeste Strecke und die Fahrtzeit zu berechnen, trotzdem trommelte er genervt aufs Lenkrad.

»Geduld ist nicht gerade deine Tugend«, sagte Drosten schmunzelnd.

»Als wenn du da besser wärst.«

Endlich war die Route berechnet. Laut des Navigationssystems würden sie dreizehn Minuten benötigen. Sommer legte den Rückwärtsgang ein und manövrierte den Wagen aus der Parklücke.

Fünf Minuten später klingelte sein Handy. Über einen Knopf am Sportlenkrad nahm er das Gespräch per Freisprecheinrichtung an.

»Hallo«, begrüßte er den Anrufer.

»Ich habe das Kennzeichen von Safar«, sagte Hauptkommissar Starke, ohne sich lang mit einer Begrüßung aufzuhalten.

»Ich notiere es mir«, schaltete sich Drosten in das Gespräch ein und nahm sein Handy zur Hand.

* * *

Die Aufzugstür öffnete sich. Niemand stand in der mit Graffitis beschmierten Kabine. Florian zwängte seine Geisel hinein und drückte den Knopf fürs Erdgeschoss.

Es dauerte einige Sekunden, bis die Türen langsam zuglitten. Die erzwungene Nähe zu seinem Opfer in Verbindung mit der tödlichen Kraft der Handgranate in seiner Jackentasche verschaffte Florian ein einzigartiges Gefühl. Wie wäre es, jetzt den Sicherheitsring zu ziehen und ihr in die Augen zu sehen, während sie kapierte, was passieren würde?

Florian hatte keine Angst vor dem Tod. Er und Frank hatten oft darüber gesprochen, dass sie eher sterben würden, als im Knast zu verrotten. Ob er es einfach tun sollte? Er verstand genau, wieso sein Partner den ultimativen Weg gewählt hatte. Doch solange es eine Chance gab, dem tödlichen Inferno zu entgehen, sollte er sie nutzen.

Der Aufzug erreichte das Erdgeschoss. Die Tür öffnete sich. Niemand wartete davor, um nach oben zu fahren.

»Mach keinen Mist«, warnte er sie erneut. »Wenn wir aus der Haustür draußen sind, wenden wir uns nach rechts. Hak dich ein!«

Zögerlich folgte sie der Anweisung. Gemeinsam näherten sie sich dem Ausgang.

* * *

Sie bogen in die Straße ein, in der Svenja Rost lebte.

»Fahr ein bisschen langsamer«, bat Drosten. »Ich überprüfe die Kennzeichen der parkenden Autos.«

»Soll ich einmal bis zum Ende und dann wenden? Oder den nächsten freien Parkplatz nehmen?«

»Fahr durch und wende. Ich will vorgewarnt sein, falls wir den richtigen Riecher haben.«

»Guck mal das Pärchen, das aus Hausnummer zwölf kommt«, sagte Sommer.

* * *

Was hatte das alles zu bedeuten? Svenja verstand nichts mehr. Sein unerwartetes Auftauchen gestern Abend. Wie er sich um sie gekümmert hatte, ohne ihr wehzutun. Wahrscheinlich hatte er sie vor dem Verdursten gerettet. Dann heute Morgen die Frage nach Irina. Der abrupte Aufbruch. Wieso wollte er sie an der Küste aussetzen? Was hatte Irina damit zu tun?

»Ich hab Hunger«, flüsterte sie.

»Pech!«, antwortete er unwirsch. »Bis wir eine Pause machen, gibt's nichts. Halt einfach dein Maul!«

Er war sichtbar angespannt. Irgendetwas war passiert und irgendwie schien Irina in der Sache verwickelt zu sein. Angestrengt versuchte sie, sich einen Reim darauf zu machen.

* * *

»Nein, der Milchbubi kann unmöglich Safar sein«, sagte Drosten, nachdem er einen Blick auf das Paar geworfen hatte. Der Mann war höchstens Mitte zwanzig, die Frau noch jünger. Er konzentrierte sich wieder auf die geparkten Autos, doch das gesuchte Kennzeichen entdeckte er nicht.

Sommer wendete am Ende der Straße und fand in unmittelbarer Nähe zum Hauseingang einen Parkplatz. Die beiden stiegen aus und liefen auf das Haus zu.

Rosts von außen zugänglichen Briefkasten quoll nicht über. Ein Hinweis dafür, dass sie ganz normal ihre Postsendungen mitnahm? Drosten klingelte, während Sommer an der verschlossenen Haustür rüttelte.

Niemand öffnete. Drosten trat ein paar Schritte zurück und betrachtet das Hochhaus von außen. »Würde perfekt in die bisherige Opferauswahl passen«, unkte er.

»Ich weiß«, brummte Sommer. »Mieses Bauchgefühl?«

Drosten nickte.

Durch die Glastür sahen sie, wie eine ältere Dame den Aufzug verließ und ihren Rollator vor sich herschob. Ihr Ziel waren offenbar die Briefkästen. Sommer holte seinen Dienstausweis hervor und presste ihn gegen die Glasscheibe. Dann klopfte er. Die Frau zuckte leicht zusammen, weswegen er entschuldigend lächelte.

»Polizei!«, rief er. »Öffnen Sie uns bitte!«

Die Frau zögerte, bevor sie dem Wunsch nachkam.

»Vielen Dank. Ich bin Hauptkommissar Sommer, das ist mein Kollege Hauptkommissar Drosten. Kennen Sie eine gewisse Svenja Rost?«

»Die wohnt hier im Haus. Ganz oben, wenn ich mich nicht irre.«

»Sind Sie ihr in letzter Zeit begegnet?«

»Junger Mann, außer dem Pfleger, der mir mittags das Essen bringt, begegne ich kaum noch jemanden. Frau Rost habe ich seit Wochen nicht gesehen. Ist ihr etwas zugestoßen?«

»Wir hoffen nicht. Danke für Ihre Hilfe! Wir schauen oben nach.«

»Aber nehmen Sie mir nicht den Aufzug weg! Der braucht immer ewig und meine Blase hält manchmal nicht dicht.«

Nach dieser anschaulichen Warnung gingen die Polizisten die Treppen hoch, um die Bewohnerin nicht in eine Notsituation zu bringen.

»Ich habe mir kurz die Briefkästen angeschaut. An einem Fünftel standen keine Namen«, stellte Sommer fest. »Ein Single, der in der obersten Etage wohnt, in einem Haus mit nennenswertem Wohnungsleerstand. Was machen wir, wenn sie nicht öffnet?«

»Dann lassen wir uns von Starke einen zuverlässigen Schlüsseldienst empfehlen«, entschied Drosten.

* * *

Fünfzig Minuten später sprang Svenjas Wohnungstür klackend auf.

»Das wär's«, sagte der Mitarbeiter des Schlüsseldienstes und erhob sich aus seiner knienden Position. »Ich brauche eine Unterschrift. Rechnung ans Polizeipräsidium Dimitroffstraße?«

Sommer unterschrieb an der gewünschten Stelle. »So ist es. Und nun möchte ich Sie bitten, sich schnellstmöglich außerhalb des Gefahrenbereichs zu begeben.«

»Gefahr?« Der Mann nahm die Unterlagen an sich und griff nach seinem Werkzeug. »Alles Gute!« Eilig ging er in Richtung des Treppenhauses.

»Beim letzten Mal hatte ich Maik Keller bei mir, um die Granate zu entschärfen. Schaffst du das auch?«, fragte Drosten.

»Was glaubst du denn?«

»Dann lasse ich dir den Vortritt.«

Sommer zog seine Pistole und öffnete vorsichtig die Wohnungstür. »Abgestandener Geruch, Urin, metallisch.«

»Scheiße!«

Er konzentrierte sich auf den mit flauschigem grauem Teppich ausgelegtem Dielenboden, der ideale Möglichkeiten bot, um einen Stolperdraht zu verstecken. Dabei versucht er, eine Vorstellung der Raumaufteilung zu gewinnen. Schließlich hockte er sich hin und tastete mit den Händen. Sollte er versehentlich den Splint entfernen, würde ihm hoffentlich genug Zeit bleiben, um das Schlimmste zu verhindern.

»Ich habe den Draht gefunden!«, rief er nach ein paar Sekunden.

»Eine Stolperfalle?«, erwiderte Drosten vom Hausflur.

»Nein.« Sommer erhob sich. »Daran ist keine Handgranate befestigt. Aber du solltest dir das angucken. Wir haben ein Problem!«

Sommer starrte das Bett an. Die Blut- und Urinflecken auf dem hellgrauen Spannbettlaken waren unübersehbar.

»Oh nein«, stöhnte Drosten und griff zum Handy.

* * *

Am späten Mittag fand Drosten endlich die Zeit, Irina

Wolf zu kontaktieren. Noch hatte die Soko eine Nachrichtensperre verhängt. Das Wirken der Spurensicherungsbeamten hatte bislang keine Medien angelockt. Trotzdem wäre es unvermeidbar, im Lauf der nächsten Stunden die Presse zu informieren. Drosten wollte verhindern, dass Irina aus dem Internet oder dem Fernsehen davon erfuhr. Zumal es zwei Möglichkeiten gab: Entweder gehörte Svenja ebenfalls zu den Toten oder sie wurde als Geisel festgehalten.

»Irina Wolf«, meldete sie sich.

»Hallo, Frau Wolf. Hier spricht Hauptkommissar Robert Drosten.«

»Oh, ich bin froh, dass Sie sich melden«, sagte die junge Frau. »Mir hat der Mut gefehlt, Sie zu kontaktieren. Es tut mir leid, die Pferde scheu gemacht zu haben.«

»Wie meinen Sie das?«

»Haben Sie Svenja noch nicht aufgesucht?«

»Nein«, behauptete Drosten.

»Wunderbar. Sie hat sich heute gemeldet. Vormittags. Es ist alles in Ordnung. Svenja hat endlich mal wieder einen Mann kennengelernt, bei dem sie sich in den letzten Tagen verkrochen hat.«

»Woher wissen Sie das?«

»Sie hat sich per WhatsApp gemeldet. Wie gesagt, heute Morgen.«

»Das höre ich gern. Dann kann ich die Schutzpolizisten zurückpfeifen.«

»Machen Sie das bitte. Ist mir schon verdammt peinlich, Sie überhaupt angerufen zu haben. Muss ich jetzt irgendetwas befürchten?«

»Nein«, beruhigte Drosten. »Dafür sind wir da. Könnten Sie mir die Nachricht Ihrer Freundin per Handy weiterleiten? Bitte an die Nummer, mit der ich anrufe. Dann drucke ich das aus und schließe den Vorgang.«

»Kriegen Sie sofort«, versprach Irina.

Nachdem die Nachricht eingetroffen war, informierte Drosten die anwesenden Mitglieder der Soko. Neben Sommer waren noch Keller und Starke im Präsidium.

»Das hier hat Svenja Rost angeblich am Morgen verfasst: ›Sorry für mein Abtauchen, Süße. Wann bist du heute zu Hause? Ich kann es dir dann in Ruhe erklären. Ist eine Menge passiert. Ich habe nämlich einen tollen Typen getroffen.‹«

»Ob sie das eigenständig geschrieben hat?«, spekulierte Keller.

»Das ist die Gretchenfrage«, bestätigte Drosten. »Sie selbst oder der Mörder? Nachdem mir Frau Wolf die Mitteilung weitergeleitet hat, hab ich sie noch einmal angerufen und mir den ganzen Chatverlauf vorlesen lassen. Zuvor hatte sie Svenja gewarnt, dass sie die Polizei kontaktiert hat.«

»Also könnte der Text auch von Safar sein«, vermutete Sommer. »Den er in der Hoffnung geschickt hat, Irina würde uns zurückrufen.«

»Von den anderen Opfern haben sich die Täter keine Handys angeeignet«, erinnerte Drosten das Team. »Die Geräte lagen immer ausgeschaltet in den Wohnungen der Toten. Für mich deutet das auf die Möglichkeit einer Geiselnahme hin.«

»Geben wir die Informationen an die Presse?«, fragte Starke.

»Ich bin dagegen«, meinte Sommer. »Eventuell haben wir einen strategischen Vorteil. Safar, oder wer auch immer der Täter ist, wird nicht unbedingt davon ausgehen, dass wir von dem Chatverlauf wissen. Vielleicht ist er unvorsichtig genug, das Handy wieder zu benutzen.«

»Ich habe die Kollegen in Wiesbaden um technische Unterstützung gebeten«, fügte Drosten hinzu, der Sommers Meinung teilte. »Derzeit ist das Handy nirgendwo eingebucht. Die IT prüft, ob sie es trotzdem lokalisieren können. Solange wie wir keine Rückmeldung erhalten, sollten wir abwarten.«

»Wie lang wird das dauern?«, fragte Starke.

»Ist das Handy bloß ausgeschaltet, lediglich ein paar Stunden«, antwortete Drosten.

25

Lebensfroh trommelte Irina auf das Lenkrad und sang lauthals den aktuellen Song ihrer Playlist mit. Wie sehr sie sich um Svenja gesorgt hatte, war ihr erst völlig bewusst geworden, als die Entwarnung per Chatnachricht eingetroffen war. Ein neuer Stecher! Unglaublich! Endlich hatte Svenja mal wieder Glück im Leben. Hoffentlich stellte er sich nicht als Luftnummer heraus, der in kürzester Zeit verschwunden wäre.

Um dem Ganzen das Sahnehäubchen aufzusetzen, hatte der Kommissar überhaupt nicht verärgert reagiert. Vielleicht sollte sie ihre Bedenken gegen die Polizei über Bord werfen. Die Leute sahen in ihr kein Heimkind mehr, sondern eine mitten im Leben stehende Frau, die einem Job nachging und Steuern bezahlte. Ein wertvolles Mitglied der Gesellschaft – das war sie mittlerweile. Und es fühlte sich gut an.

»Yeah, cha la la«, grölte sie aus vollem Hals, als sie an einer roten Ampel anhielt. Dann fiel ihr Blick nach links.

Neben ihr hielt ein Kleinwagen, in dem eine Mutter hinter dem Steuer saß und ein Schulkind rechts auf dem Beifahrersitz. Das Kind schaute sie völlig entgeistert an. Irina grinste breit und zwinkerte dem Mädchen zu. Das wandte daraufhin schnell den Blick ab.

Um die Show zu vervollständigen, wippte Irina mit ihrem Kopf. Sollte das Mädchen sie ruhig für verrückt halten. Gute Laune war kein Straftatbestand. Die Ampel sprang um. Irina fuhr mit quietschenden Reifen an und grinste. Das Leben konnte schön sein, wenn es sich Mühe gab.

Zehn Minuten später bog sie in ihr Wohnviertel ein. Da die Parkmöglichkeiten begrenzt waren und sie keine schweren Einkäufe tragen musste, hielt sie bereits einige hundert Meter vor ihrer Haustür nach einer Lücke Ausschau. Als sie einen Parkplatz entdeckte, rangierte sie ihren Wagen in einem Zug gekonnt hinein. Irina zog den Zündschlüssel, schnallte sich ab, nahm ihre Handtasche aus dem Beifahrerfußraum und stieg aus.

Fünfzig Schritte von ihrer kleinen Mietshaushälfte entfernt, blieb sie überrascht stehen. Svenja stand vor der Tür! Neben ihr war ein Mann!

»Svenja!«, rief Irina glücklich.

Ihre Freundin hob die Hand, anstatt ihr begeistert entgegenzukommen. Sie hatte sich bei dem Mann eingeharkt. Der Typ wirkte ... angespannt. Seine Rechte steckte in der Jackentasche.

»Hi, Süße! Das ist ja eine tolle Überraschung.«

Zehn Schritte von den beiden entfernt, bemerkte sie, dass Svenja mit ihren Lippen tonlos Wörter bildete. Dann sah sie die verweinten Augen.

»Was ist hier los?«, fragte sie, als sie drei Meter vor ihnen stehenblieb.

»Lauf weg!«, flehte Svenja.

»Das würde ich unterlassen. Sonst sind wir alle tot.«

Er zog die Hand aus der Tasche. Fassungslos bemerkte sie die Granate, die er umklammerte.

»Was soll der Scheiß?«, stieß Irina trotzig aus.

»Riskier keine dicke Lippe!«

»Es tut mir so leid«, schluchzte Svenja. »Er hat mich gezwungen.«

»Schließ deine Wohnung auf, bevor uns jemand beobachtet.« Er steckte die Hand zurück in die Tasche.

»Das werde ich nicht!«

»Letzte Warnung! Sonst jage ich uns alle in die Luft!«

Irina sah ihm in die Augen. Der Mistkerl wirkt wild entschlossen. Doch das war sie auch. Sie könnte umdrehen und davonlaufen. Aber was würde dann aus Svenja?

»Du willst, dass wir sterben? Das kannst du haben!«

»Nein«, jammerte Svenja.

»Drei, zwei«, zählte er.

»Stopp!«, zischte Irina. »Ich hol den Schlüssel aus der Tasche.«

Er beobachtete jede ihrer Bewegungen mit Argusaugen. Langsam öffnete sie den Verschluss und griff in die Handtasche hinein, um den Schlüsselbund herauszuholen.

»Was wollen Sie?«, fragte Irina.

»Das erfährst du früh genug! Erst mal runter von der Straße!«

In Sekundenschnelle überschlug sie ihre Handlungsalternativen. Könnte es den beiden Frauen gelingen, ihn gemeinsam im Haus zu überwältigen? Oder standen ihre Chancen draußen besser?

»Mach hin! Mir reicht's, verdammt!«

»Nur die Ruhe.« Irina ging auf die Haustür zu. Die Haushälfte bot genug Möglichkeiten. Das Wohnzimmer verfügte über einen Ausgang zu dem kleinen Garten. Eventuell würde es ihnen irgendwie gelingen, ihn oben im Schlafzimmer oder Bad zu überwältigen. Außerdem sah der Typ körperlich so erledigt aus, dass er vielleicht irgendwann von der eigenen Müdigkeit überwältigt würde.

Sie hörte, wie der Unbekannte Svenja hinter sich herzog.

»Irina, das ist ein ...«

»Schauze!«

Svenja stieß einen Schmerzensschrei aus. Irina drehte sich um. Offenbar hatte der Mistkerl ihr einen Ellenbogenschlag in die Rippen versetzt.

»Rein mit euch!«

* * *

Das BKA hatte Drosten die Rückmeldung geschickt. In den vergangenen Stunden hatte sich Svenja Rosts Handy genau dreimal in verschiedenen Basisstationen eingebucht. Das erste Mal am frühen Morgen für eine knappe Viertelstunde. Die entsprechende Station versorgte die Wohnung, in der Svenja lebte. Danach noch zweimal für jeweils fünf Minuten. Beide Mobilfunkmasten befanden sich in der Nähe einer Autobahn.

Im Besprechungsraum projizierte Drosten die Auswertung an die Wand.

»Fahren Sie nach Norden?«, fragte Mückenberg.

»Sieht ganz danach aus«, bestätigte Keller. »Aber was will er dort?«

»Ich fürchte, ich habe eine Idee«, meinte Sommer.

Gebannt sahen ihn die Kollegen an.

»Was hat Svenja Irina gefragt?«, fuhr Sommer fort. »Wann bist du heute zu Hause? Das klingt total harmlos. So, als ob sie sich nach einer passenden Uhrzeit zum Telefonieren erkundigt. Aber hat sie die Nachricht überhaupt eigenständig formuliert? Oder war das Safar?«

»Wollte er bloß herausfinden, wann er in Rostock jemanden antrifft?«, spann Drosten den Faden weiter.

»Eine Frau, die er vermutlich unter Druck setzen kann, indem er ihre beste Freundin bedroht«, ergänzte Keller.

»Sollen wir Irina vorwarnen?«, fragte Mückenberg.

»Wie lang benötigt man von diesem Punkt nach Rostock?« Drosten deutete auf die letzte Umgebung, in der Svenjas Handy eingebucht gewesen war.

»Keine zwei Stunden«, sagte Knabe.

»Dann kommen wir zu spät. Falls unsere Befürchtung richtig ist.« Drosten stieß laut hörbar Luft aus. »Was könnte er in Rostock wollen?«

»Eine sichere Rückzugsmöglichkeit«, antwortete Keller.

»Weitere Frauen verschleppen?«, fürchtete Mückenberg.

»Seine Flucht vorbereiten?«, schlug Knabe vor.

Drosten nickte. Den gleichen Gedanken hatte er ebenfalls. Er schaute sich die Karte an. Rostock lag am Meer, hatte einen eigenen Hafen mit Fährverkehr. Er suchte über Google, in welche Länder man von Rostock übersetzten konnte.

»Zieht es ihn nach Dänemark oder Schweden?«, fragte er in die Runde.

»Könnte auch nur eine Zwischenstation sein«, meinte Knabe. »Außerdem kann man auf manchen Lastschiffen als Tourist eine Kabine mieten. Dann würden sich seine Möglichkeiten erhöhen.«

»Wie lang dauert die Fahrt von hier nach Rostock?«, fragte Sommer.

»Wenn Sie gut durchkommen und das Gaspedal durchtreten, schaffen Sie es in drei Stunden«, behauptete Knabe.

»Rechnen Sie besser mit vier Stunden«, widersprach Keller.

»Aber nur, wenn Sie so lahmarschig wie unser Kollege fahren«, entgegnete Knabe.

* * *

Florian sah sich um. Von der kleinen Diele waren sie direkt in ein ungefähr zwanzig Quadratmeter großes Wohnzimmer getreten, das über einen Zugang zum Garten verfügte. An den quadratischen Raum schloss sich eine Küche an, die durch eine offenstehende Schiebetür mit dem Zimmer verbunden war.

»Wer bewohnt die andere Haushälfte?«, fragte er.

»Ein alleinstehender Rentner«, antwortete Irina.

»Wie alt?«

»Keine Ahnung. Hab ihn nie nach seinem Ausweis gefragt.«

Die patzige Antwort gefiel Florian überhaupt nicht. Die Frau besaß Kampfwillen, wodurch sie gefährlich wurde.

»Hüte deine Zunge!«

»Sie machen mir keine Angst!«, behauptete sie.

»Das wäre aber besser«, flüsterte er bedrohlich. Erneut holte er die Granate aus der Tasche. »Wenn ich den Splint ziehe, dauert es nur wenige Sekunden und das ganze Gebäude bricht in sich zusammen. Dann ist der Alte tot, deine Freundin, du.«

»Und Sie!«

»Du kannst dir nicht vorstellen, wie egal mir das ist!«

Florian betrachtete die Frau. Sie war attraktiv. Die Bluse und die Jeans betonten ihren schlanken Körper. Ihr Gesicht gefiel ihm ebenfalls. Zwar sollte der Aufenthalt in Rostock bloß eine Zwischenstation sein, doch vielleicht könnte er sich den Halt versüßen.

»Es tut mir so leid«, schluchzte Svenja plötzlich hemmungslos. »Ich hab nicht kapiert, wohin er ...«

»Nicht schlimm, Schatz«, beruhigte Irina ihre Freundin. »Du kannst nichts dafür.« Hasserfüllt schaute sie ihn an. »Was haben Sie ihr angetan?«

»Du nervst. Gehen wir nach oben!«

»Wieso?«

»Ich will mich vergewissern, dass da oben keine Überraschungen lauern.«

»Vielleicht haben Sie ja Angst vor den Spinnen.«

Ohne Vorwarnung machte er zwei Schritte auf sie zu, schleifte Svenja dabei hinter sich her, und versetzte Irina eine schallende Ohrfeige, die schmerzerfüllt schrie. Ihre Wange rötete sich in Sekundenschnelle.

»Das hier ist kein Spaß! Kapier das endlich!«

»Sie Mistkerl!«

»Hoch!«, befahl er. »Du gehst vor! Versuch keine Tricks!«

Für einen Moment fürchtete er, sie würde sich erneut widersetzen. Doch endlich schien ihre Kampfeslust zumindest vorübergehend erlahmt zu sein. Langsam ging sie an ihm vorbei zurück in die Diele, wo eine Holztreppe, deren Stufen mit einem abgewetzten, grünen Teppich ausgelegt waren, nach oben führte.

An den Wänden hingen gerahmte Fotografien. Einige zeigten Strandbilder, auf anderen war Irina in verschiedenen Posen zu sehen. Unter anderem in einem roten Bikini. Es würde Spaß machen, diesen Körper zu verletzen und zu entstellen. In der oberen Etage befanden sich lediglich das Badezimmer und ein geräumiges Schlafzimmer, welches ungefähr die gleiche Größe wie das Wohnzimmer hatte. Allerdings reduzierten die Dachschrägen die zur Verfügung stehende Stellfläche für Möbel. Bei dem Anblick ihres Betts hätte er am liebsten laut gejubelt.

Das Kopfteil des Holzbetts bestand aus vier breiten, ahornfarbenen Stäben. Ideal um Handschellen durchzuführen.

»Du legst dich sofort aufs Bett!«, befahl er Irina.

»Nein!«, antwortete sie.

Da Florian die Drohung mit der Explosion nicht überstrapazieren wollte, musste er sich etwas anderes einfallen lassen.

»Ich muss in Ruhe nachdenken! Meine nächsten Schritte überdenken. Deshalb ...«

»Nein!«, wiederholte Irina entschlossen.

Blitzschnell trat er hinter Svenja, legte ihr einen Arm um den Hals und drückte ihr die Luft ab. Svenja wand sich, doch ihm gelang es, sie im Würgegriff festzuhalten.

»Bist du sicher?«

»Lassen Sie das!«

»Dann gehorch mir!«

Ihr hasserfüllter Blick warnte ihn, dass ihr Widerstand nicht endgültig gebrochen war. Sie würde ihm Schwierigkeiten bereiten. Aber vielleicht wäre das anders, wenn er sie erst mal geschnitten, gefickt und genäht hätte.

Svenja röchelte.

»Okay«, stieß Irina hastig aus, streifte ihre Schuhe ab und legte sich hin.

Zur Belohnung lockerte er den Griff um den Hals ihrer Freundin. Gleichzeitig holte er aus einer Jackeninnentasche die Handschellen heraus und warf ihr das Exemplar zu.

»Du legst es dir um ein Handgelenk. Mit der anderen Schelle werde ich Svenja an dich binden, damit ihr mir nicht in die Quere kommen könnt, während ich deinen Laptop nutze.«

26

Nach einem letzten Blick auf die wehrlosen Frauen zwang sich Florian, das Schlafzimmer zu verlassen. Es wäre so einfach, über sie herzufallen. Aber wäre es richtig?

Rostock hatte in seinen Überlegungen während der Autobahnfahrt bloß als Zwischenlösung gedient. Er war hierher geflohen, um sich dem größten Fahndungsdruck zu entziehen. Svenja hatte ihm den Zugang zu Irinas Wohnung sichern sollen – was reibungslos geklappt hatte. Dass ihn der Anblick der attraktiven Frau so erregen würde, hatte er nicht eingeplant.

Langsam ging er die Stufen zum Erdgeschoss hinunter. Auf einem kleinen Beistelltisch neben der Couch entdeckte er einen Laptop. Florian setzte sich. Bevor er zu dem Gerät griff, rekapitulierte er Irinas Verhalten. Sie schien Kampfgeist zu besitzen. Ein widerspenstiges Mädchen. Zwar machte es Spaß, einen solchen Charakterzug langsam zu brechen, allerdings fehlte ihm dafür die Gelegenheit. Sollte er ihr heftige Schmerzen zufügen, damit sie kooperierte?

Der Drang, das neue Opfer zu misshandeln, wurde übermächtig. Er hatte alles dabei, um ihr wehzutun. Sein Lieblingsmesser und das Instrument zum Nähen. Noch vor Wochen hatte er sich über Frank gewundert. Der hatte kein Interesse daran gezeigt, die wehrlosen Frauen zu vergewaltigen. Florian wusste nicht, woran dieser mangelnde sexuelle Trieb lag. Was gab es Schöneres, als in eine Frau einzudringen, die nichts dagegen unternehmen konnte? Ihr mit jedem harten Stoß Schmerzen zuzufügen? Gepaart mit dem brutalen Vorspiel. Das Messer an ihrem Körper ansetzen, Schnittwunden zufügen, das Blut auf den intimsten Stellen zu reiben und sie dann zu vergewaltigen. Manchmal hatte er sein eigenes Gesicht mit Blut verschmiert und die Opfer gezwungen, ihn die ganze Zeit anzusehen. Ob er wie ein Wahnsinniger gewirkt und die Qualen dadurch verdoppelt hatte?

Frank hingegen hatte es völlig ausgereicht, währenddessen heimlich in der Wohnung zu warten und sich anzuhören, was im Schlafzimmer passierte. Sie hatten nie darüber gesprochen, wieso er nicht selbst zuschlug. Florian vermutete Potenzprobleme oder schlimmere Leiden. Frank hatte einzig darauf bestanden, dass Florian die Wohnung verließ, bevor er die Frauen nähte. Was ihm recht gewesen war, denn sobald er fertig war, hatte er kein Interesse daran gehabt, länger zu bleiben.

Zu Florians letztem Geburtstag vor zwei Monaten hatte ihm Frank medizinisches Nähwerkzeug geschenkt. Es sollte ein Scherz sein, da Frank ja vermutete, dass Florian es nie benötigen würde. Doch nach dessen Märtyrertod hatte er sich verpflichtet gefühlt, es wenigstens einmal auszuprobieren. Und zu seiner eigenen Überraschung hatte es das Vergnügen verlängert. Plötzlich verstand er, wieso Frank in der Wohnung geblieben war. Die Frauen hatten Qualen erlitten, die er sogar noch steigerte. Gleichzeitig *half* die Behandlung den Opfern, weil einige Schnittwunden so tief waren, dass sie genäht werden mussten, um den Blutverlust in akzeptablen Grenzen zu halten. Aber natürlich wussten sie das nicht, wenn sie bei jedem Stich zusammenzuckten, da er die Stellen zuvor nicht betäubte. Ihnen diesen Schmerz zuzufügen war wie ein zuckersüßes Dessert nach einem vorzüglichen Zwei-Gänge-Menü.

Um seine Erregung zu dämpfen, griff er endlich zum Laptop, stellte ihn auf seine Oberschenkel und startete ihn. Er würde nur diese eine Nacht in Rostock verbringen. Deshalb musste er herausfinden, wann die nächsten Fähren nach Litauen fuhren.

Der Computer war nicht passwortgeschützt. Als Hintergrund hatte Irina ein eigenes Foto eingestellt, das Florian fasziniert betrachtete. Es zeigte die Frau bei einem professionellen Fotoshooting. Sie lag auf dem Boden, die Hände unters Kinn platziert. Ein kurzes, schwarzes Kleid schmeichelte ihrem Körper. In der Bauchliegeposition schaute sie verführerisch zum Fotografen. Falls ein Mann die Bilder angefertigt hatte, war der Arbeitstag für ihn bestimmt wie im Flug vergangen. Irina war eine absolute Schönheit, die er besitzen und zerstören könnte.

Hastig öffnete er den Browser und gab ins Google-Suchfeld ›Fähre Litauen‹ ein. Die ihm bereits bekannte Webseite wurde als erstes gesponsortes Ergebnis angezeigt. Florian klickte darauf. Das Check-in für die nächstmögliche Fähre würde morgen Vormittag um acht Uhr beginnen. Drei Stunden später legte das Schiff zu der neunzehnstündigen Überfahrt ab. Er konnte seine Geiseln nicht in Kiel aussetzen, sondern müsste sie mitnehmen. Reichte eine Frau oder wäre es besser, zu dritt zu reisen? Florian beschloss, eine 3-Bett-Außenkabine mit Etagenbetten zu buchen. Das Buchungssystem zeigte ihm an, dass ihm der Unterbringungswunsch erfüllt werden konnte. Er klickte sich durch die weiteren Angebote, bis das System eine Zahlungsmethode verlangte. Seine Kreditkarte kam als Zahlungsmittel nicht infrage. Ob er Irinas Kreditkarte in ihrer Handtasche fand?

* * *

»Warum schreien wir nicht laut um Hilfe?«, flüsterte Svenja.

Ihr Entführer hatte sie nicht geknebelt. Offenbar hatte er bloß ein Paar Handschellen dabei, sodass beide Frauen jeweils eine freie Hand besaßen, mit der sie sich gegenseitig von Knebeln befreien könnten. Hatte er deswegen darauf verzichtet?

»Mein Nachbar ist ein alter Mann und lebt allein. Er ist schwerhörig«, bedauerte Irina.

»Hört uns jemand auf der Straße?«

»Die Fenster sind zu. Da dringt nichts nach draußen. Außerdem: Wie schnell wäre er hier, um uns zu bestrafen?«

Svenja schluckte. Sie musste schwer gegen erneute Tränen ankämpfen. Was hatte sie bloß angestellt?

»Süße?«, fragte Irina. »Was ist los?«

»Er bestraft uns so oder so. Es tut mir unendlich leid.«

»Dich trifft keine Schuld.«

»Er ist durch mich auf dich aufmerksam geworden.«

»Wie ist das passiert?«

Svenja erzählte davon, dass er plötzlich an ihrem Bett gestanden hatte, um alles über Irina zu erfahren.

»Also bin ich es schuld, nicht du«, schlussfolgerte Irina. »Ich hätte dich nicht vorwarnen sollen. Wäre die Polizei einfach bei dir aufgetaucht, wäre der Mistkerl verhaftet und du befreit. Scheiße! Ich bin so dumm!«

»Das stimmt nicht! Ohne dich wäre ich jetzt tot.«

Irina streichelte sanft Svenjas Gesicht. »Wann hat er dich überwältigt?«

»Sonntag. Ich bin vom Bahnhof nach Hause. Als ich ankam, stand ein Lieferwagen vor der Haustür.«

Svenja erzählte stockend, was in den letzten Tagen passiert war. Fassungslos hörte Irina zu. Als Svenja die Tränen nicht weiter zurückhalten konnte, streichelte Irina ihr Gesicht trocken.

»Er ist so unfassbar brutal. Meine Beine. Ich habe nicht getraut, sie mir anzusehen.«

Svenja bemerkte, dass Irinas Blick nach unten rutschte. Aufgrund des weißen Rocks, den sie trug, waren die genähten Stellen verdeckt.

»Tu das nicht!«, warnte Svenja.

»Ich muss«, widersprach Irina. »Du weißt doch, wie ich im Heim war. Sachen, die ich nicht selbst gesehen hab, mal ich mir viel schrecklicher aus, als sie sind. Daran hat sich nichts geändert.«

»Das ist schlimmer, als du es dir ausmalen könntest.«

Irinas freie Hand berührte den Rock. »Darf ich?«

»Lass es.« Aber sie schlug die Hand ihrer Freundin nicht weg.

Nach einem letzten Zögern schob Irina den Stoff hoch.

»Oh mein Gott«, flüsterte sie entsetzt.

»Ich hab dich gewarnt.«

»Wie hast du das ausgehalten? Hat er dich betäubt?«

»Nein. Ich hätte alles für eine Ohnmacht gegeben. Ist mir nicht gelungen.«

Nun weinte auch Irina. Aus Mitgefühl? Oder aus Angst vor dem, was ihr bevorstände?

»Jetzt sind wir zu zweit«, sagte sie irgendwann. »Gemeinsam können wir ihn überwältigen.«

Svenja nickte aufmunternd. Obwohl sie nicht daran glaubte. Sie fühlte sich von der Tortur der vergangenen Tage geschwächt. Außerdem besaß er eine tödliche Waffe und hatte sie gefesselt. Wie sollten sie ihn besiegen, solange ihnen nicht der Handschellenschlüssel in die Finger fiel? Dafür fehlte ihr die Fantasie.

* * *

Die Fähre war gebucht und bezahlt. In knapp achtundvierzig Stunden könnte er sich im Land seiner Großeltern wohler fühlen. Doch bis dahin musste Florian die Zeit totschlagen.

Automatisch dachte er an die Frauen oben im Schlafzimmer. Könnte er sie gemeinsam misshandeln? Gleichzeitig? Die Vorstellung erregte ihn. Allerdings fürchtete er, dass sie einen Moment der Unachtsamkeit ausnutzen würden, um ihn in Schwierigkeiten zu bringen. Nein! Bis übermorgen dürfte er keine unnötigen Risiken eingehen.

Er stand auf und betrachtete die Couch. War sie ausziehbar? Florian schob den Couchtisch beiseite und tastete im Zwischenraum des Polsters nach einem Griff, den er sofort fand. In Irinas Wohnzimmer befand sich also eine Schlafcouch, die ihm ganz neue Möglichkeiten eröffnete. Er lächelte zufrieden, während er die Liegefläche zum Vorschein brachte.

Die Handschellen konnte er nicht einsetzen, denn die Frau, die er nicht misshandelte, musste gefesselt bleiben. Ob er etwas fand, das er für seine Zwecke benutzen konnte? Florian ging in die Küche und überprüfte nacheinander die Schubladen unterhalb der Arbeitsplatte, in denen die Bewohnerin lediglich Geschirr, Töpfe, Pfannen und andere Kochutensilien aufbewahrte. Als er jedoch die Schranktür neben dem Kühlschrank öffnete, schlug das Glückspendel zu seinen Gunsten um. In Augenhöhe lag eine Rolle Panzerband.

* * *

Da Svenja mit dem Rücken zur Tür lag, bemerkte sie zunächst bloß anhand Irinas Reaktion, dass etwas im Busch war. Umständlich drehte sie den Kopf. Ihr Peiniger stand im Raum und hielt eine Rolle Klebeband in der Hand.

»Was haben Sie vor?«, fragte Irina.

Die Angst in ihrer Stimme war unüberhörbar.

Er trat ans Bett und packte Svenjas freies Handgelenk. Verzweifelt versuchte sie, den Arm zu befreien. Er schlug ihr die Faust in die Seite.

»Willst du dich für sie opfern?«, fragte er.

»Nein!«, schrie Irina.

»Ja«, stöhne Svenja.

Doch trotz ihrer Opferbereitschaft nahm er ihre Hand, presste sie gegen die Holzstäbe des Kopfteils und nutzte das Band, um sie zu fixieren. Danach löste er die Schelle, die um ihre andere Hand lag.

»Nehmen Sie mich!«, flehte Svenja.

»Beim nächsten Mal!«

Er drückte ihre zweite Hand ebenfalls ans Bettgestell und wickelte Klebeband darum. Anschließend legte er die freie Schelle um Irinas Handgelenk und verschloss sie.

»Du kommst mit.«

»Nein!«

Er zog sie an den Beinen vom Bett herunter. Svenja musste mit ansehen, wie ihre beste Freundin versuchte, ihrem Schicksal zu entgehen. Ihre Finger verkrallten sich in die Bettwäsche und sie trat nach ihm.

Doch das half alles nichts. Selbst als auch Svenja nach ihm austrat, kostete es ihn bloß einen kleinen Schritt zur Seite, um den Tritten auszuweichen. Er packte Irina und nahm sie in einen Würgegriff. So zog er sie bis zur Tür.

»Es gibt zwei Möglichkeiten«, keuchte er. »Ich stoße dich die Treppe hinunter und wir hoffen beide, dass du das einigermaßen heil überstehst. Oder du wehrst dich nicht weiter.«

»Hilfe!«, schrie Svenja. »Hilfe!« Irgendwer musste sie hören.

»Sei leise!«, zischte er. »Sonst wird es ...«

»Hilfe!«, wiederholte sie. »Polizei! Hilfe!«

Ein lautes Poltern ertönte und Irina stöhnte schmerzerfüllt.

Svenja blickte über die Schulter und sah ihre beste Freundin am Boden liegen. Hatte er sie gegen die Wand geschleudert? Er stapfte ins Badezimmer. Im nächsten Moment rauschte der Wasserhahn. Als der Mann zu ihr zurückkehrte, fielen Wassertropfen auf sie herab. Grob presste er ihr einen nassen Waschlappen in den Mund und band ein Handtuch darüber, das er an ihrem Hinterkopf festknotete. Es war unmöglich, das Teil einfach auszuspucken. Im Gegenteil. Sie musste aufpassen, dass der Waschlappen keinen Würgereiz auslöste.

»Dafür wirst du bezahlen«, warnte er sie.

Tränen liefen ihr die Wangen hinab. Sie hörte, wie er Irina hochzog und anschließend die Stufen hinunterschleppte. Dann war es für eine Weile still.

Gerade, als sie sich einzureden begann, dass es für Irina nicht schlimm würde, vernahm Svenja gedämpfte Schmerzenslaute, die ihre Freundin in immer kürzeren Abständen ausstieß. Offenbar hatte er sie geknebelt, damit sie keine lauten Schreie von sich gab.

Svenja zerrte an dem Klebeband. Doch sie hatte nicht genügend Kraft, um das Panzerband zu lockern. Sogar das Wissen, was er ihrer Freundin antat, verlieh ihr keine Superkräfte. Als sie es nicht mehr aushielt, kroch sie mit ihrem Kopf unter das Federkissen. Von ihrem eigenen Schluchzen abgesehen, war es daraufhin endlich still.

27

Robert Drosten schaute in dem Besprechungsraum des Leipziger Präsidiums auf seine Armbanduhr. Es war fast zwanzig Uhr. Wahrscheinlich würden sie kurz vor Mitternacht in Rostock eintreffen. Die Kompetenzen der *KEG* ließen es zu, dass sie in der Hansestadt ermittelten, ohne vorab das LKA Mecklenburg-Vorpommern oder die Rostocker Polizei zu informieren. Zudem konnten sie eigenmächtig entscheiden, die Leipziger Polizeibeamte als Verstärkung mitzunehmen. Immerhin handelten sie bloß auf einen Verdacht hin. Konkrete Hinweise, dass der Flüchtige mit Svenja dorthin unterwegs war, gab es nicht viele, wodurch sich ihre Informationspflicht einschränkte. Trotzdem spielte Drosten mit dem Gedanken, die Kollegen vor Ort einzuschalten.

»Um diese Uhrzeit erreichen wir die Entscheidungsträger bestenfalls zu Hause bei ihren Familien«, wandte Sommer ein. »Bis wir sie vollständig ins Bild gesetzt haben, ist es morgen früh.«

»Also die Rostocker Polizei?«

Sommer brummte. Allerdings klang es eher ablehnend.

»Du bist dagegen?«, vergewisserte sich Drosten.

»Die schicken einen Streifenwagen vorbei. Im schlimmsten Fall haben wir ein Geiselszenario. Ich bin der Meinung, man muss sich vorwarnungslos Zutritt zu ihrer Wohnung verschaffen. Er darf nicht gewarnt sein.«

Drosten betrachtete über Google Streetview das Haus, in dem Irina Wolf wohnte. Dem Anschein nach eine kleine Mietshaushälfte, die verschiedene Zugriffsmöglichkeiten zuließ.

»Ein Streifenwagen ein paar hundert Meter entfernt platziert?«, schlug Drosten vor. »Die Besatzung behält das Haus im Auge und erstattet uns Bericht.«

»Deinen Glauben an reibungslose Behördenzusammenarbeit finde ich niedlich. Um das anzuordnen, benötigst du wiederum einen kompetenten Entscheidungsträger. Der schon einmal von unserer Behörde gehört hat.«

Drosten wusste, dass Sommer recht hatte. Sie würden niemals bis Mitternacht jemanden ausfindig machen, der das anordnete. Weder beim LKA noch bei der örtlichen Polizeibehörde.

»Wen nehmen wir von den Leipziger Kollegen mit?«, fragte er. »Ich wäre in jedem Fall für Hauptkommissarin Mückenberg.« Den dahinter liegenden Gedanken sprach er nicht laut aus. Sollten Svenja oder Irina in den Händen des Wundennähers sein, wäre es sinnvoll, eine Polizistin dabeizuhaben, die sich um die – vermutlich vergewaltigten – Opfer kümmerte.

»Keller oder Knabe?«

Drosten überlegte. Hauptkommissar Keller war der besonnenere Charakter. Knabe dagegen impulsiver. »Keller«, entschied er.

»Gute Wahl«, stimmte Sommer zu.

»Informieren wir die Kollegen. Starke und Knabe sollen mit Schutzpolizisten zu Safars Wohnung aufbrechen.

Ohne Durchsuchungsbeschluss. Immerhin könnte er Svenja in seinen vier Wänden festhalten. Insofern ist Gefahr im Verzug. Die richterliche Genehmigung holen wir uns, falls sie notwendig wird.«

* * *

Florian brachte die schluchzende Irina zurück ins Schlafzimmer.

»Krieg dich endlich ein!«, schnauzte er.

Es hatte Spaß gemacht, sie zu brechen. Doch jetzt stand er vor einem Berg praktischer Probleme. Am nächsten Vormittag musste er in Kiel sein. Zwar hatte er eine Überfahrt für drei Personen gebucht, aber war es wirklich notwendig, beide Geiseln mitzunehmen? Reichte eventuell eine Frau, während er die andere tötete? Oder wäre es noch besser, ganz allein aufzubrechen?

Er schleppte Irina zum Bett. Svenja betrachtete ihn hasserfüllt. Wann wäre ihnen ihr Überleben gleichgültig? Wie viel Schmerz und Angst ertrugen sie, bevor sie Dummheiten anstellten, die ihn bei der Ausreise nach Litauen behinderten? Er zog ihr das Handtuch vom Kopf. Sie spuckte den Waschlappen aus.

»Leg dich zu deiner Freundin«, befahl er Irina.

»Sie sind ein Monster!«, zischte Svenja.

»Ich weiß. Es war übrigens meine Mutter, die mich zu dem gemacht hat, was ich bin.«

Er hielt ihr Gesicht fest und drückte ihr einen Kuss auf die Lippen. Danach überprüfte er das Panzerband, das sich nicht gelockert hatte.

»Aber wie klingt der Gedanke, dass ihr in achtundvierzig Stunden alles geschafft habt und euer Leben ohne mich weiterführen könnt? Vorausgesetzt, ihr gehorcht meinen Befehlen.«

Keine der Frauen antwortete ihm. Ein schlechtes Omen? Er konnte sie bloß gebrauchen, wenn sie daran glaubten, eine Chance zu haben, das Ganze zu überleben.

Irina krabbelte aufs Bett und rückte nah an ihre Freundin heran. Er nahm eine Hand, öffnete die Schelle und führte die Kette der Fessel durch die Stäbe. Danach fixierte er Irina wieder. Wortlos verließ er das Schlafzimmer. Er musste eine Entscheidung treffen, die vielleicht zwei Menschenleben kostete.

* * *

Hauptkommissar Frank Starke und Kriminalkommissar Knabe hatten beschlossen, auf einen Überraschungsangriff zu setzen.

»Jetzt!«, befahl Starke.

Der in ihrem Schlepptau befindliche Einsatzpolizist, der die handliche Ramme trug, holte aus und hämmerte sie gegen den Türgriff. Dem ersten Schlag hielt die Wohnungstür stand, beim zweiten flog sie aus der Angel.

»Polizei!«, rief Knabe.

Mit schussbereiter Waffe betrat er zuerst die Wohnung. Starke folgte ihm und gab Feuerschutz. Doch ihnen stellte sich niemand entgegen. Nacheinander überprüften sie die drei Zimmer, ohne Anzeichen dafür, dass hier Geiseln versteckt worden waren.

»Fünf Minuten«, sagte Starke. »Solange geb ich uns Zeit, um einen Hinweis zu finden, der eine Durchsuchung berechtigt. Danach ziehen wir uns zurück. Streif Handschuhe über. Alles, was du anfasst, musst du anschließend in die alte Position zurücklegen. Mach keinen Mist!«

»Du kennst mich.«

»Genau das beunruhigt mich. Ich nehme mir das Schlafzimmer vor.«

Starke betrat den Raum. Die Bettdecke war halb zurückgeschlagen. Am Boden lagen keine Kleidungsstücke herum. Er öffnete den Kleiderschrank und bemerkte sofort ein paar auffällige Lücken. Zufall? Oder deutete das auf eine Flucht hin? Immerhin hatte eine Nachbarin berichtet, dass er eine größere Tasche getragen hatte.

Starke hob verschiedene Kleidungsgegenstände an, ohne etwas Wichtiges zu entdecken. Nach dem Schrank war eine Kommode an der Reihe. In der obersten Schublade befanden sich zusammengerollte Socken. Doch als Starke sie ein bisschen zur Seite räumte, entdeckte er verkehrt herum liegende Fotos. Er holte sie hervor und drehte sie um.

»Wir haben ihn!«, rief er.

Knabe kam zu ihm in den Raum. »Was ist das?«

Starke hielt ihm die Aufnahmen hin. »Trophäen!«

Die Fotos zeigten einige der ermordeten Frauen, die gefesselt in ihren Betten lagen. An zahlreichen Stellen des Körpers waren Blut und frische Schnittwunden erkennbar.

»Dieses Schwein!«, schimpfte Knabe.

»Wenigstens war er dumm genug, die Bilder bei der

Flucht zu vergessen. Damit kriegen wir den Beschluss.« Starke holte sein Handy aus der Hosentasche, um den diensthabenden Staatsanwalt zu kontaktieren. »Du fasst jetzt nichts mehr an. Ab sofort geht das den gesetzlich geregelten Weg.«

* * *

Sommer saß am Steuer. Voraussichtlich in zweieinhalb Stunden würden sie an ihrem Zielort eintreffen. Drosten hatte neben ihm Platz genommen, die Leipziger Hauptkommissare hinten im Wagen. In der ersten Stunde hatte sie zuerst den Fall besprochen, ehe Keller dann berichtete, demnächst seine langjährige Partnerin zu heiraten. Gerade als sich Stille zwischen ihnen auszubreiten drohte, klingelte Drostens Handy, das mit dem Multimediasystem des Autos gekoppelt war.

»Das ist Starke«, sagte Mückenberg nach einem Blick auf die übertragene Telefonnummer.

Sommer nahm das Gespräch über die Freisprecheinrichtung an.

»Wir haben den Durchsuchungsbeschluss!«, informierte Starke die nach Rostock reisenden Polizisten. »Der Richter hat ihn gerade eben genehmigt.«

* * *

Mit dem Messer in der Hand betrat Florian das Schlafzimmer. Da Irinas Blick zur Tür gewandt war, sah sie das drohende Unheil zuerst.

»Bitte nicht«, entfuhr es ihr kaum hörbar.

Panisch verdrehte Svenja ihren Körper und blickte über die Schulter.

»Was haben Sie vor?«

Florian antwortete nicht. Er betrachtete die Frauen, die ihm so wehrlos ausgeliefert waren. Sie hatten in der letzten Dreiviertelstunde nicht um Hilfe geschrien. Er ging zum Kopfteil und überprüfte den Sitz des Panzerbandes, das noch immer fest mit der Holzstange verbunden war.

Hatte er ihren Widerstand gebrochen? Akzeptierten sie endlich ihr Schicksal?

»Bewegt euch nicht«, warnte er.

Er führte die Klinge an Svenjas Hals. Ein tiefer Schnitt und sie würde rasch verbluten, während ihre Freundin von dem herausspritzenden Blut besudelt würde.

Ein einziger Schnitt.

Irina sah ihn flehend an. »Lassen Sie uns leben!«

»Beide? Ist das nicht überflüssig?«, erwiderte er lächelnd. Vorsichtig drückte er die Klinge tiefer in Svenjas Haut. Irinas Blick richtete sich auf den Hals ihrer Freundin, an dem Blut hervorquoll.

* * *

»Schau dir das an«, rief Hubertus Knabe, der im Wohnzimmer Safars PC überprüfte.

»Was hast du gefunden?«, erkundigte sich Starke.

»Möglicherweise einen Hinweis, warum er in den Norden fährt«, erklärte er.

Starke blickte ihm über die Schulter. Knabe hatte einen Bilder-Ordner aufgerufen. »Fotos?«

»Von einem Hof oder einem landwirtschaftlichen Betrieb.« Er führte einen Doppelklick auf eines der zahlreichen Fotos aus. Darauf war eine Scheune zu sehen, vor der ein Traktor stand. Auf der Landmaschine saß ein älterer Mann, der ernst in die Kamera sah.

»Ich finde den Hinweis nicht«, bekannte Starke.

Knabe seufzte. Innerlich freute er sich allerdings, dass sein Chef den entscheidenden Punkt übersah.

»Das Dach der Scheune«, gab er einen Tipp.

»Meinst du die Flagge?«

»Genau.«

Am hinteren Giebel wehte eine Fahne mit drei horizontalen Streifen in Gelb, Grün und Rot.

»Jetzt muss ich meine Unwissenheit zur Schau stellen«, brummte Starke. »Zu welchem Land gehört das?«

»Litauen.«

»Sicher? Woher weißt du das?«

»Ich hatte mal was mit einer Frau, die aus Vilnius kam. Der Hauptstadt. Wir haben sogar mal an der Ostseeküste Urlaub gemacht. Wirklich schöne Gegend dort.«

»Findest du Hinweise, um wen es sich bei den Leuten auf den Fotos handelt? Oder um welchen Ort?«

»Nein«, bedauerte Knabe. »Wobei ich auf Familienmitglieder tippen würde. Aber ich habe eine andere Idee.« Er öffnete den Browser und gab den Suchbegriff ›Fährverkehr Litauen‹ ein. »Mist! Ich hatte gedacht, es würde eine Fähre zwischen Rostock und Litauen fahren.«

»Wie weit ist Kiel von Rostock entfernt?«, fragte Starke, als er die Ergebnisse betrachtete.

»Ich schätze zwei bis drei Autostunden.«

»Hat Safar die Seite besucht?«

»Er hat den kompletten Verlauf geleert. Erst kürzlich«, erwiderte Knabe.

»Was erstaunlich ist. Wir sollten die Kollegen informieren.«

Starke griff zu seinem Telefon und wählte zum zweiten Mal an diesem Abend Drostens Nummer. Nach wenigen Sekunden Freizeichen nahm der das Gespräch entgegen.

»Wo sind Sie?«, fragte Starke.

»Wir sind vor einer Minute in der Straße, in der Irina Wolf wohnt, angekommen«, antwortete Drosten. »Im Haus brennen ein paar Lampen, wir haben allerdings noch keine Schemen wahrgenommen.«

»Hier gibt es vielleicht eine interessante Spur«, erklärte Starke den Grund des Anrufs. »In Safars PC haben wir Fotos gefunden, die nach Familienbildern aussehen. Sie deuten darauf hin, dass er familiäre Verbindungen nach Litauen hat, falls wir die Schnappschüsse nicht total fehlinterpretieren. Es gibt zwar keine Fähre, die von Rostock dorthin startet, aber von Kiel besteht die Möglichkeit. Vielleicht nutzt er Rostock als Zwischenstation.«

»Morgen um elf Uhr legt die nächste Fähre ab«, rief Knabe aus dem Hintergrund. »Eventuell überrascht ihr ihn im Schlaf, weil er sich für die große Reise ausruht.«

28

Sie hatten jedes in der Straße geparkte Auto kontrolliert. Safars Fahrzeug stand nicht am Straßenrand. Sommer hatte den eigenen Wagen ungefähr achtzig Meter vom Hauseingang entfernt abgestellt. Nah genug, um Bewegungen im Haus mitzubekommen, und hoffentlich weit genug, um der Zielperson nicht aufzufallen.

Während die untere Etage dunkel war, brannte oben mindestens zwei Lampen. Seitdem sie vor zwanzig Minuten ihren Beobachtungsposten bezogen hatten, war allerdings niemand durch den Lichtschein gelaufen.

Sommer spürte die Ungeduld, die an ihm nagte. »Ich schau mir das Ganze von Nahem an«, beschloss er.

Drosten blickte ihn zweifelnd an. »Er hat vermutlich eine Handgranate. Wir müssen ihn überraschen.«

»Ich habe nicht vor, mich entdecken zu lassen«, beschwichtigte Sommer.

»Den Faktor Zufall können selbst Sie nicht ausschalten«, warnte Mückenberg.

»Wie lang wollen wir denn hier tatenlos rumsitzen? Vielleicht stellt er da drinnen die schrecklichsten Dinge mit den Frauen an.«

»Sei vorsichtig«, ermahnte ihn Drosten.

»Bin ich immer.« Bevor die Leipziger Kollegen widersprechen konnten, öffnete er die Fahrertür und stieg aus.

Außerhalb des Fahrzeuginneren war es herbstlich

kühl – eine Wohltat, nachdem sie auf Mückenbergs Wunsch hin die Fahrt mit geschlossenen Fenstern absolviert hatten. Sommer atmete tief durch, hob als aufmunterndes Zeichen für seine Kollegen einen Daumen und ging zügig in Richtung der Doppelhaushälfte.

Die an den Fenstern und der Terrassentür der unteren Etage von innen angebrachten Jalousien waren nur teilweise heruntergelassen. Sommer lief zunächst am Haus vorbei, eher er fünfzig Meter später umkehrte und in gebückter Haltung zur Terrasse huschte. Aufgrund des Sichtschutzes konnte er keinen Blick ins Wohnzimmer werfen. Gleichzeitig schützte ihn die Jalousie vor der Entdeckung.

Vorsichtig rüttelte er an der verschlossenen Tür. Danach ging er um das Haus herum. Durchs Küchenfenster konnte er zwar hineinsehen, doch er entdeckte nichts von Interesse. Da sie weder eine Ramme noch einen Dietrich dabei hatten, bot die gläserne Terrassenfront die schnellste Möglichkeit, um ins Innere zu gelangen. Klirrendes Glas nähme ihnen allerdings das Überraschungsmoment. Sommer sah jedoch keine andere Gelegenheit, den hoffentlich übermüdeten Täter zu überraschen.

Unbehaglich dachte er an die Handgranate, die sich wahrscheinlich in Safars Besitz befand. Aus Selbstschutzgründen würden sie ihn mit einem gezielten Schuss außer Gefecht setzen müssen, falls der Mann nicht sofort aufgab. Drosten war dazu in der Lage. Doch was traute er den Leipziger Polizisten zu? Würden sie im falschen Moment zögern und den Zugriff gefährden?

Er lief zurück zum Auto, in dem die Kollegen noch immer geduldig ausharrten. Sommer stieg wieder ein.

»Ich konnte nichts erkennen«, teilte er ihnen mit. »Türen und Fenster sind verschlossen. Vor der Terrasse ist eine Jalousie heruntergelassen. Für einen Zugriff ist das unsere größte Chance. Hat zufällig jemand einen Glasschneider in der Tasche?«

»Sollen wir das wirklich riskieren?«, fragte Mückenberg. »Falls er nicht schläft, wird er das hören.«

»Haben Sie eine andere Idee?«, erkundigte sich Drosten.

»Verfügt der Wagen über eine Diebstahlsicherung?«, erwiderte sie lächelnd.

Offenbar *hatte* sie eine Idee.

»Sie wollen den Alarmton nutzen, um das klirrende Glas zu übertönen?«, folgerte Sommer.

»Außerdem wäre es ein menschlicher Impuls, aus dem Fenster in die Richtung zu schauen, aus der die Geräusche kommen«, erklärte sie.

»Respekt!«, lobte Sommer. »Wobei wir für einen solchen Plan etwas zu weit weg stehen.«

Keller deutete mit einer Hand nach vorn. »Stellen Sie sich da in die Einfahrt«, schlug er vor. »Das ist nah genug.«

Sommer startete den Motor, parkte aus und rollte bis zu der Garageneinfahrt.

»Wie teilen wir uns auf?«, fragte Drosten.

»Ich übernehme das Auslösen der Alarmanlage«, sagte Mückenberg. »Schließlich will ich keinem testosterongeschwängerten Mann den Spaß stehlen, Cowboy zu spielen.«

»Und ich opfere meine Lederjacke«, meinte Sommer. »Vielleicht dämpft sie das Klirren.«

* * *

Die drei Männer bezogen ihre zuvor abgesprochenen Positionen an der Terrassentür. Sommer hielt die Jacke in der Hand. Er würde mit dem Pistolengriff das Glas zerschlagen. Keller stand neben ihm und war dafür zuständig, schnellstmöglich die Glasstücke aus dem Türrahmen zu entfernen. Drosten gab ihnen Feuerschutz.

Angespannt wartete Sommer. Er wusste, wie viel bei ihrem Zugriff schiefgehen konnte. Im schlimmsten Fall würde Safar die Handgranate zünden und sie alle in den Tod reißen.

Plötzlich erklang die laute Sirene. Sommer holte aus und schlug zu. Das Glas splitterte und zumindest teilweise überdeckte die Alarmanlage das Klirren. Außerdem bestand die Vermutung, dass die Geräusche vom Versuch stammten, ins Auto einzubrechen. Hastig entfernten Sommer und Keller gemeinsam Glasreste. Dann fasste Sommer ins Innere, ignorierte das Klappern der Jalousie und legte den Türgriff um. Er stieß die Tür auf, zwängte sich an den Lamellen vorbei und richtete seine Waffe ins Wohnzimmer. Keller und Drosten folgten ihm.

Von draußen und auch aus der oberen Etage drang genug Licht zu ihnen, um die ausgezogene Couch in der Mitte des Raums zu erkennen. Doch niemand lag darauf. Sie warfen einen kurzen Blick in die Küche, bevor sie sich nach oben wandten. Noch immer lärmte die Sirene und bot Ablenkung.

Sommer huschte in gebückter Haltung die Stufen

hoch. Mit der freien Hand signalisierte er den anderen Männern, unten stehenzubleiben, um sich gegebenenfalls vor der Explosion in Sicherheit zu bringen.

»Polizei!«, schrie er.

Im Schlafzimmer brannte eine Stehlampe. Abgerissenes Klebeband lag am Boden vor dem Bett. Menschen hielten sich nicht in dem Raum auf. Da die Tür zum Badezimmer offenstand, sah er sofort, dass auch dort niemand lauerte.

»Keiner da!«, rief er nach unten.

Mittlerweile nervte ihn das Sirenengeheul. Er riss das Fenster auf und winkte mit seinem Arm. Sekunden später verstummte die Alarmanlage.

Sommer trat ans Bett heran. Um keine Fingerabdrücke zu verwischen, ließ er das Klebeband liegen. Stattdessen schlug er die Bettdecke beiseite.

»Scheiße«, flüsterte er.

Ein paar eingetrocknete rote Flecken verunstalteten das hellgraue Spannbettlaken.

»Komm mal her!«, rief Drosten. »Wir sind auf der richtigen Spur, aber leider zu spät.«

Sommer lief die Stufen wieder hinunter. Mittlerweile erhellte die Deckenleuchte das Zimmer. Das, was er vorher aufgrund der Lichtverhältnisse nicht sehen konnte, stach ihm nun ins Auge. Auf der hellblauen Liegefläche der Ausziehcouch gab es deutlich größere Blutflecken, die noch nicht eingetrocknet waren.

»Er hat sie misshandelt und ist vermutlich anschließend mit ihnen abgehauen«, sprach Drosten die offensichtlichste Erklärung für die Spurenlage aus.

»Oben im Bett habe ich ebenfalls Blutspritzer gefunden«, sagte Sommer. »Allerdings nicht in diesem Ausmaß.« Er kniete sich zu Boden. »Das hier kann nicht vor Ewigkeiten passiert sein. Dafür ist das Blut zu wenig in den Stoff eingezogen. Wir müssen herausfinden, ob die Spur nach Litauen zutreffend ist. Nicht, dass wir einer Fata Morgana hinterherjagen und ihm das Untertauchen ermöglichen.« Sommer stand wieder auf und schaute sich um. »Vielleicht finden wir einen Laptop oder ein Tablet, in dem wir mehr erfahren. Los! Uns rennt die Zeit davon.«

* * *

Florian schaute in den Rückspiegel. Im letzten Moment hatte er entschieden, beide Frauen mitzunehmen. Svenja die Kehle aufzuschneiden, hätte Irinas Überlebenshoffnung wohl endgültig zerstört – wodurch die Drohung, sie in die Luft zu jagen, ihre Wirkung verloren hätte.

Nun fuhren sie mitten in der Nacht in Irinas Auto nach Kiel. Er hatte die Frauen an den Händen miteinander verkettet und eine Decke über sie gelegt. Sollten sie in eine Polizeisperre geraten, würde er erbarmungslos einen explosiven Schlussstrich ziehen. Irinas Laptop lag auf dem Beifahrersitz. Nach jeweils einer halben Stunde hatte er einen Autobahnrastplatz angesteuert und den Computer gestartet, der dank einer SIM-Karte mobiles Internet bot. *Bild online* berichtete noch nicht von einer groß angelegten Fahndung oder seltsamen Vorfällen in Rostock. Natürlich bedeutete das nichts, doch er hatte keine andere Möglichkeit, sich zu informieren.

Um halb zwei fuhr er erneut auf einen Rastplatz. Laut Navi wären sie in einer Dreiviertelstunde bereits am Kieler Hafen – und somit viel zu früh vor Ort. Außerdem spürte er bleierne Müdigkeit. Er musste eine Weile ausruhen, bevor er die letzte Etappe in Angriff nahm.

Florian fand einen freien Parkplatz am Ende der beinah leeren Anlage, kurz vor der Autobahnzufahrt. Lediglich drei Lkws standen hier. An allen drei Fahrzeugen waren die Kabinen verdunkelt. Er schaltete den Motor ab. Schon bei Fahrtantritt hatte er die hinteren Türen verriegelt. Trotzdem war das keine Garantie dafür, dass die Frauen keinen Fluchtversuch unternehmen würden.

»Hört mir genau zu!«

Sie kannten sein Vorhaben, in Kiel eine Fähre zu nehmen, um nach Litauen zu gelangen. Wahrscheinlich bauten sie auf sein Versprechen, sie in dem baltischen Land freizulassen. Florian wartete, bis sie ihn beide ansahen.

»Wir dürfen nicht zu früh am Hafen sein. Ich ruhe mich deshalb ein bisschen aus. Aber ich kann euch keine Gelegenheit geben, mich im Schlaf zu überwältigen. Darum muss ich euch jetzt in den Kofferraum einsperren.«

»Nein«, jammerte Irina. »Das ist zu eng! Da krieg ich Panik!«

»Die solltest du im Zaum halten. Es ist unvermeidlich. Tut mir leid.« Er brachte sogar ein bedauerndes Lächeln zustande. »Mir ist mein Überleben egal. Die Bullen jagen mich und ich werde garantiert nicht im Knast versauern. Ihr seid beide schlank. Ja, es wird unbequem, aber ihr schafft das. Es ist nur für ein paar Stunden. Bei dem kleinsten Versuch, einen der schlafenden Trucker auf eure Notsituation aufmerksam zu machen, jage ich uns alle in die Luft. Kapiert?«

Svenja nickte zögerlich, Irina hingegen stand die nackte Panik in den Augen. Sie weinte.

»Bitte«, flüsterte sie. »Ich pack das nicht!«

Schauspielerte sie? Oder bestand wirklich die Gefahr, dass sie die Nerven verlor?

»Du blöde Fotze!«, zischte er wütend. »Mach es nicht unnötig kompliziert.«

»Sie können nur mich im Kofferraum einsperren«, schlug Svenja vor. »Wenn Sie Irinas Hände hinter dem Rücken fesseln, kann sie Ihnen nichts antun.«

Florian stöhnte genervt. Er fürchtete, dass Irina Schwierigkeiten bereitete, falls er nicht auf ihre Panik einging. »Solltet ihr meine Gutmütigkeit ausnutzen, werdet ihr das bitter bereuen.«

29

Um ihm den Eindruck zu vermitteln, dass sie schlief, hielt Irina die Augen geschlossen und versuchte, gleichmäßig zu atmen. Doch an Schlaf war überhaupt nicht zu denken. Die Stellen, an denen er sie erst geschnitten und später genäht hatten, pochten qualvoll. Ihr Unterleib brannte. Aber am Schlimmsten empfand sie die Todesangst. Die Mischung aus diesen Faktoren verhinderte jede Müdigkeit.

Er versprach, sie in Litauen nach der Fährüberfahrt lebend auszusetzen. Irinas Verstand warnte sie jedoch, dass er das nicht tun würde. Sie könnten zur Polizei und ihn verraten. Ohne ihre Zeugenaussagen wüssten die Ermittler möglicherweise nichts von seinem Fluchtweg. Zumindest würde sie an seiner Stelle darauf spekulieren.

War er bereit, sie alle in den Tod zu schicken? Würde er die Handgranate zünden, sobald er sich in die Ecke gedrängt fühlte? Oder war sein Überlebenswille ihre beste Chance, dem Ganzen zu entkommen?

Irina dachte an Svenja. Was hatte das arme Mädchen bloß für schreckliche Torturen erlitten? Ihre Beine hatten fürchterlich ausgesehen. Sollten sie das überleben, würde Irina darauf bestehen, dass Svenja nach Rostock zog, die beiden sich eine gemeinsame Bleibe suchen und gegenseitig aufeinander aufpassen würden.

Plötzlich hörte sie ein dezentes Schnarchen. Spielte der Perverse mit ihr oder war er tatsächlich eingeschlafen?

Sie öffnete nicht sofort die Augen, sondern wartete fünf Minuten. Der Kerl schnarchte unregelmäßig. Es klang zu echt, um gespielt zu sein. Endlich wagte sie es, nach vorn zu blicken.

Er schlief!

War das ihre Chance, zu entkommen? Aber wie sollte sie das anstellen? Er hatte die hinteren Fahrzeugtüren per Kindersicherung von innen verriegelt. Ihre Hände waren am Rücken mit Handschellen gefesselt. Sie müsste sich aufsetzen und an die Tür rutschen, um in ihrer eingeschränkten Bewegungsfreiheit irgendwie an den Türgriff zu gelangen und die Sicherung zu deaktivieren. Wie tief schlief er? Was wäre mit Svenja, wenn Irina es tatsächlich nach draußen schaffen würde?

Es nicht auszuprobieren, kam jedoch nicht infrage. Irina atmete einmal durch, bevor sie begann, vorsichtig aus der Liegeposition ins Sitzen zu wechseln.

* * *

Warum dauerte das so lang? Drosten schaute verärgert auf die Armbanduhr. Mittlerweile war es vier Uhr morgens. Seit Stunden versuchten sie, bei der Fährgesellschaft jemanden zu erreichen, der ihnen Auskunft über Buchungen gab, die den heutigen Tag betrafen.

Innerhalb der nächsten sechzig Minuten müsste Drosten eine Entscheidung treffen. Fuhren sie zu viert auf Verdacht nach Kiel und überließen den Rostockern Kollegen, die mittlerweile am Tatort zahlreich eingetroffen waren, die Ermittlungen vor Ort?

Ein Schutzpolizist kam in die kleine Doppelhaushälfte hinein, schaute sich kurz um und steuerte dann Drosten an.

»Wir haben den Wagen des Verdächtigen gefunden«, sagte er zufrieden.

»Wo?«, fragte Drosten.

»Vier Straßen entfernt in einer Seitenstraße abgestellt.«

»Gute Arbeit!«, lobte Drosten. Es hatte sich gelohnt, einige Polizisten die weitere Umgebung absuchen zu lassen. »Und Frau Wolfs Fahrzeug?«

»Bislang keine Spur.«

Also nutzte der Flüchtige Irinas Auto. Drosten beschloss, den Wagen zur Fahndung auszuschreiben. Allerdings mit dem deutlichen Hinweis versehen, dass die Insassen nicht in einer unkontrollierten Situation gestoppt werden durften. Safar hatte wahrscheinlich mindestens eine Handgranate dabei. Sollte er sie zünden, musste zumindest gewährleistet sein, dass keine Unbeteiligten zu Schaden kamen. Erneut schaute er auf seine Armbanduhr.

* * *

Mittlerweile saß Irina aufrecht. Ihr Peiniger schlief noch immer. Zur Tür trennten sie keine fünfzig Zentimeter. Sie musste es einfach schaffen!

Vorsichtig rutschte sie ein kleines Stück nach links. Dann bemerkte sie das fehlende Schnarchen. Wachte er auf? Was würde er mit ihr machen, wenn er sie bei einem Fluchtversuch erwischte?

Er bewegte sich im Sitz. Es wirkte, als würde er jede Sekunde aufwachen.

»Ahh«, stöhnte Irina. »Ich habe einen Krampf.«

Im Innenspiegel sah sie, wie er die Augen aufschlug, einen Moment orientierungslos aussah und dann hektisch seinen Kopf herumdrehte.

»Was machst du da?«, fragte er wütend.

»Wadenkrampf«, flüsterte sie und versuchte, leidend zu klingen. »Scheiße! Das tut höllisch weh!«

Er betrachtete sie misstrauisch. »Verarschst du mich?«

»Linke Wade«, erwiderte sie. »Bitte massieren!« Sie streckte das Bein aus und schlug es zweimal gegen die Mittelkonsole. Hoffentlich berührte er sie nicht, denn er würde sofort merken, dass ihre Wade kein bisschen verhärtet war.

Tatsächlich lächelte er bloß hinterhältig.

»Ja, so ein Krampf ist fies. Aber irgendwann ist er auch vorbei.«

Erneut hämmerte sie das Bein gegen die Mittelkonsole und stöhnte. Ihr Peiniger zwinkerte ihr zu und stieg aus, blieb jedoch eine Weile an der Tür stehen. Ob er die Lage überprüfte? Schließlich trat er ums Fahrzeug herum und öffnete den Kofferraum. Als er die Klappe zuwarf, konnte Irina Svenja im Rückspiegel sehen. Er führte sie ins Auto.

»Setz dich richtig hin!«, befahl er Irina.

»Alles gut bei dir?«, fragte Svenja besorgt.

»Wadenkrampf«, presste sie hervor. »Ist fast vorbei.«

Sie setzte sich aufrecht hin. Sekunden später öffnete

er die hintere Tür, drückte Irina grob ein Stück nach vorn und schloss eine der beiden Schellen auf.

»Fessle dich an sie!«, befahl er Svenja.

Um ihr Schauspiel noch glaubhafter zu gestalten, massierte Irina die vermeintlich schmerzende Wade. Kaum hatte Svenja die Schelle zugedrückt, überprüfte der Peiniger den festen Sitz.

»Wir brechen jetzt zu unserer letzten Etappe auf. Bald habt ihr es geschafft! Vorausgesetzt, ihr macht am Hafen keinen Fehler.« Um seine Worte zu untermauern, holte er die Granate aus seiner Jackentasche. »Sonst heißt es nämlich: Bumm! Dann zerteilen sich eure wunderschönen Körper in Tausende hässliche Fleischfetzen und vereinigen sich mit mir.«

* * *

»Vielen Dank!«, sagte Sommer und beendete das Telefongespräch.

»Unsere Vermutung trifft zu«, erklärte er Drosten, Keller und Mückenberg. »Das war die Fährgesellschaft. Gestern Abend wurden für die Passagiere Florian Safar, Irina Wolf und Svenja Rost eine Drei-Bett-Kabine auf der Fähre nach Litauen gebucht. Bezahlt mit der Kreditkarte von Wolf. Das Check-in-Prozedere beginnt um acht Uhr, das Schiff legt um elf Uhr zu einer neunzehnstündigen Überfahrt ab.«

»Dann sollten wir uns beeilen!«, meinte Keller. »Ohne Stau schaffen wir es locker, rechtzeitig da zu sein.«

»In Kiel sitzt das LKA Schleswig-Holstein. Vielleicht

ist das unser großes Glück«, sagte Drosten. »Ich versuche auf der Fahrt, dort jemanden zu erreichen und die Situation zu erklären. Unter allen Umständen muss das Ablegen der Fähre verhindert werden. Am besten, das Checkin findet nicht statt. Hoffentlich haben die Kieler Kollegen eine Idee, wie man Safar und seine Geiseln von den anderen Fahrgästen abschottet. Los jetzt!

30

Um halb acht hatte sich bereits eine beträchtliche Schlange an dem Deck gebildet, von dem die Fähre ablegte. Vor ihnen standen mindestens zwei Dutzend Fahrzeuge, hinter ihnen füllte sich die Fläche ebenfalls.

Florian trommelte gegen das Lenkrad. In ungefähr vierundzwanzig Stunden würde er sich freier fühlen. Sobald er in Litauen ein einsam gelegenes Waldgebiet erreichte, würde er die Frauen gnadenlos erstechen. Zumindest eine von ihnen zuvor zum letzten Mal vergewaltigen. Anschließend verschwänden sie im litauischen Waldboden und würden dort hoffentlich verrotten.

Doch bis dahin musste er aufmerksam bleiben. Er musterte im Rückspiegel die Autos, ob er eine ungewöhnliche Aktivität wahrnahm.

* * *

Der Hafen verfügte über ein hohes Bürogebäude, von dem man eine perfekte Aussicht auf die wartenden Fahrzeuge hatte. Der Verantwortliche der Hafengesellschaft hatte ihnen ein Büro in der fünften Etage zur Verfügung gestellt. Die vor Ort anwesenden Mitglieder der Soko und insgesamt vier Kieler LKA-Kommissare musterten mit Ferngläsern die Auto- und Lkw-Kolonnen. Das LKA hatte zusätzlich zehn in zivil gekleidete Polizisten an unterschiedlichen Stellen positioniert. Sobald sie das Fahrzeug ausfindig gemacht hatten, würden sie ihr Vorgehen beim Zugriff besprechen. Wobei es für Lukas Sommer keinen Zweifel gab, dass er ihn am Ende eigenverantwortlich ausführen würde. Er hatte zu viele Frauenleichen gesehen, um die Verhaftung einen Kieler Kollegen vornehmen zu lassen. Dabei ging es ihm nicht um die Lorbeeren, sondern er wollte sicherstellen, dass der Serienmörder keine weiteren Unschuldigen in den Tod reißen konnte.

»Es ist jetzt acht«, sagte der Hafenbetreiber. »Wir müssten die Schranken hochfahren.«

»Nein!«, widersprach Drosten energisch.

»Vielleicht ist er noch gar nicht auf dem Gelände«, wandte der Beschäftigte ein.

»Mir egal!« Drostens Tonfall ließ keine weiteren Einwände zu.

»Die Autos stehen so nah beieinander!«, fluchte Sommer. »Man erkennt die verdammten Kennzeichen kaum.«

* * *

Warum begann das Einschiffen nicht? Es war fünf nach acht. Was hatte die Verzögerung zu bedeuten?

Florian spürte, dass etwas im Busch war.

»Fuck!«, fluchte er leise.

Im Rückspiegel betrachtete er die Frauen, die nach unten schauten. Doch er hatte zuvor genau bemerkt, wie Irina einen Blick nach draußen geworfen hatte

»Macht euch lieber keine Hoffnungen!«, zischte er.

Weitere Minuten vergingen. Sein Herzschlag beschleunigte sich. Er drehte den Zündschlüssel, um das Fenster zur Hälfte hinunterzulassen. Das Gefühl, keine Luft zu bekommen, verschwand trotzdem nicht.

Schließlich hielt er es im Fahrzeuginneren nicht mehr aus. Er öffnete die Tür, stellte sich nach draußen und blickte umher.

* * *

»Da ist er!«, rief Sommer.

Safar hatte einen Fehler gemacht und war ausgestiegen. Nervös schaute er sich um. Sommer prägte sich seinen Standort genau ein.

»Ein Himmelreich für einen Scharfschützen«, meinte Keller.

Doch ein Polizist, der Safar auf der aktuellen Entfernung gezielt ausschalten könnte, gehörte nicht zu ihrem Team.

»Ich schlage vor, Sie beginnen nun das Einschiffen«, sagte Sommer. »Allerdings langsam. Ihre Mitarbeiter sollen die Tickets penibel überprüfen.«

»Was hast du vor?«, fragte Drosten.

»Ich nähere mich von hinten und zieh ihn heraus.«

»Ohne Unterstützung?«

»Je mehr Leute sich auf das Auto zubewegen, desto auffälliger wird es.« Sommer wandte sich einem LKA-Beamten zu. »Geben Sie Ihren Männern Anweisungen. Sie müssen bereit sein, in Sekundenschnelle Unbeteiligte aus dem Gefahrenbereich zu evakuieren. Ich schicke Drosten eine Handynachricht, sobald es so weit ist.«

Der Mann nickte.

»Bring dich nicht in Lebensgefahr«, warnte Drosten.

»Momentan schweben Dutzende Unschuldige in höchster Gefahr«, entgegnete Sommer. »Das ist mein Job.« Er legte das Fernglas zu Boden und rannte aus dem Raum.

* * *

Endlich begann das Check-in-Prozedere.

Florian setzte sich wieder hinters Steuer. Die Kolonne kam ein kleines Stück vorwärts, ehe sie stoppte. In den nächsten Minuten ging es quälend langsam weiter. Um die Nervosität zu dämpfen, überprüfte er zum wiederholten Mal die ausgedruckten Tickets.

»Gleich um Hilfe zu schreien, wäre der größte Fehler, den ihr machen könnt«, warnte er die Geiseln.

* * *

Am liebsten hätte Irina ihm entgegengebrüllt, dass sie genau das vorhätte.

Um dem Kontrolleur die Fahrkarten zu zeigen, musste der Mistkerl das Fenster absenken. In diesem Moment würde sie losschreien und gleichzeitig ihre gefesselte Hand in die Höhe reißen.

Wenn er den Mut zu sterben besaß, wäre es Sekunden später vorbei. Doch Irina hoffte auf seinen Überlebenswillen. Egal, wie es ausging, sie würde nicht in einem Land krepieren, zu dem sie keinen Bezug hatte.

Hoffentlich verzieh Svenja ihr diese eigenwillige Entscheidung.

* * *

Sommer nutzte die abgestellten Fahrzeuge als Deckung und huschte von einem Heck zum nächsten. Von manchen Wartenden nahm er die verwunderten Blicke wahr, aber bislang war niemand ausgestiegen oder hatte durch ein Hupen auf ihn aufmerksam gemacht.

Vier Wagen vor ihm entdeckte er Irinas Auto. Darin saßen drei Menschen. Safar am Steuer. Zwei Frauen, bei denen es sich hoffentlich um Irina und Svenja handelte, auf der Rückbank.

Erneut fuhr die Kolonne eine Wagenlänge vorwärts. Nur noch zwei Fahrzeuge, dann stände Safar an der Schranke. Ging der Vorgang zu schnell vonstatten?

Als er einen weiteren Wagen passiert hatte und dem neugierigen Fahrer seinen Dienstausweis entgegenstreckte, traf Sommer eine Entscheidung. Inzwischen war er nah genug, um den unbenutzten Gurt auf der Fahrerseite zu erkennen. Wenn ihm der Überraschungszugriff gelang, könnte er die Tür aufreißen und Safar hinauszerren, bevor er ihn außer Gefecht setzt. Er zog sein Handy aus der Tasche und tippte eine kurze Nachricht an Drosten.

Jetzt!

* * *

Noch einmal fuhr Florian den Wagen ein Stück vorwärts. Ein letzter Passagier, bevor sie an der Reihe waren. Er kuppelte nicht aus, sondern drückte stattdessen das Kupplungspedal mit leichtem Fußdruck dauerhaft hinunter.

Der Kontrolleur schien ewig zu benötigen und betrachtete neben dem Ticket auch den Personalausweis des Mannes, der momentan an der Reihe war. Ob das etwas mit dem litauischen Kennzeichen zu tun hatte?

»Seid ihr brav?«, fragte Florian leise.

»Ja«, erklang Svenjas Stimme.

Irina verweigerte eine Antwort.

Als er ihren Blick suchte, riss jemand die Fahrertür auf. Eine Faust traf Florians Kinn. Im nächsten Moment packte ihn eine grobe Hand an der Schulter.

Sein Fuß glitt vom Kupplungspedal.

»Hilfe!«, schrie Irina. »Hilfe!«

Der Wagen machte einen unkontrollierten Satz nach vorn und prallte auf das Heck des Litauers. Florian fiel aus dem Sitz und schlug hart am Boden auf. Panisch griff er in seine Jackentasche.

* * *

Sommer hatte nicht mit dem Satz gerechnet, den der Wagen vollführte.

Instinktiv sprang er zur Seite und verlor bei dieser Bewegung das Gleichgewicht. Der Verdächtige landete unterdessen auf dem Boden.

Fast gleichzeitig rappelten sie sich auf. Sommer zog seine Pistole aus dem Holster.

»Hände hoch!«, schrie er.

Doch Safar reagierte gedankenschnell und brachte die Granate zum Vorschein. Sein Daumen lag im Sicherheitsring. Er musste einfach ruckartig ziehen, um die tödliche Detonationskraft zu aktivieren.

Schreie erklangen, Autotüren wurden hektisch geöffnet und Befehle gebrüllt. Der Passagier, der vor ihm in der Reihe stand, rannte zusammen mit dem Ticketkontrolleur in Richtung des Schiffs. Die beiden Geiseln hingegen saßen noch immer im Auto. Konnten sie sich nicht eigenständig befreien?

* * *

Es war vorbei. Nun ging es bloß darum, möglichst effektvoll abzutreten.

Sollte er die Granate bis zur Explosion in den Händen halten?

Oder könnte er Unschuldige treffen?

Da ihn der Bulle erschießen würde, beschloss er, Unbeteiligte in den Tod mitzunehmen. Sein Daumen zuckte.

* * *

Der Mörder riss den Sicherheitsring ab.

Sommer reagierte gedankenschnell. Er feuerte und traf Safar in der Schulter. Der ließ daraufhin die Granate fallen.

Sommer schoss ein zweites Mal. Im nächsten Moment sackte der Serienmörder zu Boden. Hoffentlich würde sein Körper einen Teil der Explosionswucht absorbieren. Sommer hechtete nach hinten und suchte Schutz hinter einem der mittlerweile verlassenen Fahrzeuge.

Die Granate explodierte laut krachend. Die Schockwelle der Detonation stieß zwei Pkw um, löste Alarmanlagen aus und Sommer spürte die sengende Hitze des Feuerballs. Die Stoßstange des Autos, hinter dem er in Deckung gegangen war, rammte ihn an der Schulter und er stürzte der Länge nach hin.

Als er sich Sekunden später aufrappelte, näherten sich bereits die ersten Polizisten.

Von Safar war nichts zu sehen. Irinas Wagen war seitlich umgekippt. Sommer humpelte dorthin und versuchte, die verzogene Tür aufzureißen. Doch er konnte nicht genug Kraft aufwenden, weswegen es ihm misslang. Er lief zum Heck, dessen Scheibe zersprungen war.

»Frau Wolf!«, schrie er. »Frau Rost! Geht es Ihnen gut?«

»Ja«, erklang eine schwache Stimme. Gefolgt von einem verzweifelten: »Svenja?«

31

In einem Fahrzeug machten sich Sommer und Drosten zwei Tage später von Leipzig auf den Weg nach Wiesbaden. Sommer hatte Drosten das Steuer überlassen.

Von dem Täter abgesehen war am Hafen niemand getötet worden. Svenja hatte sich den Kopf angeschlagen und eine hässliche Platzwunde davongetragen. Eine Gesichtshälfte war blutüberströmt gewesen, wodurch Irinas verzweifelter Ausruf überhaupt erst entstanden war.

Die Frauen erholten sich momentan in einem Kieler Krankenhaus von den Strapazen. Sie lagen in einem Doppelzimmer und schmiedeten Zukunftspläne. Offenbar planten sie, sich eine gemeinsame Wohnung zu suchen. Ihre Aussagen hatten manche Wissenslücken der Soko geschlossen. Durch Safars Tod konnten nicht alle Fragen geklärt werden. Doch zumindest war es der KEG gelungen, zwei zusammenarbeitende Serienmörder aus dem Verkehr zu ziehen.

»Ich wüsste zu gern, wie sie den Entschluss gefasst hatten«, wünschte Drosten nicht zum ersten Mal. »Man geht nicht einfach zu seinem Freund und schlägt ihm vor, Frauen zu quälen, bevor man sie tötet.«

Sie standen etwa achtzig Kilometer hinter Leipzig in einem Stau.

»Ich fürchte, das werden wir nie erfahren.«

»Wir könnten so viel lernen für zukünftige Fälle. Mörderische Partner sind zwar selten, aber bei den Darknetermittlungen haben sich auch manche Täter gegenseitig geholfen. Vielleicht wird das immer häufiger ein richtiges Problem.«

Das LKA Sachsen hatte die Nachforschungen in Leipzig an sich gezogen. Sommer hoffte, dass sie Hinweise fänden, wie die beiden Männer kommuniziert hatten. Stießen sie in Safars Vergangenheit, die sie bis in die kleinste Ritze durchleuchten würden, auf eine Erklärung für seine Taten?

Sein in der Hosentasche steckendes Handy vibrierte. Er zog es heraus und las die Nachricht, die ihm sein Sohn Jeremias geschickt hatte. Die beiden chatteten mehrere Minuten miteinander.

»Mein Sohn freut sich über meine Rückkehr«, sagte Sommer schließlich, bevor er das Telefon wegsteckte. »Und seine Mutter angeblich auch.«

Drosten lächelte. »Ich hoffe, das gilt auch für meine Melanie.«

»Der Plan, durch die Gründung der KEG mehr Zeit zu Hause zu verbringen, geht wohl gründlich schief.«

»Momentan ist der Wurm drin.«

»In deiner Ehe?«, fragte Sommer.

Drosten brummte. Weder zustimmend noch ablehnend. »Melanie hat mir gestern Abend Bescheid gegeben. Sie beginnt demnächst einen neuen Job. Als Betreuerin in einem Kinder- und Jugendheim. Sie fängt am Monatsersten auf Aushilfsbasis an, da sie ja keine entsprechende Ausbildung vorweisen kann.«

»Du klingst nicht gerade begeistert.«

»Ich weiß es nicht«, bekannte Drosten. »So wie ich sie

einschätze, wird sie das Schicksal der Heiminsassen emotional mitnehmen. Sie daran erinnern, dass sie keine eigenen Kinder bekommen konnte. Was in der Vergangenheit für sie ein größeres Problem war als für mich. Gepaart mit einem oftmals abwesenden Ehemann sehe ich Probleme auf uns zukommen.«

»Und der Job in der Buchhandlung?«

»Den hat sie gekündigt. Wobei der Inhaber darüber glücklich war, denn er leidet unter einbrechendem Umsatz.«

»Ich schätze, die neue Herausforderung wird ihr guttun«, vermutete Sommer. »Vielleicht lässt es sie sogar ein bisschen vergessen, wie oft du unterwegs bist.«

»Was ist mit Jennifer und dir?«

Sommer zuckte die Achseln. »Jedes Mal, wenn ich ein paar Wochen am Stück zu Hause bin, kommen wir uns sehr nah. Doch das vergeht wieder, sobald ich länger auf Dienstreisen war.«

»Dann lass uns gemeinsam hoffen, in nächster Zeit lediglich mit der Nacharbeit zum Wundennäher-Fall beschäftigt zu sein. Würde uns beiden zugutekommen.«

Sie erreichten das Ende des von einer Tagesbaustelle verursachten Staus. Drosten beschleunigte vorsichtig und schaute auf die vom Navigationsgerät berechnete Ankunftszeit. In gut drei Stunden wäre er endlich daheim.

Über den Autor

Marcus Hünnebeck wurde 1971 in Bochum geboren und lebt inzwischen als freier Autor in Leipzig.

Im März 2001 erschien mit *Verräterisches Profil* sein erster Thriller, 2003 und 2004 folgten *Wenn jede Minute zählt* und *Im Visier des Stalkers.*

Seit 2013 ist er hauptberuflich als Schriftsteller tätig. Zu seinen Werken zählen unter anderem die Reihen über die Kommissare Peter Stenzel, Katharina Rosenberg, Robert Drosten und Lukas Sommer.

Außerdem ist Hünnebeck noch an der jeweils vierteiligen Serie *Mordkommission Leipzig* beteiligt, die bereits in zwei Staffeln vorliegt.

Sein Thriller *Der Wundennäher* war 2018 Finalist beim Kindle Storyteller Award. *Rachekrieger* und *Geisterfahrer* erreichten 2019 Platzierungen in der BILD-Bestsellerliste Belletristik.

Marcus Hünnebeck

Rachekrieger

Wenige Tage nach seinem Gefängnisausbruch entführt ein Serienmörder die frisch verheiratete Frau des Leipziger Hauptkommissars Maik Keller. Er zerrt sie in seinem Unterschlupf vor eine Kamera, drückt ihr eine Pistole an den Kopf und schießt. Dann stoppt das Video abrupt. Der Film verbreitet sich rasend schnell im Internet. Währenddessen stellt sich der Polizei die quälende Frage: Wurde die Braut wirklich getötet?

Taschenbuch, 280 Seiten, € 11,00 [D]
ISBN 978-3-96357-141-1

Elke Bergsma

Meeresklagen

Nach einem Containerunglück auf der Nordsee wird an der Knock bei Emden die Fracht angeschwemmt – mit einem einzelnen, ganz offensichtlich zu einem Leichnam gehörenden Arm. Erste Spuren führen Büttner und Hasenkrug in den Krummhörner Küstenort Loquard sowie zu einem jüngst aus einer Papenburger Werft überführten Kreuzfahrtschiff. Doch dann stellt sich heraus, dass es sich bei dem Opfer um einen als vermisst gemeldeten höheren Ministerialbeamten handelt.

Taschenbuch, 280 Seiten, € 11,90 [D]
ISBN 978-3-96357-112-1

Salim Güler

Unwürdig

Judith ist eine einsame Frau, die keine Freunde hat, eine Außenseiterin, die ihr Leben lang gemobbt wurde. Sie lernt einen Mann kennen und verfällt ihm, ohne zu ah-nen, dass sie nur ein weiteres Opfer ist, das in die Hände eines psychopathischen Sadisten gelangt.
Die Kommissare Nele Blum und Tom Hardt jagen diesen Psychopathen, der ihnen von jedem neuen Opfer das rechte Ohr als Paket schickt. Solange es keine Leichen gibt, hoffen sie, dass die Opfer noch am Leben sind.

Taschenbuch, 320 Seiten, € 11,90 [D]
ISBN 978-3-96357-132-9